A ORDEM NATURAL DAS COISAS

ANTÓNIO LOBO ANTUNES

Obra Completa
Edição *ne varietur* *

A ORDEM NATURAL DAS COISAS

Romance
4.ª edição

Fixação do texto por Graça Abreu
* Edição *ne varietur* de acordo com a vontade do autor
Coordenação de Maria Alzira Seixo

D.QUIXOTE

Publicações Dom Quixote
[uma chancela do Grupo LeYa]
Rua Cidade de Córdova, n.º 2
2610-038 Alfragide · Portugal

Reservados todos os direitos
de acordo com a legislação em vigor

© 1992, António Lobo Antunes e Publicações Dom Quixote

Design de colecção: Atelier Henrique Cayatte
Capa: Luís Alegre — Ideias com Peso

Revisão: Eulália Pyrrait
1.ª edição: Novembro de 1992
4.ª edição: Março de 2010
Depósito legal n.º 307 189/10
Paginação: Fotocompográfica, Lda.
Impressão e acabamento: Multitipo

ISBN: 978-972-20-3327-5

www.dquixote.pt

A Ordem Natural das Coisas
Romance
4.ª edição

Fixação do texto por
Graça Abreu

Comissão para a edição *ne varietur*
Agripina Carriço Vieira
Eunice Cabral
Graça Abreu

Coordenação
Maria Alzira Seixo

Livro primeiro
Doces odores, doces mortos

1

Até aos seis anos, Iolanda, não conheci a família da minha mãe nem o odor dos castanheiros que o vento de setembro trazia da Buraca, com as ovelhas e os chibos que galgavam a Calçada na direcção do cemitério abandonado, tangidos por um velho de boina e pelas vozes dos mortos. Ainda hoje, meu amor, estendido na cama à espera do efeito do valium, me sucede como nas tardes de verão em que me deitava, à procura de fresco, num bairro de jazigos destroçados: sinto um ornato de sepultura magoar-me a perna, oiço a erva das campas no lençol, vejo os serafins e os Cristos de gesso que me ameaçam com as mãos quebradas; uma mulher de chapéu plantava couves e nabos nas raízes dos ciprestes; os badalos dos cabritos tilintavam na capela sem imagens, reduzida a três paredes calcinadas e a um pedaço de altar com toalhinha submerso em trepadeiras; e eu observava a noite avançar lápide a lápide, coagulando as bênçãos dos santos em manchas de trevas.

Mas ontem, por exemplo, abraçado ao teu corpo enquanto aguardava que a indulgência do remédio me libertasse dos sobressaltos da memória, veio-me à ideia um crepúsculo antigo, em cinquenta ou em cinquenta e um, com os canteiros do jardim regados de fresco, o

Senhor Fernando, em camisola interior, a fazer ginástica à varanda, e um reboliço de gatos no pátio da cozinha, comigo empoleirado no muro a farejar as brisas de Monsanto e a escutar os cavalos dos monárquicos vencidos que baixavam a serra (conforme me contou a Dona Anita que era menina nessa altura) a caminho das celas da Penitenciária.

Não entendo por que motivo, querida, nunca te interessaste pela minha infância: sempre que falo de mim encolhes os ombros, a boca torce-se, as pálpebras prolongam-se de desdém, rugas escarninhas surgem por detrás da franja do cabelo loiro, de modo que acabo por me calar, envergonhado, a colocar os copos, os pratos e os talheres na mesa do almoço, enquanto a tua tia tosse na despensa e o teu pai roda os botões do televisor em busca das estridências da novela. E todavia, Iolanda, logo que adormeces, mal o teu rosto, amolgado na almofada, readquire a inocência do presépio de outrora, tal como te vi, pela primeira vez, na pastelaria à esquina do Liceu, quando os teus dedos sujos de tinta e os teus cadernos escolares me comoveram de uma alegria sem sentido,

logo que adormeces e uma brancura de olmo com pássaros nos atravessa o quarto, arengo sem que me troces, converso, pairando sobre ti, com as tuas palmas inertes e as tuas coxas indefesas, e a casa onde morei antes da família da minha mãe surge da noite, nascida de uma imperfeição do espelho ou da gaveta da cómoda em que a nossa roupa se mistura com ninhos de traças e maçanetas de cobre, desde que há meses me ordenaste Vem e eu me apresentei, com o guarda--chuva e duas malas gastas, neste andarzinho da Quinta do Jacinto, em Alcântara, para explicar que sim, que tinha mais trinta e um anos do que tu mas o emprego do Estado, senhor Oliveira, não é mau de todo, e claro que pagaria a electricidade, a renda e a despesa do talho.

Meu amor, ouve. Talvez me compreendas no teu sono, talvez o teu corpo se liberte da ironia a meu respeito e me queira, talvez as tuas pálpebras, agora doces, estremeçam se disser como gostaria que me mexesses e me deixasses mexer-te, talvez encostes a mim o tufo de pêlos do teu ventre, e os joelhos se abram devagar sobre uma húmida, lisa, tenra maciez de gruta que aprisiona o meu desejo numa firmeza de nácar. Mas desde o verão que me ignoras, apaixonada por um colega de turma de acne aceso e barba a despontar, que nos visita a pretexto de dúvidas dc geografia ou matemática e me aperta as falanges, até estalar os ossos, num cumprimento cruel. Reduzido a um vago parente de colete, gravata e farripas grisalhas, incapaz de um pino, incapaz de ler sem óculos, incapaz de correr vinte metros por causa das hesitações do coração, incapaz, em suma, de competir com aquele miúdo borbulhoso, maior do que eu, sem barriga, sem calvície, sem placa, cujos dezoito anos me derrotam, aguardo a noite, numa imobilidade de tarântula, quando o teu corpo, temperado pelo azeite e pelo vinagre do dentífrico e do pcrfumc barato, encolhe a fim de se ajeitar no colchão, quando a cadência do peito se torna sigilosa como a dos barcos, quando os teus lábios, afunilados pelo amuo do sono, sopram um beijo que se me não destina, aguardo a noite, medindo a densidade das trevas pela insónia do teu pai e a bronquite da tua tia do outro lado do tabique, e recomeço a minha história no episódio em que a deixei, regressando, Iolanda, à casa onde vivi antes de conhecer a família da minha mãe, com os seus mil corredores, os seus mil esconsos, os seus mil esconderijos, a casa, a casa,

a casa, meu Deus, cercada de grazinas sobre a falésia e os vapores do oceano, de portadas batidas pelo vento e cortinas em pedaços, com o anúncio Hotel Central em semicírculo na fachada e os três polícias secretos, sempre de negro, de braço erguido na saudação nazi, que bebiam, na salinha de estar, a cevada da manhã.

É então que me lembro dos equinócios que transviavam as arvéloas poisadas na cristaleira, nos enfeites do corrimão e no torpor das sinusites, e no temporal a varrer o larguinho em frente da pensão, com um antiquário às escuras e vitrines de leques espanhóis e de budas remendados, é então que me lembro da garagem do mecânico albino que consertava os automóveis no verão, arrastando-se para a barriga dos motores. Os mochos, Iolanda, esmagavam-se no postigo do meu cubículo, pegado ao compartimento da cozinheira com uma retrete ao pé da cama e a vazante sempre a ferver no ralo, e a lotação do hotel éramos nós os dois mais a minha madrinha e os três polícias secretos, embora, quando chegava julho, limpassem a praia de detritos, um calor amargo viesse tranquilizar as ondas, e de imediato a cozinheira e a velhota se revezassem no vestíbulo, de crochet no colo, na ilusão de que um táxi milagroso desembarcasse um grupo de americanas transidas, derrotadas pela angústia dos pinheiros e as molas dos estofos.

Se penso, meu amor, na vilazinha da meia dúzia de chalés tombados, sem proprietário, onde as aranhas fiavam o abandono, em equilíbrio sobre as ravinas e o grito das aves, e a comparo com este apartamento de Alcântara junto à passagem de nível do comboio e aos navios do Tejo que nos roçam as fronhas coroados de delfins, as minhas pernas procuram, sem que me dê conta, o côncavo dos teus joelhos, e comprimo o peito contra as tuas costas numa súplica de protecção que me confunde por me parecer ridículo um homem de quarenta e nove anos em busca de auxílio numa rapariguinha de dezoito ocupada a sonhar com arcanjos de motorizada vestidos de blusão de cabedal, acelerando, para a salvar, do velhote inofensivo que sou, atarantado de timidez e de surpresa. E contudo, Iolanda, não julgues que a minha vida numa aldeola da região da Ericeira em que os eucaliptos gotejavam as lágrimas de um desgosto sem cura não era agradável: era agradável. Quando a ciática não a afligia, descarnando-a de sofrimento no colchão, a cozinheira jogava às cartas comigo no quarto da caldeira avariada, enquanto os polícias secretos estremeciam o soalho sobre as nossas cabeças, a combinarem torturas e prisões. Em certas madrugadas de outono o mar e o vento amansavam e distinguia-se uma língua de areia logo povoada de toldos, de cabazes de comida, de pirâmides de chinelos e de famílias em roupão. Mimosas brotavam dos penedos e nos chalés flutuavam as candeias dos habitantes de outrora, até que uma camioneta de carreira arrebanhava os veraneantes que seguiam a chocalhar para Lisboa, à medida que as vagas engoliam a praia, o céu se cerrava em nuvens de tempestade com arestas de gaivotas gritando pelas rochas, as copas das árvores libertavam cardumes de pintarroxos dementes, e a minha madrinha, indiferente à tempestade, pegava na agulha de crochet e sonhava com americanas extravagantes, vestidas de sandálias e panamá como para uma expedição aos trópicos.

Um comboio abriu a noite perpendicular aos candeeiros da Avenida de Ceuta e paralelo ao rio bordado de armazéns, de pontões, de gruas, de guindastes, de contentores e de veículos de carga, a aguardarem a lúcia-lima da aurora e os operários que caminhavam no sentido do Tejo, custosos de distinguir na hesitação do sol.

O comboio, meu amor, deslocou-se rumo ao Estoril e a Cascais (do sítio onde moramos lobrigo na distância vilas que seguram nos dedos albatrozes e paquetes) e o nosso primeiro andar da Quinta do Jacinto vibrou como se um remoinho de bielas o fendesse de golpe, sacudindo nas prateleiras os ursos de barro e os elefantes de vidro, os palhaços de pano e o Wagner cromado, e fazendo cair, da cómoda para o chão, a caixita esmaltada em que guardas os anéis, as pulseiras, e os brincos de prata fingida que te dou no Natal, se me sobeja algum dinheiro do subsídio do Estado. O comboio deslocou-se para o Estoril enquanto retiniam campainhas e ampolas se acendiam e apagavam, desarrumou os prédios de Alcântara e tu rodaste no teu sono, sem deixar de dormir, até te voltares para mim num gemido infantil. Os tornozelos apertaram-se nos meus, e sem cessar de falar a minha boca aproximou-se traiçoeiramente, furtivamente, cautelosamente da tua: cheirava-te o hálito, cheirava-te o cabelo, cheirava-te o pescoço, cheirava as pregas da cintura, as pregas da barriga, e ia acariciar-te o púbis, sentir a textura de que és feita, quando o gato, assustado pelo frenesim do meu júbilo, pulou da colcha enovelando-se num candeeiro cujo quebra-luz se desfez aclarando por um segundo a mobília do quarto. E de pronto os teus cotovelos se agitaram, o corpo desviou-se rolando as ancas e as espáduas que se desprendiam das alças, e fiquei sozinho a salivar desgostos, embalado pelas carruagens que galopavam para os esgotos, as praias e os barquitos da Linha, embalado, meu amor, pelas vagas do rio, a segurar nas mãos, numa atitude de prece, a ausência de uma nádega.

Na pensão onde morei, querida, antes da família da minha mãe, não existiam gatos: era húmido demais, ventoso demais, cinzento demais, e no quintaleco das traseiras, com o seu nevoeiro, os seus repuxos de caniços e as suas corujas iradas, as ondas que partiam e chegavam abatiam-se nos quartos num torvelinho de espuma. De forma que os gatos, apesar dos esforços da cozinheira para os seduzir com tigelas de safio, desapareciam nos eucaliptos alarmados pela desordem do mar e pelos cadáveres de marujos agarrados a pedaços de leme, que nos fitavam dos armários entre estojos de chapéus.

Não existiam gatos mas possuíamos um corvo de asas aparadas e bamboleio de grumete, o qual lançava avisos de latitudes aos polícias secretos, alvoroçados no pavor de uma manobra errada que jogasse o hotel contra os penedos, cavando um rombo sem conserto por baixo das sacadas. Logo de manhã o corvo mancava na ponte de comando do rés-do-chão, certificando-se da exactidão da rota e da não existência de couraçados inimigos, e foi ele que gritou

– Tudo a bombordo, arreia os escaleres

na altura em que, ao inspeccionar o camarote do vestíbulo, deu com a minha madrinha de borco no soalho, a segurar a agulha de crochet.

Claro que ouvi o berro de comodoro, Iolanda, mas no interior do meu sonho como se fizesse parte de uma história em que um rebanho de ninfas me perseguia nas veredas do quintal (as deusas gorduchas, rosadas, de túnica, das oleografiazinhas do corredor, enlaçando-se num bosque e num regato), e mesmo quando a cozinheira me veio chamar à cama, a sua voz, aparentada de início à crepitação dos arbustos, demorou a tornar-se real mediante metamorfoses que o meu tronco parecia acompanhar, alongando-se e apequenando-se num ramalhar de vértebras.

O certo é que ao descer as escadas, incomodado pelas gaivotas que se demoravam nas janelas abertas, escutei o corvo perguntar, desesperado,

– Que é dos coletes de salvação, canudo?

e logo a seguir dei com os polícias secretos que conferenciavam, tomando notas, decididos a fuzilarem o vento ou a prenderem as nuvens de acordo com instruções que recebiam de ninguém a não ser do murmúrio das árvores ou do estalido das mesas.

Recordo-me, com a nitidez das lembranças infantis, das copas dos pinheiros além das casas do largo, das madressilvas e dos eucaliptos que nos impediam a estrada, e do jipe da Guarda à entrada da pensão, com um soldado de espingarda a fumar lá dentro. No vestíbulo o cabo, que antes do meu nascimento cortejara a cozinheira, e um segundo soldado que eu desconhecia, ambos de polainas e cartucheiras mas de bivaque na mão, observavam a minha madrinha sem se atreverem a mexer-lhe, rezando para que o telefone de manivela funcionasse na ideia de convocarem o doutor de Mafra que volta não volta me segurava no queixo e curava as anginas com uma zaragatoa feroz. O albino rondava na chuva, intrigado, erguendo ao céu as pestanas de bácoro,

e o médico, Iolanda, chegou a seguir ao almoço, a farejar desgraças, de impermeável de borracha e botas de pescador bacalhoeiro, enfeitado por um rastro de papagaios do mar que piavam nas algas. O corvo, mais sossegado apesar dos pinheiros que zuniam na banda oposta às ondas, desandou para as escadas do primeiro andar resmungando cálculos de nónio. O cabo designou a minha madrinha com o mindinho, e o doutor, de sobrolho competente, acocorou-se a examiná-la, a mandar

– Tussa

e a extrair da gabardine um estetoscópio cujos tubos não terminavam nunca, dobrados e redobrados na algibeira infinita.

– Como não tosse é capaz de estar morta

concluiu ele numa voz de reposteiro, à medida que o temporal lhe espalhava as sílabas como soprava as folhas da acácia do quintal, reduzida a uma anatomia de costelas fracturadas pela água, pelo vento e pelos pombos que se crucificavam nos galhos. A cozinheira coçava a pálpebra com o ângulo do avental, o cabo perfilou-se em sinal de respeito. O soldado, espalmado na parede, arregalava para a defunta a dentadura postiça: ele e eu devíamos ser os únicos na pensão que nunca tinham visto um cadáver, e o segundo que pude observar, decorridos muitos anos, foi o de um agulheiro que se abraçou ao comboio em que eu viajava em serviço, com um colega, no ramal da Beira Baixa. Recordo-me, meu amor, do suicida no cascalho das travessas e de me espantar com o seu rosto intacto e a paz e compostura das feições: presumo que foi a partir dessa data que cessei de ter medo das gripes.

Levanto-me da cama, subo um bocadinho os estores e as luzes de Alcântara prolongam-se até às docas e ao Tejo semeado de canoas, à cata de peixe na babugem. Neste momento da noite, equidistante do poente e da aurora, não há trânsito na praceta e os semáforos mudam do encarnado para o verde comandando sombras. A neblina de março transfigura os edifícios, impregnando-os da majestade que não possuem de dia, e se penso nisso, Iolanda, a mudez do quarto assusta-me de receios que compreendo mal, semelhantes ao medo com que escutei o médico de Mafra, guardando o estetoscópio imenso, esclarecer a desconfiança do cabo:

– É canja, amigo, se não me obedece pifou, como buracos de tiros não há avisa-se o abade da Ericeira e pronto.

De modo, meu amor, que nessa mesma tarde ou na outra ou na outra (a partir dos quarenta sinto dificuldade com os rins e com as datas), enquanto uma trovoada de fim do mundo se despenhava na vila e a chuva fazia ruir um pedaço de cerca, me cavaram um risco no cabelo, me colocaram uma gravata preta e me transportaram para a igreja no jipe da Guarda, ao longo de um trajecto de pesadelo em que os relâmpagos encandeavam cedros e nogueiras, pássaros de arribação a soluçarem em madeixas de vime, cães aterrorizados pelos trovões, de grandes bocas peludas, que se escapavam a ganir por veredas e charcos de lama. Casas de emigrante surgiam a rodopiar e afundavam-se na terra. Não voltei à Ericeira mas como em Portugal, tirando eu que envelheço, tudo estagna e se suspende no tempo, presumo que nada se alterou desde então: Alcântara, por exemplo, durará mil anos como a vejo agora, às três da manhã no meu relógio de pulso: um bairro com oficinas e garagens que se multiplicam nos baldios, e a desordem da enchente com a sua aspereza e a sua ressonância de túnel, caminhando pelo alcatrão até à soleira da porta.

E tal como aqui, em Alcântara, neste instante da noite, enquanto tu, o teu pai e a tua tia dormem nas maltratadas camas dos pobres, tal como aqui, Iolanda, me vem à cabeça o mau gosto dos objectos da sala e os arquipélagos de humidade da parede, também, à medida que espero outro comboio que rebole para o Estoril ou para o Cais do Sodré, me recordo dos crepes da igreja num cabeço de moitas e de macieiras que resistiam à nortada, dos painéis de santos da casa mortuária, e de uma falha de tijolos pela qual entrava o mar de inverno e se percebiam as chaminés da Ericeira lançando-se em tumulto para a água. Havia um Jesus de cobre dependurado da cruz como um pingo de um rebordo de torneira, restos de panejamentos em arrebiques de talha, um melro que descansava da chuva numa viga, os polícias secretos num banquinho corrido, e um sacristão a piscar para nós os olhos de tucano. Provavelmente, agora que ninguém morava na pensão, dezenas de táxis vinham de Sintra de faróis acesos no desalinho dos pinheiros, para entornarem no hotel grupos de americanas centenárias que tiritavam, nos vestidos decotados, sob uma temperatura polar. Os quartos inundavam-se de malas e baús, um lodo fétido pulsava nos bidés, bengalas tropeçavam, para baixo e para cima, nas escadas, saltavam fechos num guinchozinho de óxido, alguém consertara a caldeira da cave que trabalhava num torpor duodenal, marteladas enérgicas destruíam o piso superior, e o corvo, a quem o ruído incomodava, grasnava palavrões náuticos nos ladrilhos da cozinha. Talvez a vazante descobrisse uma faixa a correr entre penedos, talvez uma luz torta animasse os chorões e os vasos de magnólias, talvez existissem navios no horizonte, petroleiros, corvetas, naus deslizando para a Rua Oito da Quinta do Jacinto. Sentado num tronozinho manco, sem entender o que se passava à roda porque até aos oito anos o mundo me poupara os seus mistérios, nem dei por uma senhora que ao fim do dia me levaria consigo depois de empacotar a minha roupa, com o auxílio da cozinheira, num saco de marujo furtado ao lixo da cave.

Baixo o estore ao mesmo tempo que o comboio se aproxima e os painéis publicitários, os buxos, os candeeiros e as lanternas do rio começam a vibrar e o quarto se adelgaça sobre escuridões sem esperança, alcanço a cama, de pezinhos cautelosos, para não me aleijar numa esquina de móvel, e ao deitar-me ao teu lado o espaldar desajusta-se, o colchão amolece e o teu corpo suspira em arrulhos de cedro. É a altura, Iolanda, em que me permito dizer que te amo, em que me atrevo a acariciar o arco de um ombro, em que avanço a boca na mira de sentir no vértice da língua o gosto de pena dos cabelos. O comprimido de valium murchou-me os gestos e embaciou-me as ideias sem me paralisar a memória, é abril e estou a inclinar-me para ti na pastelaria onde te encontrei pela primeira vez, com duas colegas todas risinhos e cochichos, a mastigarem pastilhas elásticas diante de batidos de morango, e perguntei se não te importavas que me acomodasse à tua mesa com o chá de limão dos constipados. E ali fiquei uma hora, perturbado e ansioso, enquanto vocês se mostravam fotografias de actores, discutiam namorados e vernizes para as unhas, e protestavam contra o teste de filosofia da véspera, interessadíssimas num homem moreno, de mechas encaracoladas, bigode e sapatos pontudos, que bebia um café ao balcão a folhear um jornal desportivo.

2

Palavra de honra que não sei nada, que mania a sua, isto é, espere aí, não se vá embora, sempre pode ser que me lembre de qualquer coisita se o amigo escritor entrar com uma ajudinha para a renda do quarto, um cubículo piolhoso, caro como tudo, numa Residencial de pequenas da Praça da Alegria onde não me deixam dormir com os bofetões dos chulos e as gargalhadas dos deboches, e isto, senhor, até às cinco e seis da manhã quando as árvores começam a desemaranhar--se e os pombos descem da Mãe-d'Água a disputarem, nos canteiros, as últimas sobras ao fastio dos mendigos. De dia vejo os pombos da janela, pombos, desocupados e paralíticos a refogarem as misérias ao sol, e à noite assisto ao fadário das miúdas, coitadas, para um lado e para o outro lá em baixo na Avenida, entre duas infecções nos ovários e um aborto na parteira de Loures, numa cave, a cheirar a peixe grelhado, com pagelas de santinhas e uma velhota a gemer a um canto. O amigo escritor não acredita? A seguir à revolução, olhe, para não ir mais longe, depois de a tropa me prender em Caxias uma data de meses, sem motivo nenhum, na ala mesmo em frente ao mar, diante das gaivotas e do resplendor do crepúsculo, regressei ao meu rés-do-chão alugado em Odivelas, porta com porta com uma enfermeira que tecia anjinhos às raparigas da vida na saleta de estar, ao lado da mesa posta e da poltrona de inválida em que a mãe cabeceava, de rádio de pilhas apertado no ouvido. Que tal? O problema foi que com a invasão dos comunistas a mulher e a doente levaram sumiço do bairro, parece que para continuarem o ofício em Paris, nos bairros de emigrantes pretos, árabes, espanhóis, jugoslavos, portugueses, infelizes que passam os domingos sentados em calhaus a impregnarem-se da cinzentura do céu, de modo que havia centenas de grávidas que esperavam no vestíbulo em equilíbrio de cegonha sobre os saltos altíssimos, mirando-se umas às outras com as pálpebras lamacentas da insónia. Um polícia tangeu-as com o cassetete, como aos perus do Natal, rumo à paragem do autocarro de Lisboa, e as pobrezitas lá se aquietaram sem protestos no choco dos bancos, a colarem aos vidros os rostos de aguarela. Quanto a mim aguentei-me uns tempos em Odivelas, mirando o quartel dos bombeiros por detrás das cortinas, sem emprego, sem Caixa, sem reforma, a deixar crescer o bigode para me não reconhecerem pelas fotografias dos jornais, até que o senhorio apareceu a apelidar-me de fascista, me confiscou os móveis e os folhetos do curso de hipnotismo por correspondência por conta dos pagamentos em atraso, e me empurrou aos encontrões para a saída. O do segundo esquerdo, que mariscava comigo na cervejaria e me passava informaçõezinhas grátis, desatou-me aos insultos e aos pontapés nas canelas que mesmo hoje trago aqui as cicatrizes, um desconhecido abeirou-se de mim e escarrou-me na cara, desenhavam-se foices e martelos nas paredes, farrapos de cartazes desprendiam-se dos muros, operários de punho fechado berravam Abaixo a ditadura viva o socialismo, e eu pensei Estou frito, não tarda nada os russos enfiam-me num comboio e enjaulam-me na Sibéria, a tiritar numa casita de madeira. Vai daí fui-me a um benemérito que falsificava atestados médicos e livretes de automóvel e mudei o nome do bilhete de identidade com o último dinheiro que tinha, arranjei um par de óculos escuros como os dos ceguinhos dos acordeões, cessei de rapar as bochechas com a navalha e consegui, através de um maganão de suspensórios, o esconso de prostituta da Praça da Alegria onde moro, com a sua cama lodosa e o permanganato a um canto, e eu lá dentro atormentado pelas rolas que nem na pia ao fim do corredor me largam, a pia de que se servem todos os quartos do meu andar e todas as raparigas e todos os clientes desses quartos, com as rolas a cantarem de papo no beiral, a espreitarem os caixilhos, a catarem as penas, rolas dos quintais vizinhos, rolas de Alcântara ou de Chelas, rolas de Almada, rolas dos armazéns abandonados, dos cascos podres e dos palácios do Tejo, rolas vagabundas, rolas sem casa, rolas ciganas, rolas, amigo escritor, a rirem-se para a gente e a mangarem de nós no peitoril estreitinho,

rolas diferentes destas do Campo de Santana, gordas, solenes, dignas, patriarcais, penduradas nos algerozes, no bico dos telhados ou nos ramos mais altos das árvores, rolas e patos, senhor, e o grito dos pavões no agonizar do dia, sem contar o alcatruz das ambulâncias a caminho da constelação de hospitais aqui à volta, Hospital de São José, Hospital dos Capuchos, Hospital de Arroios, Hospital de Santa Marta, Hospital da Estefânia, e os doidos do Miguel Bombarda, enfeitados de condecorações, que se passeiam pelos canteiros e pedem cigarros nos semáforos, doidos e vagabundos embrulhados em jornais contra a cacimba da aurora, sem contar o amigo escritor e eu a observarmos isto, cada qual com o seu refrigerante e o seu pires de tremoços, num restaurante ao pé da Faculdade de Medicina, prédio de colunas que imagino povoado de cadáveres retalhados por estudantes de bata.

Nunca pensou nisso? Nunca se imaginou nu, a cheirar a formol, deitado de barriga para cima numa tina de mármore à espera que lhe rebentem as costelas com uma tesoira enorme? Desde que a democracia me fez perder o emprego de chefe de brigada na Direcção Geral de Segurança e passei a comer a sopa do prior do Beato, desde que os comunistas cercaram o edifício da Rua António Maria Cardoso, na manhã a seguir ao golpe, e nós, trancados no prédio, queimávamos papéis, espreitávamos das persianas e trotávamos ao acaso, de pistola em punho, ignorando o que fazer, que sei que um dia destes dois bombeiros me hão-de levar pelo corredor da Residencial, entrouxado num lençol, acompanhado pela consternação das pequenas em soutien e calcinhas, hão-de descer comigo numa padiola de lona, e hão--de entornar-me por fim numa mesa de pedra, entre mais mesas de pedra com corpos macerados, enquanto sujeitos de avental de borracha se ocupam a esfacelar, com serrotes e pinças, um ventre de criança. Há ocasiões em que sonho com isto até as rolas me acordarem, em que oiço os alicates triturarem-me os ossos e farejo o vapor brando das minhas vísceras expostas, ocasiões, amigo escritor, em que me cosem a barriga e o peito com linha de ensacar e desperto em sobressalto, aos gritos, de pé no meio do quarto, e demoro séculos a compreender que estou vivo, que respiro, que posso, se quiser, vir para esta esplanada no Campo de Santana, mirando os doidos que discursam para os cisnes da tarde. Esta conversa de defuntos não lhe dá sede? Não, cerveja não, não bebo álcool nem fumo, peça-me antes uma água sem gás e uma sandes de queijo que as recordações doem e tenho um aperto do camandro na garganta.

Porém, indo direito ao que lhe importa a si, acho que um chequezinho de vinte contos de réis me ajuda a memória porque aquilo que se passou há tantos anos é difícil de lembrar, e ainda mais se tenho o senhorio à perna a ameaçar-me todas as noites que se não pago na semana que vem me põe na rua e o amigo escritor está a ver-me dormir, com sessenta e oito anos de idade e o inverno a aproximar-se, num banco de jardim, num buraco do Castelo ou nos degraus de um prédio, de espinha moída pelo desconforto da madeira? Nem sequer são honorários, senhor, ora essa, é um empréstimo, deixa-me a sua morada e se eu arranjar colocação devolvo-lhe o bago num instante, ando em vias de montar um curso de hipnotismo por correspondência, só me falta o capital para as lições impressas porque as gravuras são caras, as pessoas mandam o dinheiro e eu mando-lhes as aulas e depois que se entretenham ao serão, de turbante com um rubi na testa, a aplica-rem passes magnéticos e a darem ordens à família, Desperta, com um bocado de sorte saem a flutuar pela varanda, imagine dezenas e deze-nas de criaturas esvoaçando por aí, e os maridos a gritarem-lhes, deses-perados, Anda cá Alice, à medida que as esposas se afastam na direcção de Espanha como os patos no outono, e eu, cada vez com mais aprendizes, a instalar sucursais na Covilhã e em Avintes, por exemplo, Viseu inteira a erguer-se do chão e a navegar para Marrocos, suponha Portalegre ou as Caldas da Rainha à bolina na direcção de Londres, o hipnotismo é o transporte do futuro, amigo escritor, e depois todos gostamos de encontrar prospectos no correio, de abrir um envelope e dar com um senhor de casaca a apontar o indicador severo e perguntando com indignação O Que É Que Você Espera Para Ser Feliz? Graças Ao Curso De Hipnotismo Do Professor Keops Tornei-Me Um Homem De Sucesso. E por falar em hipnotismo, amigo escritor, o que agora caía bem em cima da sandes era um caldi-nho de cenoura e um bitoque que me deu uma fraqueza do diabo.

Mas voltando à vaca fria a cara desse retrato não me é estranha, quem havia de jurar que vinte contos e um almoço estimulam a memória, se você meter quinhentos escudos na mesa asseguro-lhe que o localizo, é uma questão de folhear o passado, deixe cá ver, isto comi-go é como um álbum, a solução é ir andando para trás e encontra-se a página certa num instante, mostre-me o indivíduo outra vez que deve ter sido há muitos anos, catano, passe-me a dica, amigo escritor, que na minha infância não foi, o que topo lá é Odemira, extensões de praia, agosto, a minha mãe a coxear para o estendal, entre as piteiras, com um cesto de roupa no braço, e as ondas, pá, as ondas, a reverbe-ração das ondas no cobalto do céu, a mãe reflectida ao contrário nas nuvens a pendurar ceroilas, a minha irmã no carrinho, o meu pai emoldurado no aparador, de gravata e risca ao meio e um grande silêncio campos fora até à serra ao longe. E a taberna, e o padre, e as casas no inverno, tristes, tristes, empalidecendo à chuva, cães sem abrigo pelas ruas desertas como se buscassem, de nariz no chão, os filhos que lhes roubaram, na minha infância o seu fulano não entra, nunca brinquei com ele e saí do Alentejo antes do fim da escola, espere, não se enerve, o que é preciso é calma, temos agora imensos postais da época em que vim para Marvila e me entregaram ao meu tio que trabalhava de porteiro na Philips, um gordo, viúvo, sempre bêbado, que morava com a cadela num quinto andar ao pé do Tejo e se abraçava ao corrimão, com borbotos e desmaios no peito, a ordenar-me Mede-me o pulso, moço, mede-me o pulso depressinha, quero o enfermeiro da Policlínica que me dá um baque e catrapumba.

Marvila mas na parte baixa, amigo escritor, nada de misturas, carris de eléctrico, muros, quintarolas, velhotes à bisca no passeio, o meu tio, atestado de vinho, a embirrar com a própria sombra, a pular, a rodopiar para fugir-lhe, a calcá-la com os sapatos, a pedir Larga-me, ou então espojado, a recozer vapores, enquanto eu praticava de marçano numa retrosaria e o viúvo, senhor, ficava-me com o ordenado inteiro e empenhava os móveis que sobejavam para os bagaços da leitaria, uns trastes desemparelhados, umas mesas de rebotalho, umas cadeiras sem assento que ele atirava aos coices pelas escadas, o meu tio cuja esposa devotara a existência ao espiritismo, e, finada de uma doença mística transmitida pelo contágio de um anjo, cirandava pela casa estremecendo os bules com a ansiedade do hálito. Há hipóteses de esbarrar com o do retrato por aqui, em Marvila, que nesse tempo, em mil novecentos e trinta e tal, nas vésperas da guerra com os alemães, fervia de espiões estrangeiros de chapéu e gabardina de gola levantada, apunhalando-se nos becos, pode ser; aguente aí que isto vai, que lhe descubra o rosto nas fotografias dos bailes do Clube Recreativo, entre grinaldas, dísticos jocosos e balões de arame, ou nos sorrisos do Grupo Excursionista, a exibirem o paio do almoço de partida para Fátima. Se o seu cidadão não era uma das almas penadas que sopravam enxofre no apartamento do meu tio, nem nenhum agente secreto inglês o assassinou a uma esquina do Tejo, de certeza que a gente tropeça nele quando menos esperar, seja sob um halo turvo, dando giz ao taco nos bilhares do Oriental, de cabeça à banda a preparar a jogada, seja a ressonar de garrafa na mão, amparado a um tonel nos armazéns das docas, de mistura com pedintes de cautelas de lotaria suspensas em harmónio da banda do casaco, pedintes que se entretêm a contar andorinhas nas manhãs de abril e enrolam as calças pelo joelho à cata de marisco na areia de Chelas. Não, é escusado, não merece a pena, também aqui não está, amigo escritor, que tal um arroz-doce para aliviar o gosto do bitoque, achar uma pessoa é um trabalhão, ainda cuidei que tivéssemos sorte no salão de bilhares, não havia quem não frequentasse esse compartimento enfumarado com poltronas de verga para os antigos campeões, de falanges torcidas pela gota, seguirem as partidas com suspiros saudosos, não havia quem não poisasse o cigarro no rebordo da mesa, levantasse o calcanhar descobrindo a peúga de xadrez e se estendesse pelo pano fora, a fim de amandar a tacada decisiva, um bocadinho mais de canela, se faz favor, já chega, nunca lá foi? Nunca um sabidolas lhe ofereceu uma vantagem de dez às cinquenta com um sorrizinho inocente, nunca respirou o odor de tabaco e de feltro debaixo das lâmpadas despolidas? Percorro caras e não distingo a que pretende, vê-se tudo desfocado, não nota? Será da nicotina, será do nevoeiro do rio a quinhentos metros de nós? As vitaminas de uma banana ou de um pêro eram remédio santo e curavam-me a miopia num instante, repare, não se mexa, repare, aquele ali de casaco às riscas a conversar com um velho parece mesmo o seu fulano, não, mais atrás, junto à porta dos lavabos, o nariz, a boca, o formato do queixo, acertei? Tem razão, desculpe, este é loiro, mais atarracado, mais forte, se a gente quer muito uma coisa confunde tudo, não é? Se esperamos, sei cá, uma mulher, e por qualquer razão ela se atrasa (embora as mulheres não necessitem de motivo para não virem a horas) a partir de certa altura todas se assemelham àquela que a nossa impaciência aguarda, cumprimentamos desconhecidos, pedimos perdão, envergonhados, recuamos para a montra da loja de modas a que nos encostávamos, patéticos, ridículos, confusos, com demasiadas mãos e pouquíssimos bolsos, e assim estamos agora, o amigo escritor e eu, de pálpebra decepcionada nos bilhares de Marvila, enquanto o empregado do bar limpa copos com um pano sujíssimo, assobiando uma musiquinha idiota.

Em todo o caso, aguente aí, aquele sujeito não me é estranho, o loiro, o que conversa com o velho de samarra e bonezinho, pois, com o vencedor do torneio às três tabelas da Associação Desportiva da Penha de França, em mil novecentos e vinte e três, com uma série monumental de doze tacadas limpas que ainda hoje se comenta com respeito no bairro, se nasceu por estes sítios recorda-se com certeza apesar de ser mais jovem do que eu, aposto que o seu pai lhe falou nisso, foi um acontecimento, o velho, claro, não oferece dúvidas, o grande Fausto Júnior em pessoa, o Rei do Massé, o segundo é que me intriga, o que se assoa, o que introduz o mindinho na narina, que porcaria, tem razão, eu a comer a banana e o tipo raspando mucosas sem consideração nenhuma e a fitar-nos de longe à medida que o grande Fausto Júnior disserta acerca de uma trajectória complicada, aquele sujeito, de quem os restantes se afastam a medo, amigo escritor, atente-lhe no bigode à Clark Gable, que agora se percebe perfeitamente na terceira mesa, foi quem me levou a trabalhar para a Polícia Política uns meses após a guerra, falecera o meu tio há pouco de um vómito de sangue, e eu ficara livre da tropa por causa do defeito desta mão e habitava sozinho na casa da espírita atordoado pelo zumbido dos espectros. Já não é o grande Fausto Júnior quem conversa com o do bigode, ora repare, sou eu, o campeão das três tabelas instalou-se na sua cadeira a estudar com desdém o bailado dos jogadores, mudei um bocadinho, ganhei estômago, ganhei papada e todavia reconhece-se logo que sou eu, eu quieto, eu atento, eu calado, eu amparado ao taco, junto do marcador, a coçar a perna com o tornozelo da outra e a morder o beiço enquanto o do bigode, de palma no meu ombro primeiro e em torno do meu pescoço depois, me fala ao ouvido acerca da necessidade de defender a Pátria, ouviste, de defender os portugueses, ouviste, de me defender a mim próprio, contra as invasões russas e os tanques que rebolavam no intuito de destruírem Odemira, de arrasarem os pinheirinhos nórdicos da praça, de obrigarem toda a gente a andar de tractor, lavrando pedras pelos campos, comandados por traidores pagos em rublos que conspiravam já, de caninos em bico como os dos vampiros, em caves povoadas de ratos, de vodka, de metralhadoras, de listas de condenados à morte entre os quais eu figurava, e de panfletos que anunciavam o funeral de Deus.

Um café, senhor? Não levava a mal um café para acelerar a digestão, o intestino tornou-se-me preguiçoso com a lavadura do Forte de Caxias, as tripas recusam-se a trabalhar, tenho alturas em que me despedaço horas a fio na pia da Residencial com a troça das rolas na janela, enquanto as pequenas que acabaram de aviar um cliente, açodadas pelas urgências da bexiga, esmurram a porta atrás da qual eu, amparado a duas mãos aos painéis de azulejo, imploro à minha barriga que consinta em soltar-se num orifício em cuja extremidade se escuta, como num búzio, o levedar do rio. O mal de Lisboa, amigo escritor, consiste em tropeçarmos no Tejo em cada bairro da cidade como se tropeça num objecto esquecido, o Tejo que nos aparece em todos os postigos, que nos baloiça a cama, durante o sono, com o seu vaivém de berço, o Tejo e as suas luzes nocturnas, que me magoavam os olhos quando, acompanhando o do bigodinho com mais dois ou três colegas, saía a prender comunistas de madrugada em quarteirões de que nem suspeitava a existência, arrombando portas, cambulhando até um colchão às escuras onde um vulto assustado procurava levantar-se, revistando-lhe o quarto, a sala, a casa de banho e o interior do autoclismo em busca de um feixe de armas ou de uma tipografia clandestina, e partindo por fim, com a vítima a protestar inocências e a família a berrar de dor no patamar, para um automovelzito arrumado no passeio, com um agente de boné a acender cigarrilhas lá dentro. E fosse em Campo de Ourique ou na Graça, senhor, fosse em Alvalade, na

Póvoa de Santa Iria, na Amadora, em Benfica, fosse no Cais do Sodré ou no Barreiro o Tejo lá estava, com os seus pântanos, os seus navios, as suas grazinas e a geometria dos mastros, respirando além da última e quase translúcida fieira de casas. Se não é indiscrição o amigo escritor mora aonde? Na Rua da Madalena, perto do Martim Moniz, a seguir às lojas de próteses dos aleijados? Não existe aí, já notou, restaurante onde se não escute o murmúrio do rio, onde as vitrines não ondulem consoante o humor das marés, onde os estabelecimentos não estalem batidos pelas correntes do Bugio, onde as vidraças se não encarnicem de pulsações de farol. Lisboa é uma cidade submersa, senhor, a água fecha-se sobre as nossas cabeças, as nuvens não passam de bancos de limos que flutuam, os manequins dos alfaiates são sereias sem cabeça, fardadas de terilene ou cheviote e sublinhadas a giz no lugar das entretelas. E acima disto tudo, meu caro, intacta, límpida, pura, a uma distância difícil de conceber e de medir, acima do coral dos telhados, das grutas de caranguejos das ruas e dos paquetes dos mosteiros, do mistério de algas das árvores e da profundidade de congro das caves das viúvas, com a tristeza amortalhada nas flores de cera dos noivados defuntos, acima disto tudo, amigo escritor, garanto-lho eu que preciso de um pratito de ameixas para refrescar a laringe que o café me escaldou, acima disto, serpenteando, sem lhes tocar, em redor das antenas de televisão e das chaminés das fábricas, das ruínas do Castelo e dos bairros habitados por canários, contínuos e majores, a via láctea que foge de nós para se fundir com a terra para as bandas de Alverca, onde o rio se transforma em labaredas de siderurgia e fábricas de cimento.

Não, não proteste, não me censure, palavra de honra que faço os possíveis e contudo, é assim mesmo, a memória tem o seu mecanismo próprio, o seu ritmo, as suas leis, os seus caprichos, havemos de dar com o sujeito, quando menos se espere, num sítio qualquer do passado, talvez no posto da Pide de Damão em que me colocaram a procurar comunistas nas monções, mas aí só havia o inspector e meia dúzia de mulatos que o temporal resolvera não levar, talvez na Póvoa de Varzim onde passei a agente de segunda classe a carimbar relatórios e a ouvir a chuva e todavia não consta, nunca lá esbarrei com ninguém com essa cara, nem na rua, nem no cinema, nem no Casino em que as roletas giravam reflectidas nas estalactites dos lustres, como não o vejo no hotelzinho da Ericeira para onde me mandaram, com um par de colegas, a fim de vigiar à socapa, mascarado de caixeiro-viajante, um mecânico albino que participara na greve da Marinha Grande, um infeliz refugiado atrás de latas de óleo e de cones de pneus para se proteger do sol, um hotelzinho vazio, senhor, encarrapitado nas fragas, habitado por duas velhotas, um miúdo e um corvo com vaidades de marujo a arrastar o peito no soalho e a grasnar desde manhã Ó Almerinda, minha puta, vira essa merda a estibordo, numa zanga de dor de dentes sem cura. Quando foi isso, pergunta-me você? Ora deve ter sucedido, não, sei perfeitamente, espere, por volta de mil novecentos e quarenta e nove, mil novecentos e cinquenta se não estou em erro, mil novecentos e cinquenta sim, tinha eu acabado de passar por uma dificuldadezinha na polícia porque me morreu um democrata durante o interrogatório, eu correctíssimo a fazer perguntas e ele zás, no meio do chão, redondo, com os dentes da frente partidos e a esguichar sangue de uma orelha, o enfermeiro recomendou-me, a abanar a cabeça, Para a próxima não os deixes marcados, enfia-lhes uns choquezinhos eléctricos na boca que se notam menos do que os socos, o director-adjunto chamou-me ao gabinete, Com franqueza, homem, use um bocadinho esses miolos, se você dá cabo deles todos ficamos sem emprego, já pensou?, e como na semana anterior um outro socialista com quem eu conversava há três dias, impedindo-o de dormir, se atirou por embirração pela janela, desterraram-me para a Ericeira incumbido de espiar o albino sem lhe tocar com um dedo que mártires temos nós de sobra, um maníaco, amigo escritor, que gostava de se passear à chuva nas tardes em que as ondas subiam pelos penedos, cuspindo pássaros, até às varandas da pensão, e a gente a escrever memorandos sobre memorandos trancados no quarto, Hoje passou o dia inteiro sem nada que fazer sentado num banquinho à entrada da garagem, Hoje às dezassete e treze aplicou um remendo numa câmara e limpou o carburador do jipe da Guarda, a gente farta do corvo, do mau tempo e das velhas que viviam na ilusão de encher o hotel de turistas, de animarem os quartos de um frenesim de hóspedes deslocando-se nos corredores sob a trovoada, e sem atentarmos no miúdo que se for vivo anda agora pelos quarenta no mínimo e se entretinha, na cave, com os albatrozes que o equinócio esquecera.

Quem, o gaiato? A sério que é o gaiato que lhe interessa, amigo escritor, não anda a mangar comigo por acaso? Pois olhe que não se aparenta nem um pedacinho com a fotografia, o miúdo, há, que surpresa, um catraio que não falava, eu, pela minha parte, não lhe ouvi um som, a seguir ao funeral da dona da pensão uns parentes levaram-no para Lisboa e sumiu-se-me da ideia até agora, a gente também tem mais que fazer e tratando-se de uma criança, senhor, nem admira, recordo-me do seu medo de tudo, de nunca sorrir, de comer sozinho, recordo-me de o ver debruçado do peitoril para as traineiras de pesca que se arremessavam contra a praia, um garoto, amigo, eu preocupado com o albino e você, calcule-se, interessado num garoto, como é que, por muito bom perdigueiro que fosse, este seu criado o ia descobrir, diga-me cá, através de um retrato de homem, peça-me aí um pudim de caramelo com bastante molho que conseguiu dar-me fome, caramba, explique-me onde o tipo mora e aqui o meco descobre-lhe tudo o que quiser saber por um preço razoável, o curso de hipnotismo por correspondência aguenta na prateleira uns meses, quem quiser voar que espere que farto de misérias já eu ando, pagava a pensão com o seu cacau e sobrava-me dinheiro para meia hora de esquecimento com uma das raparigas mais ternas da Residencial, uma feia, uma das menos procuradas, uma sofrida, nem era fazer amor, que se dane o amor, a questão é que preciso tanto de um pretexto para poder chorar, para encostar a minha angústia ao pescoço dela e chorar, para me ausentar do Forte de Caxias, do ganir dos ferrolhos e dos passos dos soldados do outro lado da porta, ausentar-me, amigo escritor, dos tanques da revolução, das pessoas a esbofetearem-me e de semanas e semanas a dormir onde calhava, vãos de escada, camionetas de carga, bancos do Campo de Santana a escutar os escaravelhos que rompem os ovos e os lamentos dos cisnes como crianças com febre, dás-me umas coroas e eu trago-te a biografia desse sócio, rapaz, desculpa dizer rapaz mas tens idade para ser meu filho e eu não sou de cerimónias, pá, na semana que vem encontramo-nos aqui no restaurante, não te preocupes, come o bitoque sossegado e eu conto-te a história do sujeito de trás para a frente e da frente para trás, hoje vou usar a tua grana com uma das generosas da pensão, corto o cabelo, corto a barba, tomo um duche no balneário da Mãe-d'Água, compro uma camisa catita, aperto o botão do colarinho e qualquer uma me aceita, é só bater à porta e Olá, por aqui, entra, e quanto a ti, menino, acaba o pudim que não me apetece mais e goza a sombra das árvores, goza os pombos, goza as rolas do Hospital de São José, as rolas da Morgue, goza os prédios por aí abaixo e a confusão de guindastes e de contentores nas docas, sobre o perfil da margem. E se suceder veres algum maduro de turbante flutuando sem encalhar nos algerozes fica seguro que não é meu aluno: esses, rapaz, ensinei-os eu, e portanto migram como as cegonhas e os patos do outono, em grandes bandos, a caminho do sol.

3

Às vezes, Iolanda, quando a campainha da passagem de nível finalmente se cala, os cachorros da Quinta do Jacinto partem em bando na direcção do rio atraídos por um odor de pescado, o motor das traineiras se suspende com a aproximação da aurora e se escuta o mudo, rendilhado trabalho do caruncho no silêncio da casa,

às vezes, quando tomo consciência da manhã no primeiro âmbar dos espelhos vazios, lavrados pelas lágrimas da noite, quando o teu corpo surge do escuro, sob o lençol, como as poltronas de agosto numa casa deserta, e os teus ombros e o teu nariz nascem da sombra, semelhantes a corolas mortas na almofada,

às vezes, meu amor, quando é definitivamente dia, quando o despertador vai tocar, quando os chinelos do teu pai atravessam o soalho, estremecendo armários, para beber um copo de água no lava-loiças da cozinha, e a tua tia se remexe no quarto a vestir-se em movimentos de crisálida,

às vezes, quando me calo no colchão, amaldiçoando a história que conto, segundos antes da campainha do relógio me chamar aos gritos para o emprego do Estado,

acontece-me odiar-te

perdoa

como os vizinhos de cima se odeiam, um casal de reformados a insultar-se entre dentes num pandemónio de caçarolas e panelas, e que visitei, um domingo a seguir ao almoço, por ordem da tua tia, tão solidária com os outros, tão inimiga de mim, no intuito de lhes desentupir, com um arame em gancho, a retrete avariada de um apartamento onde sobravam coisas, com doninhas empalhadas no alto das cómodas, e um canário a trinar na marquise diante de uma folha de alface. Inclinado para a sanita, de cócoras nos azulejos a pescar limos do ralo, sentia os velhos atrás de mim, segredando despeitos pelos incisivos estragados, e ao puxar o autoclismo, a experimentar o resultado das minhas manobras, julguei perceber, pelo canto do olho, dedos que se estendiam para estrangular um pescoço e uma chave de parafusos que se cravava numa coxa, atravessando de golpe o tecido do roupão. A descarga de água transbordou num remoinho explosivo, lançando-se pela alcatifa da sala, e o casal, esquecido de se estripar com as pinças do gelo e os talheres do peixe, voltou a sua fúria contra mim que tentava deter, de joelhos encharcados, a hemorragia do autoclismo com a toalhinha do bidé. Lembro-me, Iolanda, de escorregar no sobrado e de tombar numa poça que crescia, arrastando uma pilha de revistas na direcção do quarto, lembro-me de uma mesinha, carregada de estanhos, que principiou a oscilar como um navio erguido pelos caprichos da maré, lembro-me dos reformados, de algas pela cintura, descompostos de zanga, e de ser expulso à vassoirada para o patamar de mistura com um aluvião de vazante (cestos rotos, botas sem sola, pedaços de garrafa, latas de conserva e alforrecas pútridas) até ancorar no avental da tua tia que me fitava lá de baixo, de braços cruzados, a abanar a cabeça de desgosto. Ainda hoje, meu amor, se fala em Alcântara do recheio de uma casa da Rua Oito que decidiu partir, um domingo à tarde, a caminho do Tejo, levando consigo um serviço de loiça com paisagens chinesas e um funcionário público, amancebado com uma estudante de Liceu, que estrebuchava de pavor.

Na vivenda para onde me levaram, a seguir ao falecimento da minha madrinha, não existiam velhos que se odiavam, nem bibelots de estanho, nem pilhas de revistas antigas. Ficava no número três da Calçada do Tojal, rampa que nessa época se perdia em quintas e colmeias (um zumbido de abelhas pairava no ar e o dia velava-se de asas) e os ramos das glicínias, transbordando dos muros a que faltavam tijolos, vinham rasar o passeio com os cachos. A trinta ou quarenta metros erguia-se a palmeira dos Correios, e um pouco mais adiante, no sentido das Portas de Benfica (um par de castelinhos de brincar prolongados por guaritas corroídas pelo tempo) situava-se a vivenda onde um homem barbudo tocava violino, retalhando o instrumento em gemidos cruéis. Um feriado qualquer, há meses, tomei no Arco do Cego, diante de um cinema fechado, de plateia a desfazer-se atrás da grade de ferro, um autocarro para a minha infância, e viajei por ruas desconhecidas ladeadas de prédios opacos, todos idênticos, em que não reconheci uma única fachada, para desembarcar num bairro habitado por salões de cabeleireiro e consultórios de ortodôncia, e em cujas esquinas me perdi. Não dei com a palmeira nem com os muros de glicínias, o zumbido das abelhas não escurecia o céu, prédios de dez andares haviam engolido as quintas ou nascido dos morangueiros e das couves prateadas pela baba azul dos caracóis. Descobri, após andar quilómetros em redor de escritórios de cabos eléctricos, uma placa aparafusada à parede, ao lado de uma loja de modista, anunciando Calçada do Tojal, e contudo, Iolanda, nem a rampa existia já, aplainada por escavadoras gigantescas: apenas marquises e marquises, estores e caixilhos de alumínio e um senhor de idade a passear um cachorrito que alçava a pata para os automóveis do largo. De forma que regressei ao cinema do Arco do Cego sentindo-me um homem sem passado, nascido quarentão num banco de autocarro, a inventar para si mesmo a família que nunca tivera numa zona da cidade que jamais existiu. E assim ontem à noite, por exemplo, ao falar-te das minhas tias, veio-me à ideia a sensação ingrata de te mentir, ao criar enredos sem nexo a

partir do vazio de parentes e de vozes da minha vida pretérita. E abati-
-me na almofada numa vertigem de horror, envergonhado de mim, a
escutar as frases que sopras nos lençóis conversando com uma realida-
de que me não pertence.

Seja como for, Iolanda, a casa da Calçada do Tojal que guardo na
lembrança, a vibrar durante a noite, em Alcântara, junto a este rio que
detesto, era uma moradia de três pisos depois de um portãozinho de
lanças e de um pedaço de relva com arbustos agitando os membrozi-
tos das hastes, e provida, nas traseiras, de uma gaiola de pássaros com
um arabesco em forma de lótus, onde uma raposa, de olhos atribula-
dos, trotava numa ansiedade sem nome. Muitos anos antes do meu
nascimento o senhorio dividira a casa em duas: a família da minha
mãe ocupava o lado esquerdo, voltado para a palmeira dos Correios, e
o lado direito era habitado por um ilusionista carregado de filhos,
cujas crianças provinham, já adolescentes, mediante um simples estalar de dedos, da sua cartola de mágico. Em agosto, de casaca e condecorações de pacotilha no peito, o artista partia com um circo em
tournée pela província, e eu espantava-me de ver na Calçada um cortejo de rulotes coloridas, de jaulas de que surdiam pescoços de girafa e
rugidos de leões, de equilibristas lançando ao ar bolas listradas e de
palhaços que me acenavam adeus com as luvas infinitas. A mulher do
mágico vinha despedir-se ao muro, rodeada de meninos, ao som de
um pasodoble festivo da orquestra do circo, e na falta do ilusionista os
filhos continuavam a nascer, de parto sublinhado por um rufar de
tambor, descendo do ventre materno para se dirigirem pelo seu pé, de
tabuada no sovaco, a caminho da escola.

Nunca visitei, Iolanda, a casa do mágico, decerto atulhada de caixas revestidas de estrelinhas em que se fechavam senhoras elegantes
que reapareciam a sorrir, após meia dúzia de passes magnéticos, numa
caixa vizinha, de páginas de jornal que enroladas em cone continham
no interior todas as bandeiras do mundo, e de cordas cujos nós se
faziam e desfaziam a um sinal da mão. A convivência com o sobrenatu-

ral aterrava-me, e se me encontrava sozinho julgava ouvir, através do tabique que separava as duas metades do prédio, um odor demoníaco de enxofre e os aplausos de uma plateia rendida a um truque qualquer, cujo segredo tocava a orla escorregadia e perigosa do milagre ou do pecado. De modo que me sentia mais à vontade da banda em que a família da minha mãe morava, salas e salas imensas numa penumbra árida, povoadas por retratos de militares, gravuras que representavam cavalos a galope, e relógios de pêndulos de cobre, soando horas desiguais como se o tempo mancasse de cansaço nos mostradores trabalhados.

O que primeiro me impressionou na Calçada do Tojal foi a ausência do mar, substituído pelo ruído das árvores e pelas trepadeiras chocalhando os guizos das pétalas. Um silêncio que cheirava a siamês e a renda de naperon estagnava nos corredores provindo da água das jarras que ninguém mudava, e réstias de luz surgiam de debaixo das portas revelando os desenhos da passadeira do primeiro andar em que se situavam os quartos, cada qual com a sua cómoda de espelho e um odor de biscoito e de tília. A meio do corredor havia uma escada para o piso de cima aonde me proibiam subir, e a claridade do rés-do-chão morria nos degraus numa poeira difusa.

Aqui em Alcântara, Iolanda, longe da palmeira dos Correios e dos quintais que trepavam para o cemitério, separados por paliçadas de tábuas, a dimensão das janelas e o hálito do rio impedem as sombras de instalarem as suas ameaças, os seus segredos e os seus murmúrios nos compartimentos que aguardam a enchente a fim de deslizarem para a barra. Mas no extremo oposto da cidade, em que as chaminés das vivendas eram os únicos mastros possíveis e apenas o feijão se franzia em vagazinhas domésticas que o apetite das lagartas dissolvia, tudo se me afigurava imerso numa densidade estranha, próxima da surpresa e do sonho. Pelo menos, meu amor, é assim que recordo a minha vida quarenta anos depois, agora que cresci, ganhei rugas e a boca te percorre a nuca sem se atrever a um beijo, agora que as minhas mãos te abraçam a cintura e sinto as costelas alargarem-se e retraírem-se consoante respiras, à maneira das varetas de um leque unidas pelas pregas dos músculos. E é desse jeito que recordo a minha vida em casa da família da minha mãe, com as minhas tias, o meu tio e os retratos dos militares nos tremós, fitando-me de pingalim e esporas, com uma severidade que os lustros se encarregaram de adoçar. A seguir ao jantar o meu tio levava-me à pastelaria defronte da igreja e eu, com um copo de limonada na mão, assistia à sua conversa com a bronquite dos amigos que cuspiam os pulmões no lenço entre golinhos de café. Os barris de cerveja emitiam suspiros em que a pressão do gás borbulhava. Um grupo de damas pintadas, com brincos de pérolas falsas, compunha as madeixas em torno de um bule de chá, e o meu tio, de cigarro na boca, piscava-lhes o olho a alargar-se, como um pombo, na vastidão do colete. Acabávamos por sair procurando o rastro do seu perfume e uma ocasião uma delas, casada com um veterinário que trabalhava em Santarém, separou-se das restantes a abotoar o casaco e foi caminhando devagar ao longo dos retroseiros e das padarias da Estrada de Benfica, com os tacões dos sapatos a cravarem-se-nos como pregos na exaltação do peito. O cigarro do meu tio apontava para as suas nádegas como um arpão, o cotovelo não parava de me massacrar os rins, e julgo não exagerar, Iolanda, se disser que se escutavam, para os lados da Calçada do Tojal, o pasodoble da orquestra do circo e as gargalhadas dos palhaços que chamavam o ilusionista das rulotes, a fim de partirem com as suas girafas tristes e os seus leões de alcatifa, para erguerem a cúpula de lona em aldeias esquecidas. A dama da leitaria entrou num prédio antes da Junta de Freguesia, acendeu a lâmpada do vestíbulo, o meu tio, a puxar-me a manga, apressou o passo com as solas a rangerem, o pasodoble aumentou num estrondo de trombones, e encontrávamo-nos diante da casa, a piscar o olho e a empurrar a porta, quando o cortejo das camionetas dos artistas rebolou pela estrada, a poucos metros de nós, com um domador de chapéu de coco e chibata empoleirado numa jaula, e os meninos que pedalavam uma roda só a desenharem círculos graciosos no tejadilho da bilheteira, lançando-se uma infinidade de argolas. O carro da frente, coberto de cartazes, em que viajava o director, travou espirrando silvos, os outros imobilizaram-se soltando balões que se embaraçaram nos plátanos ou evaporaram nas trevas, a girafa palpava o escuro com a antena do pescoço ao mesmo tempo que a orquestra engrenava em surdina, num camião descoberto, uma valsa de amor comandada por um maestro que vergastava os clarinetes com a batuta. E então, Iolanda, o ilusionista pulou da quinta ou da sexta rulote soltando ases e coelhos dos bolsos, correu para o vestíbulo em que o meu tio e eu nos achávamos, a senhora do veterinário, a vibrar no meio dos vasos da entrada, deixou tombar o casaco e apareceu quase nua por debaixo dele, sob os aplausos dos anões, o ilusionista, aclarado por um foco violeta, trepou as escadas, tomou-a no colo enquanto ela, dependurada dos seus ombros, erguia a mão num arabesco como os trapezistas cumprimentando o público no final dos seus números, treparam para o camião da mulher de barba e do burro amestrado que adivinhava o futuro, espectadores em pijama, acordados pela música, jogavam serpentinas dos peitoris, a um sinal do director do circo o cortejo pôs-se de novo em movimento sob foguetes de lágrimas, chuva de papelinhos, bocejos de tigres e exclamações de funâmbulos, o maestro, moldando as notas com as falanges, iniciou uma marcha militar, e a caravana evaporou-se na noite até não sobrar mais, na rua, do que uma ilusão de música, holofotes que buscavam os artistas que não havia já, espectadores que fechavam a janela para tornarem à cama sonhando com equilibristas e cãezinhos amestrados, e o meu tio e eu sozinhos no passeio, de boca aberta, a sacudirmos restos de serpentinas como tu sacodes os meus beijos, se ouso tocar-te a bochecha num arrebatamento de ternura. Permanecemos ali minutos eternos enquanto o universo se recompunha à nossa volta, as lâmpadas do circo, suspensas das árvores como maçãs, morriam devagar e as coisas retomavam a humilde, quotidiana, resignada ordem do costume. Os candeeiros da rua renasceram, a insígnia da padaria soluçou nos tubos de flúor, o primeiro morcego acometeu as borboletas de uma candeia por cima de uma ourivcsaria pequenina, o meu tio acendeu outro cigarro, declarou, numa voz em que se adivinhavam as sementes amargas da sua desilusão

– O que não falta no mundo são mulheres

e seguimos para a Calçada do Tojal debaixo de uma morrinha morna até que a vista das buganvílias e o zumbido das abelhas me serenou, e adormeci embalado pelas horas dos relógios, a sonhar com os militares nas esquadrias de casquinha, tal como aqui em Alcântara, ao despenhar-me por fim na almofada, junto ao desprezo do teu corpo, sonho com a festa do nosso casamento num salão repleto das tuas colegas de liceu, cada qual soprando uma pastilha elástica cor-de-rosa, enquanto o campeão de karaté bate palmadas nos amigos e a tua família, a um canto, se aglutina num cacho conformado.

Ao contrário do meu tio, as minhas duas tias, que ensinavam catequese na igreja a meninos prometidos a um futuro de diáconos, recusavam-se a frequentar a leitaria que consideravam uma espécie de sala de espera do inferno repleta de cavalheiros viciosos, a beberem água mineral e a discutirem nádegas e futebol. Gastavam o tempo em casa abismadas na penumbra dos sofás, e de quando em quando espanejavam os móveis com vassoirinhas de penas, surdas para os latidos da raposa que girava na gaiola a aflição do seu pasmo. Eram ambas irmãs da minha mãe, não tinham casado, uma delas, a mais velha, chamava-se Dona Maria Teresa e não sorria nunca: se fosse viva, Iolanda, reprovaria a minha insensatez em vir morar contigo, mas pode ser que a irmã, a Dona Anita, que me foi buscar à Ericeira e se preocupava com as minhas constipações, rompendo no quarto, a cada espirro, como se uma mola a impulsionasse desde o andar de baixo, me perdoasse com um franzir do seu nariz de tartaruga, terminado numa cartilagem bifurcada. E talvez que nem o meu tio concordasse, agastado pelo teu hálito de jacintos de diabética a experimentar todos os dias, na casa de banho, com uma fitinha, a coloração do chichi. E todavia, querida, a opinião deles não alteraria a minha decisão porque te amo, como não me importam as caretas das tuas amigas ou a troça dos empregados no restaurante quando, aos domingos, jantamos fora na cervejaria da rotunda, onde os caranguejos e as santolas, de pinças amarradas por cordéis, se atropelam num aquário revirando para cima os botõezinhos de verniz das pupilas, como a Dona Maria Teresa revirou as suas ao perguntar-lhe, meses depois de me achar em Benfica, numa tarde em que ela avivava com borrifos as plantas da sala, pelo que acontecera aos meus pais.

Do mesmo modo que hoje a tua doença, Iolanda, me surpreende, com as suas tremuras, os seus desmaios, os seus suores, os seus cheiros de pétalas pisadas e a sua subterrânea e intensa comunicação com a morte, que te envelhece por dentro como se os órgãos, o coração, o estômago, o fígado, antiquíssimos e apodrecidos como os dos heróis nas criptas se decompusessem sob a vitoriosa juventude da pele, também na época da minha infância, na Ericeira primeiro e na Calçada do Tojal depois, os meus pais constituíam um absoluto mistério para mim. Nunca me falavam deles, não existia uma fotografia sua entre as jarras de porcelana com folhas de plátano, as molduras de militares e os ovais de prata com meninos de triciclo sobre um fundo de giestas e bisavós reboludas, e eu imaginava-os a viver em África ou em Macau, cercados de chineses diante de barcos de velas em pergaminho encalhados na margem de um rio. Se depois do jantar, deitado na cama sem conseguir dormir, escutava os cães de rebanho do Espanhol, sentia no vento a baixa-mar das suas vozes segredando-me conselhos que não podia entender. A Dona Maria Teresa revirava em silêncio os olhos de lagosta, a Dona Anita ralava-se com a minha magreza e oferecia-me bolachas que sabiam a cré, o meu tio, o Senhor Fernando, piscava o olho às damas e falava do irmão major, o Senhor Jorge, preso em Tavira por conspirar contra o Governo, num quartel junto da praia em que o som das cornetas se humedecia de espuma. Aflige-me que tu, nascida em Moçambique no ano da revolução, não possas entender a época da minha juventude em que os homens vestiam, ao domingo de manhã, a farda da Legião Portuguesa e marchavam pelas ruas de Lisboa, preocupa-me, porque te afasta de mim, que não tenhas conhecido as procissões, os hinos, os discursos, os cafés a transbordarem de uniformes que gritavam canções guerreiras em torno de cálices de conhaque, com funcionários da Polícia política anotando em caderninhos os suspeitos comunistas. Mesmo o Senhor Fernando, filho de um brigadeiro herói das sublevações monárquicas, descia o tom da voz e considerava os agentes numa espécie de respeito incomodado, esquecido das damas que se arregalavam, extasiadas, de torrada na mão, para as condecorações dos patriotas. É que muito antes de tu nasceres, Iolanda, numa cidade de jibóias, missionários e pretos, Lisboa era um carrossel de milicianos orgulhosos e inúteis, de multidões de cónegos, e de maçons a consumirem-se nos fortes do Estado, enquanto a mim, de bivaque e calções, me iniciavam em rudimentos marciais no recreio da escola. Lisboa, meu amor, eram missas radiofónicas, altarzinhos de Santo António, mendigos e gaitas de beiços de cegos nas esquinas, porque nunca encontrei tantos cegos como nessa época penosa, cegos encostados aos prédios, cegos de concertina às costas tacteando passeios fora, cegos trágicos à saída dos lausperenes, cegos fadistas acompanhados por espertalhões de patilhas que recebiam as esmolas, cegos ameaçadores que vendiam bugigangas no adro, cegos orgulhosos, de queixo altivo, nos cruzamentos das ruas, mulheres cegas, com filhos cegos que não choravam nunca ao colo, cegos bêbados às curvetas entre os palmitos das tabernas, cegos que se suspendiam no ar, como anjos, dependurados dos guarda-chuvas abertos, cegos, pedintes e ciganos em carroças gastas pelos mil caminhos do mundo, em busca de um baldio para a tenda, mas principalmente cegos fitando o nada com a bruma das pupilas, milhares de cegos ocupando os becos, as travessas, os largos, os pátios de casinhas baixas com oficinas de sapateiros e ferradores, cegos a beberem água no chafariz das mulas, cegos conversando entre si do seu mundo de sombras, cegos, pedintes e ciganos nas quintas do Tojal, roubando o mel das abelhas, legionários e cegos e as damas das pastelarias e polícias secretos e os brados dos guerreiros de domingo, e eu a perguntar à minha tia O que é feito dos meus pais?, e ela, sem interromper o crochet, a revirar os olhos, cegos a tocarem-nos ao portão ou a vaguearem na relva, enganados na morada, e nesse momento, querida,

cegos

escutei pela primeira vez, fazendo vibrar os cálices, as folhas das plantas e o arbusto do meu sangue,

cegos

um ruído de passos no andar de cima.

4

Não, espere aí, acalme-se, não comece já, seja sincero, o amigo escritor olhe-me na cara e diga se encontrou por acaso alguém de turbante e rubi na testa, a voar por cima dos telhados de Lisboa? Então se não encontrou é porque estive toda a semana, sem descanso, esquecido do hipnotismo por correspondência, a investigar o seu homem, a perguntar, a espiar, a andar por aí, a tirar fotografias, salvo uma ou duas sestazitas rápidas, na pensão da Praça da Alegria, com uma pequena simpática, uma gordinha como eu gosto, que se deu ao trabalho de me fazer esquecer as amarguras com carícias módicas e uma massagem nas costas, e isto, calcule você, com pelo menos meia dúzia de rolas no peitoril da janela, a cantarem enquanto me viam estrebuchar, como um atum fora de água, na confusão dos lençóis. Chama-se Lucília, o olho esquerdo desvia-se um bocado, é mulata, veio de Angola num barco de desgraçados sem vintém que fugiam à guerra civil, e existe qualquer coisa nela, não sei o quê, talvez o cheiro, que me recorda as lavras de algodão antes da manhã, quando o nevoeiro que cobre as sanzalas pesa nas árvores como num braço de poltrona e os girassóis erguem os caules na direcção da luz. Por falar nisso a última ocasião em que estive com ela fiquei a dever porque se me acabou o

dinheiro, Ó Lucília tu desculpa que na segunda-feira pago-te sem falta, e a gorducha, estendida na cama, a fumar, com a pupila errada
esquecida na parede e a certa, sorridente, em mim, Descanse, senhor
Portas (sou Ernesto da Conceição Portas) que não é por aí que vai o
gato às filhoses, uma aflição qualquer tem, ora que história, de maneira que o amigo escritor adiante-me aí um suplementozinho para a jóia
da rapariga, pobrezita, explorada por um chulo preto, de éde fones,
que de tempos a tempos, para marcar posição e até aí eu compreendo,
o problema é que o cretino exagera nos argumentos, lhe amassa a cara
a murro, e lá aparece a infeliz com a bochecha em papas, pensos no
queixo e a sobrancelha cosida, a coxear, misturada com as colegas, nos
engates da Avenida. De maneira que, para lhe confessar a verdade, na
derradeira sesta nem me apeteceu fazer amor, que se o estrabismo já
me complica com os nervos calcule daí o resto, os adesivos, os incha-
ços, as nódoas negras, um lanho na boca, e então ficámos a conversar
disto e daquilo sem que este seu criado se despisse, cada qual na sua
ponta da cama e as rolas sem perceberem o que acontecia, de testa
amolgada nas vidraças. A Lucília explicou-me que apesar de ter recebido educação de branca e tirado o primeiro ano do Liceu, trabalhou
num bar de Carmona, com um italiano maricas ao piano, e eu, em
troca, elucidei-a um bocado acerca do funcionamento da Polícia política, de a gente, por tuta-e-meia, arriscar o canastro para defender a
segurança da Pátria, e das injustiças que a revolução me fez atirando-
-me para o desemprego sem consideração nenhuma, sem respeito
pelos meus esforços, sem a miséria de uma reforma sequer, isto para
não mencionar, que a gratidão é sentimento em que com franqueza
não acredito se é que algum dia acreditei, o que se nota por aí é indiferença e egoísmo, o comportamento das pessoas em relação a mim,
a agredirem-me na rua, a insultarem-me, a chamarem-me assassino e
malandro, a cuspirem-me em cima, e eu enxotado de um lado para
o outro, sem dinheiro, sem amigos, a meter os móveis no prego, a
Lucília, comovida, que estas miúdas são umas sentimentais, toca-se-

-lhes na corda sensível e pronto, disse numa voz molhada Parece mesmo um filme, e tirou uma garrafinha de baixo da cama para se emocionar melhor, o álcool ajuda às lágrimas, ofereceu-me um golito de uma coisa que ardia e eu passei meia hora aos soluços a assustar as rolas até a janela se esvaziar de bichos e surgirem os telhados e os algerozes da Praça da Alegria, ainda cuidei ver um primo meu, que se interessa por levitação, a nadar no Príncipe Real e no entanto era apenas uma nuvenzita, a mulata, preocupada, estoirava-me palmadas no lombo a dizer Então senhor Portas, então senhor Portas, com um olho em mim e o segundo no tecto numa indiferença esquisita, chegou a querer levantar-se para chamar as amigas mas eu fiz-lhe um gesto de que não era preciso, Aguenta aí, pequena, onde é que vais, e ela continuou a zurzir-me e a beber da garrafinha para se acalmar, de modo que decorrida uma eternidade, mal os soluços acabaram e consegui respirar normalmente, a Lucília, à força de chupar o gargalo, não só não dizia nada que fizesse sentido como desatou a cantar uma música francesa, numa tal gritaria que o chulo preto, alarmado, arrombou a porta seguido por quatro ou cinco compinchas de carapinha, sapatos de ténis e camisa estampada, cintilantes de anéis e pulseiras de latão, com aspecto, a adivinhar pelo pó das calças, de trabalharem nas obras, de forma que abotoei o colarinho da camisa, ajeitei o nó da gravata, soltei um soluço final que me trouxe a lembrança do álcool à língua, e caminhei para a saída com a dignidade que pude, arredando-me o mais possível dos cabo-verdianos que me miravam encostados à parede, sem abrirem a boca, e já no corredor, livre de ameaças, escutei o primeiro bofetão pedagógico que deve ter atingido em cheio os cromados da mulata que se calou de repente, seguido por uma saraivada de pontapés educativos acompanhados por uma repreensão paternal num português rudimentar. Hoje a seguir ao almoço, antes de vir ter consigo, cruzei-me com a mulata no átrio da Residencial: não se achava bêbada mas trazia a moleirinha envolta em ligaduras, o nariz coberto de pensos, um colar almofadado em torno do pescoço, um dos membros em gesso, e marchava com dificuldade devido ao derrame dos pés, apoiada a uma muleta que se dobrava em arco a cada passo. Não me fitou (é-me difícil entender quando um vesgo me olha, e de ordinário passeio de órbita em órbita, hesitante, à cata da bissectriz das pupilas), e trepou as escadas para o terceiro piso num vagar de lagosta. Vi-a desaparecer arrastando uma das pernas sem um gemido de quei-xa, acompanhada pelo chulo preto de mãos nas algibeiras, que se diria pastoreá-la como uma ovelha manca. No entanto pode acontecer que uma semana destas, quando a rapariga melhorar dos ferimentos, volte ao seu quarto a fim de conversar, estendido na cama, do que a vida fez de nós, expulsando-a a ela do bar de Carmona, dos apalpões dos fazendeiros e da casa partilhada com o italiano que inundava a prate-leira do quarto de banho de frascos e pomadas para tingir o cabelo, e transformando-me a mim, que labutei trinta anos, mal pago, sempre sujeito a um tiro, para o bem estar do País, num professor de hipno-tismo por correspondência cujos alunos mal se elevam no ar, aqui sen-tado consigo numa esplanada do Campo de Santana onde os cisnes começam a agitar-se com a proximidade da noite.

Já reparou nas sombras que descem do Patriarcado, nos plátanos que se unem, confundindo os ramos, nos pombos que emigram para os quintais vizinhos, na mudança de tonalidade do assobio das ambu-lâncias? O poente assusta-me, amigo escritor, nunca me senti à vonta-de com o escuro, apetece-me acender todas as lâmpadas enquanto o dia não chega e permanecer numa cadeira, acordado, a defender-me do sono, de maneira que na Polícia me oferecia para os trabalhos a partir da meia-noite que os meus colegas não queriam, interroga-tórios, vigilâncias, buscas, piquetes, escutas telefónicas, observações intermináveis, com um gravador e um binóculo, de casais que escre-viam à máquina comunicados e panfletos, que policopiavam circulares contra o Governo, chamando para a insurreição armada um povo alheado que se amontoava nos autocarros da volta do emprego, mar-chando para as vilas da periferia sufocadas de chaminés de fábrica, qualquer tarefa, amigo, que me salvasse das trevas e dos seus mistérios, que desde a infância me constrangem e sufocam. Por conseguinte, com o correr dos anos, fui aprendendo a dormir durante o dia, de estores subidos para afugentar a penumbra, com as rolas da Praça da Alegria entrando-me no quarto e empoleirando-se na cómoda e nas maçanetas da cama, e acabo por acordar, numa dor de cabeça que me lixa, com o cocó das aves no soalho e uma derradeira pena acima dos meus lábios, à espera que eu cesse de respirar para me morrer na boca.

Eu sei que é você quem paga, escusa de me lembrar, já lá vamos, já lhe falo do seu homem, se cuida que desde o nosso almoço me tenho ocupado de outro assunto engana-se, por acaso topou algum folheto do curso de hipnotismo na sua caixa do correio, misturado com a conta do gás, a pouca vergonha da propaganda dos partidos e a carta de um primo emigrante no Luxemburgo a lastimar-se da tirania do patrão? Claro que não recebeu, amigo escritor, é impossível que tenha recebido porque nada mandei para ninguém, o que prova, se a minha palavra não bastasse, que até às obrigações de professor ando a faltar assim que me comprometi consigo, nem ao apartado vou buscar as dúvidas e os exercícios escritos dos alunos, e agora, imagine a respon-sabilidade, suponha que um estudante insensato põe a mãe a flutuar na sala e não consegue descê-la, a senhora, arreliadíssima, procurando anzolar as consolas com o cabo da sombrinha, a exigir que a família a meta cá em baixo e nada, o filho a subir um escadote para lhe dar o almoço, uma nora perversa a escancarar a varanda na esperança de que a velha se suma, a protestar e a chamar a Polícia, no outono de Cam-po de Ourique, suponha um sujeito só hipnotizado da cintura para cima, a circular em transe, sem poder imobilizar-se, gastando a alcatifa num corredor de Telheiras? Ensinar é assunto de responsabilidade, senhor, para mais matérias delicadas como esta, e sinceramente que me sinto culpado por esquecer os meus discípulos a fim de me ocupar do seu assunto quase sem receber um chavo, que aquilo que me entrega nem para as despesas dá, e isto, amigo escritor, vinte e quatro horas por dia sem pensar noutra coisa, o meu mal foi simpatizar com a sua cara, simpatizei com a sua cara, pronto, e olhe que comigo, pode acreditar, é raro, mas com a do tipo da fotografia nem por isso, a gente pensa num determinado género e vai na volta saem-nos as contas trocadas, um sujeito baixinho, careca, cabeçudo, sem pescoço, mal vestido, empregado na Secretaria de Estado do Turismo, pega às nove larga às cinco, a numerar fotocópias numa secretária sem horizontes rodeada de ficheiros. Julgo que o deixaram ali por ninguém se lembrar dele, tão supérfluo que lhe esqueceram a existência e o nome, podia cair para o lado, trás, com uma trombose ou um enfarte que os colegas, a lerem o jornal, nem reparavam, não se lhe conhecem desvios ou aventuras, não teve sequer um caso com a telefonista do serviço, uma platinada de alto lá com o charuto de auscultadores na permanente, às cinco e dez arrumava os dossiers, colocava as fotocópias num cestinho de arame, apanhava o casaco da cadeira e abandonava o edifício sem nunca utilizar o elevador, sem cumprimentar fosse quem fosse, sem convidar o da mesa vizinha para uma bica antes do metropolitano, e cá fora, de pasta e guarda-chuva sob o braço, aguardava na paragem a chegada do transporte para Alcântara, e eu, que viajei com ele sem que o sujeito me reconhecesse da Ericeira, a sofrer os mesmos empurrões, as mesmas pisadelas e os mesmos soluços do tráfego, eu que o segui até à Quinta do Jacinto, um bairro de vivendinhas económicas, com jardins à frente, separadas por travessas numeradas, eu que o vi empurrar uma porta sob um alpendre e evaporar-se no interior como um rebuçado chega ao fim, perguntei a mim próprio o que o leva a interessar-se a si, um escritor, um homem que vende romances, que aparece na televisão, que tem o nome nas revistas, por um badameco como aquele a morar num prediozito da Rua Oito, minado pelos vapores do rio, e pelo odor dos esgotos que espreita dos buracos das paredes como um animal sem destino. Um palheiro da Rua Oito, francamente, que ideia a tua, pá, uma choça de reformados e criadas de servir com o reboco em petição de miséria e os canos em mau estado, a cancela fora dos gonzos, um par de madressilvas pedindo auxílio à indiferença do mar, janelicos, um lavatório em que a água esguichava aos arrancos, para que te serve tanto lixo, rapaz, tens a certeza que os teus miolos funcionam, que livro uma história destas pode dar se tristezas é o que mais há na cidade, anteontem tirei-me dos meus cuidados, apanhei o eléctrico no Cais do Sodré, toquei à campainha e mostrei a ponta de um cartão dizendo que fiscalizava a segurança das habitações camarárias à mulher de avental que me examinava do capacho, Das habitações quê? indagou a criatura, desconfiada, com receio de um despejo ou de uma multa, Camarárias, respondi eu, a avançar um passo, e então a do avental arrumou-se para o lado e dei com um bengaleiro com incrustações de madrepérola, um calendário de mil novecentos e sessenta e cinco, representando uma paisagem austríaca com todos os meses intactos, a cobrir o contador da água, uma saleta onde as cadeiras se organizavam em torno da relíquia da televisão, quartos de que apenas se distinguiam as colchas das camas e um quintalzinho nas traseiras, espremido entre dois muros, com uma nogueira cujos frutos chocalhavam num tinir melancólico e uma dezena de legumes sem ânimo. A mulher observava-me, a farejar a disposição dos meus humores camarários enquanto eu estudava as falhas do tecto e o grelado das paredes, enquanto eu, amigo escritor, estalando contra o céu da boca a minha língua de fiscal, me passeava a verificar o isolamento dos fios eléctricos e as tomadas de corrente e me defrontava com compartimentos interiores, saturados de transpiração, essência de drogaria e perfume de supermercado, nos quais tive de caminhar de perfil para não tropeçar em pantufas e bacios, a pensar no que pode haver de interessante na falta de dinheiro e a interrogar-me acerca do motivo que te conduziu a escolher aquelas pessoas amargas, cheias de medo e do rancor dos infelizes, de entre a multidão de milhares de criaturas amargas que moram nesta cidade de merda, na qual o sol lantejoila a desgraça de um manto de luz. Despedi-me da mulher que ficou na soleira insistindo Não encontrou nada de mal pois não, não encontrou nada de mal pois não?, e abandonei a Rua Oito da Quinta do Jacinto no instante em que uma locomotiva sacudia os alicerces das casas e Alcântara se me afigurou desenhada contra o papel de seda da tarde por um lápis que amontoara cornijas que galopavam para o Tejo. Já perto da Avenida de Ceuta passou uma cadela com cio, uma rafeira a borbulhar anseios desejada por um enxame de machos de diversos tamanhos e matizes, que pulavam uns sobre os outros escorrendo uma baba de desejo. Ainda apliquei um coice na cachorra que se sumiu a chiar, acompanhada pelos pretendentes que buscavam à vez cavalgar-lhe o traseiro, ainda os lobriguei num talude de ervas, e ao atracar na Residencial deu-me a sensação de os enxergar de novo, aos bichos, deslocando-se para a Lapa, com a fêmea na dianteira, a passo lento, carregando o fardo da sua natureza, e os restantes atrás, de dentadura ao léu, parando a urinar contra um banco de jardim, deu-me a sensação de os enxergar trotando por Lisboa, os pénis murchos, como você trota, desculpe-me a comparação, atrás daquele pateta de Alcântara, como eu troto à roda do quarto da Lucília, a encostar o ouvido à madeira para agonizar de ciúme com os suspiros de estímulo dela e os assopros dos clientes, para lhe imaginar os espasmos de prazer com os bofetões do chulo preto, como eu troto, desinquieto com uma mulata de pés nodosos de calos, eu com quase setenta anos e a tensão arterial pelas ruas da amargura, vê-me o ridículo, enervar-me por uma galdéria que gosta de apanhar pancada do primeiro que aparece, que se rebola de gozo com um soco, que se desfaz em orgasmos se lhe trituram as rótulas, eu, a quem no tempo da Polícia nunca faltaram mulheres, estendia o dedo e zuca, até com uma comunista dormi, numa cela da Pide, entre duas perguntinhas, e não foi preciso pedir-lhe, inquiri Quais são os teus contactos, menina?, e ela, lampeira, a sorrir-se de mãos nas ancas, Chegue aqui um instantinho que eu dou-lhos, eu, depois de velho, amigo, já sem pachorra nem disposição, a afligir-me com uma marafona que mama aguarrás e álcool de farmácia e bate a sola, à noite, à cata de parceiros por duzentos escudos cada dez minutos, quando podia estar sossegadinho a resolver palavras cruzadas ou a pensar nas poucas vergonhas que o socialismo me fez, eu, que devia ralar-me com os meus alunos que se esquecem do turbante e dos passes magnéticos e se condenam, desse modo, a um desafortunado destino terrestre, caminhando como tu caminhas, rapaz, a magoar os joanetes no empedrado em lugar de se deslocarem, felizes, desprovidos de peso, de acordo com as manias do vento. A gente os dois, amigo escritor, tu e eu, não há remédio, somos como os rafeiros da cachorra a badalarem o cu Lisboa fora, com a diferença que a mim, gaita, ainda é uma mulher, boa ou má, que me apaixona, ao passo que no teu caso viras-te do avesso para conhecer um gajo que não vale nada, que nunca valerá nada, e que noventa por cento das pessoas pagava para ignorar quem seja, um cinquentão macambúzio a morar na porcaria da Quinta do Jacinto, amancebado com uma miúda diabética, a injectar--se de insulina, que podia ser neta dele e o detesta, e a sustentar-lhe, com um ordenado que nem entendo como se aguenta até ao fim do mês, o pai e a tia que me mostrou a casa enquanto no apartamento de cima um casal que não cheguei a ver discutia numa ventania de insultos, a casa, o quintaleco, a presença do rio atrás do muro e os comboios do Estoril e de Lisboa cruzando-se na via férrea que separa Alcântara da muralha, eu, sem compreender, a meditar nisto, amigo escritor, a juntar factos, a largá-los, a juntá-los outra vez, a desconfiar Há qualquer coisa que me escapa, qualquer coisa que não joga, que raio de interesse pode ter o da fotografia, e a diabética, e a Quinta do Jacinto, e de repente, esta manhã, antes de vir ter contigo, estava eu a barbear-me, compreendi e fiquei parado em frente ao espelho, quer dizer, ao pedaço de espelho que lá tenho, com metade da cara cheia de sabão, compreendi, de navalha no ar, que o teu fulano não existe como não existe a nogueira, nem o pai, nem a tia, nem a Quinta do Jacinto, nem sequer Alcântara, nem sequer o Tejo, que me puseste a trabalhar, por duas ou três notas, numa mistificação esquisita, que inventaste este enredo para os teus capítulos, ora confessa lá, que me obrigaste a perder o meu tempo e o dos meus alunos com histórias da carochinha e agora quem me indemniza a mim pelos problemas que arranjar com os hipnotismos errados, quem me defende em tribunal se as pessoas desatam a sumir-se em Lisboa, compreendi e apetece-me esvaziar a bexiga e ainda devo trazer sabão nas orelhas porque com a excitação da descoberta não fiz chichi nem limpei a cara com a toalha, que não há rolas, que não há a Lucília, que não há a Residencial da Praça da Alegria, que não há o chulo preto, que não há a Pide, que não houve os comunistas, que não houve o meu passado, nem Damão, nem a casa de Odivelas, que não houve eu, que não há a san-des de presunto quase sem presunto que mastigo aqui, sentado, à sua mesa, que também não há você, amigo escritor, e que nos encontra-mos ambos, oiça-me bem, não no Campo de Santana que jamais exis-tiu, com os seus pavões, os seus mendigos e os seus malucos, mas suspensos numa espécie de limbo, a conversar de nada, rodeados de telhados e árvores e gente sem substância, numa Lisboa imaginária a descer para o rio ao longo de uma confusa precipitação de becos inventados.

5

Ontem, Iolanda, quando pedi dispensa no serviço para te acompanhar à consulta na Associação dos Diabéticos, e saímos muito cedo a fim de não perdermos o médico,

(tão cedo que a noite do rio entrava com as luzes dos barcos pelo dia da cidade adentro)

ontem, enquanto caminhávamos para a rotunda de Alcântara à procura de táxi, senti que a alvura e a sombra se empurravam na muralha do Tejo e que não era impossível uma traineira passar vogando pela rua, com o mestre ao leme e a lanterna da popa despedindo clarões no alcatrão,

como não era impossível que as casas da Quinta do Jacinto ganhassem raízes de estuque na água,

e amei-te por me permitires viver contigo no milagre de um poente ou de uma aurora em que as árvores se despenteavam de limos, e os petroleiros adquiriam a dimensão de catedrais, com santos, e círios, e altares no porão, e as notas do canto gregoriano a saírem com o fumo pelas chaminés enormes. Amei os teus ombros estreitos, o teu nariz, que pingava de gripe, a voz que se enervava e me repreendia, as pernas magras sob a gabardine, amei a fragilidade do teu corpo e o teu modo de andar, dobrada pelo ventinho de fevereiro, e amei

desculpa

a tua doença que me permite acompanhar-te, na madrugada de Lisboa, como se constituíssemos aos olhos dos outros um casal, apesar de me culpares da tua constipação e da deficiência dos transportes, de me exigires que descobrisse um táxi no nevoeiro que diluía os automóveis, e de gritares que me odiavas com os olhos a pestanejarem, reluzentes de febre, acima da franja do cachecol. Eu trotava na rotunda a acenar para os carros, impedido de atravessar pelas camionetas, vindas do sul, que desciam da ponte a abanar os flancos, e enquanto gesticulava lembrei-me da aflição da Dona Maria Teresa, uma tarde, há muitos anos, na Calçada do Tojal

(e a infância surge diante de mim, indiferente à tua zanga, nessa manhã de Alcântara, como os ossos dos mártires surgem das lajes)

quando a raposa se escapuliu da gaiola dos pássaros, atravessou a passadeira de cascalho e nos entrou, a latir, casa adentro, derrubando mesinhas de pé-de-galo e coronéis de Engenharia fotografados em França na época da guerra, os quais caíam no soalho, sem um gemido, mirando-nos com órbitas de heroísmo congelado.

A raposa, sem saber o que fazer, ganindo sempre, invadiu a sala num turbilhão de pêlos, e as minhas tias, que tricotavam naperons em cadeirões estalados pelo uso, iluminadas pelo fio de luz que atravessava as cortinas, ergueram-se à uma, enxotando com as agulhas o bicho que embateu num pêndulo despertando uma saraivada de carrilhões e de soluços de cucos, e por fim, Iolanda, quando espirravas pela terceira vez, a puxar lenços de papel da carteira, lá assomou uma ampolazinha verde a navegar na rotunda atrás de uma carreta funerária, e eu, desejoso de agradar-te, esquecido do tráfego, desatei aos saltos no alcatrão, ameaçado por guarda-lamas, por buzinas e insultos, a raposa deu uma volta sobre si própria arrastando o pano de chita da camilha e uma jarra de porcelana que se estilhaçou no soalho, o táxi imobilizou-

-se junto a nós, de capot a tremer, ao mesmo tempo que tu abrias a porta a chamar-me cretino, a culpar-me de pneumonias futuras, a prevenir-me, furibunda, Não te atrevas a tocar-me, e te acomodavas, a assoar-te, nos estofos, a Dona Anita correu para a camilha tentando salvar uma concha de prata e um coração de cristal mas tropeçou no fio do calorífero, agarrou numa cadeira que tombou de lado como um cadáver já rígido, avisaste-me, a puxar a roupa, Estás a pisar-me a gabardine com o rabo, meu estúpido, furgonetas que o nevoeiro estirava passavam sem descanso por nós, os semáforos oscilavam na bruma, o cheiro dos esgotos crescia da muralha e adivinhava-se o rio pelo mugido dos barcos, uma segunda cadeira tombou no tapete que a raposa enrolava, o calorífero principiou a queimar um cortinado que se torcia espalhando cinza no sobrado, Um balde com água, implorou a Dona Maria Teresa, temerosa que os majores se inflamassem nas cómodas, Perdoa, disse-te eu, de nádegas erguidas, ainda a fechar a porta onde o meu sobretudo se entalara, a Dona Anita, sentada no chão, procurava os óculos às apalpadelas, e a raposa esgueirou-se para o primeiro andar, saudosa da gaiola no jardim e do muro em que se viam à tarde os rebanhos do alto do Tojal, guardados por pastores que conversavam com as ovelhas numa linguagem de assobios. Uma fila de automóveis protestava atrás de nós, e no nevoeiro que se dissolvia, mostrando prédios, ruas, uma pastelaria de que retiravam os taipais, distingui, no sentido da Avenida de Ceuta, a luva de um polícia em simultâneo com a ronca do farol, o trabalho dos motores e as patas da raposa que escorregavam nos degraus:

– Onde é a ida, afinal?, impacientou-se o chofer a batucar os dedos no volante.

– Amarrotaste-me a saia, que beleza, protestaste tu a exibir um pedaço de tecido, vou chegar linda ao doutor.

A cortina acabou de consumir-se, desprendeu-se das argolas e flutuou no compartimento soltando esquírolas de carvão à medida que o calorífero começava a devorar a carpete em que assentava a mesa do jantar com a salva com bananas e laranjas que ninguém comia ao centro, e que desprendiam, ao debruçarmo-nos sobre elas, um odor desmaiado. A Dona Maria Teresa subiu as escadas no encalço da raposa, e a Dona Anita, que descobrira os óculos a que faltava uma das lentes, contemplava os militares numa desolação infinita, alheia ao calorífero que roía um após outro os desenhos do tapete, a ouvir o entrechocar das folhas das árvores que a ausência de vento e a chegada da noite serenavam. Os carros acendiam faróis nas nossas costas, a luva do polícia, com um apito entre o indicador e o polegar, tornou-se frenética, o nevoeiro dissipava-se mostrando novas ruas, calhas de eléctrico, um indício de cor nas chaminés e nos telhados.

– Para a Associação dos Diabéticos, temos de lá estar antes das nove, informei o chofer que se remexia no banco, farto de nós, a responder ao polícia com gestos de desculpa. Se perdemos a consulta na melhor das hipóteses são dois meses de espera.

– Felizmente que os retratos do papá não se partiram, consolou-se a Dona Anita a remexer cacos, felizmente que não aconteceu nada às fotografias de Verdun.

– À Associação dos Diabéticos, dissesse logo, suspirou o chofer a engatar uma mudança desalentada e a perder-se, na manhã clara, sonora de matizes, com uma última nuvem a escapar-se para Algés, no cardume de automóveis que giravam na rotunda e onde a luva do polícia não conseguisse ir buscá-lo. Se me pregam uma multa por sua causa frito-o.

O sol roçava a palmeira dos Correios, uma das espirais do calorífero, exausta de mastigar lã, rebentou num estalo e amorteceu o seu brilho, a Dona Anita, a inclinar a cabeça para a esquerda, por causa da única lente, como um tucano zarolho, inventariava cacos com a ponta do sapato, ouvia-se o galope da raposa, oratórios que se precipitavam no soalho pulverizando mártires de barro, e a Dona Maria Teresa a gritar Liguem para a Legião e chamem o Fernando depressa antes que o animal se lembre de trepar ao sótão, mas ultrapassámos o polícia sem que a luva, Iolanda, preocupada com uma motoreta atravessada no asfalto, se importasse connosco, e rolámos para a Praça de Espanha voltando costas aos comboios de Alcântara e aos navios do Tejo, o som do farol emudeceu, um bairro de lata surgiu a seguir a habitações a que faltavam paredes. Painéis publicitários, cravados de ambos os lados da estrada, escorregavam para nós, o teu perfil zangado viajava sem me olhar pela miséria de Lisboa que se desdobrava em cinemas, lojas, garagens e prédios de um mau gosto berrante. O chofer desviava-se de uma faixa para a outra, evitando camiões em transgressões sucessivas, e às palavras da irmã a Dona Anita jogou-se para o telefone, colocado por cima da lista e de um caderninho com os números do talho, da costureira e do padeiro, ao mesmo tempo que um Santo Expedito trambolhava pelos degraus perdendo um membro a cada salto, e eu procurava dentro de mim palavras que me desculpassem de te haver amarrotado a saia, de ter pisado a gabardine com as nádegas, de atropelar constantemente a tua vida com a minha inépcia, e decorrida meia hora se tanto, Iolanda,

quando o sol deslizou pela palmeira, e o interior da casa se foi aparentando a uma cidade bombardeada, apesar de os coronéis a defenderem entrincheirados nas molduras de tartaruga e de casquinha,

escutei um ruído de botas que marchavam na rampa que separava o portão da soleira da casa, escutei vozes, tosses, ordens, uma chave a lutar com a fechadura, e o Senhor Fernando, fardado da Legião, com bivaque, botas de montar, esporas e pistola em riste, surgiu na sala acompanhado por uma dezena de milicianos de espingarda em bandoleira, que saudaram a Dona Anita, ocupada a tentar reconstruir um Molière de biscuit, e se espalharam pelos compartimentos, disparando sem descanso em busca da raposa fugitiva. O chofer, após insultar um eléctrico cujo trólei se despegara do fio e recusava andar, atravancando um beco, parou o táxi e desligou a maquineta de contar tostões em frente da Associação dos Diabéticos, à entrada do qual se acumulava, esfregando as mãos no frio, um grumo de doentes, e eu levei os dedos

ao casaco para lhe pagar, não senti nada, descobri que com a pressa
me esquecera da carteira na Quinta do Jacinto e não trazia mais do
que uns trocos, misturados com papéis e caixas de fósforos, na algibeira da canadiana. Tu seguraste o manípulo para abandonar o carro, o
motorista aguardava, a tomar notas num bloco, um dos milicianos
rebentou à bala o candeeiro da sala de jantar, que se desfez no chão, o
Senhor Fernando avisou os patriotas Acabem com a toirada que
o bicho está lá em cima, a água de um cano brotava em jorro por detrás
do reposteiro, ensopava o tapete e avançava para os ladrilhos da cozinha, e o chofer, calmíssimo, poisou o bloco no banco, torceu o tronco
e inquiriu, numa voz enternecida:

— Esqueceu-se da carteira, é?

Os diabéticos entravam no prédio da Associação apertado por edifícios em obras, uma mulher de bata e touca espreitou por uma janela,
e eu, a verificar de novo o conteúdo dos bolsos, imaginava gabinetes
cheios de blocos de receitas, de instrumentos cirúrgicos e de secretárias
de refugo, salas de espera apinhadas de gente com o aviso Não Fumar
colado com adesivo a um painel de cortiça, microscópios, cobaias,
bicos de Bunsen, e presente em toda a parte, nos gabinetes médicos,
na sala de espera, no laboratório, no corredor e sobretudo nas retretes,
o perfume de crisântemos da diabetes que se insinuava na estrutura de
pedras e areia através das imperfeições do reboco. E veio-me à ideia
que há alturas, meu amor, quando não estou contigo, no trabalho,
durante o almoço, no átrio do emprego, nas fotocópias que carimbo,
no autocarro para casa, em que encontro no meu corpo, na minha
roupa, no meu hálito, o odor de crisântemos que desprendes, de tal
modo que me sinto tão próximo de ti como se te habitasse, como se
fosses, como tanto desejo, o meu único alimento, o meu País, a minha
cidade, o meu lar, como se o teu sangue iluminasse a minha voz e eu
caminhasse, na Quinta do Jacinto, guiado pelo incenso dos teus olhos,
ao encontro de um peito jovem que me espera. O chofer alargou-se
num sorriso interminável:

– Claro que também não trouxe nenhum documento de identidade, pois não?

E nessas ocasiões, Iolanda, e só nessas ocasiões, quando os meus cinquenta anos se afastam de mim e me libertam, deixando-me solto, desempenado, seguro, forte, sem medos, sem dúvidas, a minha existência adquire uma limpidez matinal, um sabor de agosto, uma textura que me tranquiliza, me amadurece e justifica, permitindo que os nervos se distendam e eu consiga dormir, não digo já no ninho da tua ternura mas pelo menos no teu consentimento de mim, estendido à tua beira, sem tormento nem dor, como sob o chuveiro de sombras dos sicômoros no verão, respirando o perfume dos crisântemos.

– E eu dou-lhe a minha morada e você logo à tarde vai a Cabo Ruivo pagar-me a corrida, acertei?, inquiriu o chofer agora todo virado no assento, de mão espalmada no meu joelho, a apertar-me os ossos. Não traz documentos que provem quem é mas eu posso ficar descansado, ora essa, porque ao chegar a casa a primeira coisa que me sucede é dar com o envelope com o dinheiro e a gorjeta, que o amigo é a pessoa mais séria deste mundo, metido na caixa do correio, é isso?

Os diabéticos continuavam a entrar na Associação para a consulta, enfiados em longas capas tristes, um sujeito de lacinho debruçou-se a perguntar Está livre?, e os legionários, que disparavam sobre as terrinas da Companhia das Índias e as fotografias dos tropas, precipitaram-se para as escadas, atrás do Senhor Fernando que berrava Impeçam-na de chegar ao sótão, impeçam-na de chegar ao sótão, brandindo a pistola de guerra que se dilatava e encolhia pulverizando os florões do tecto.

– Estar livre ou não, respondeu o motorista sem me largar o joelho, é um problema que depende deste sócio.

Um guarda-fato destroçou-se até se imobilizar contra o arco da sala, reduzido a um monte de pranchas e de cabides de arame e de madeira. Alguém dera corda ao gramofone que entoava agora, a enganar-se nas notas, o hino italiano, as botas corriam no andar de cima, um segundo guarda-fato arremessou-se pelas escadas num impulso suicida, uma voz queixou-se aos gritos A puta da raposa mordeu-me, e o chofer, que me triturava as cartilagens, cessou repentinamente de sorrir:

— Tem trinta segundinhos para acabar com a fantochada. E a menina quieta e sossegada que a conversa é com o seu papá.

— Não é meu pai, é meu padrinho, disseste numa mistura de fúria, de desconsolo e de vergonha, desprendendo uma baforada de velório. E eu diminuí logo de tamanho, enrugado nos estofos, ofendido no meu amor por ti, a segurá-lo contra o peito como uma prenda que ninguém aceita receber.

— Padrinho e afilhada, que engraçado, declarou o chofer amolgando-me os músculos da coxa, a procurar o isqueiro e o maço de cigarros do tablier com o pulso livre. Pois olha, loirinha, se o teu velhote não arranja o bago vamos daqui direitos para a esquadra, e até pode ser que o comissário vos case.

A música do gramofone tornou-se de tal maneira estridente que abafava os gritos, os tiros, o receio dos meus tios de que a raposa se escapasse para o sótão e a sanha dos legionários no corredor. A casa vibrava com os bombos do hino, a Dona Anita, de carrapito a desmanchar-se, parecia deslocar-se ao ritmo do tambor, o calorífero liquefazia uma boneca de pasta, um reforço de patriotas entrou-nos pela porta a destruir à baioneta os retratos que sobejavam ainda, os médicos observavam radiografias e amostras de sangue enquanto as enfermeiras preparavam seringas de insulina, os patriotas, com granadas à cintura, subiam e desciam os degraus, o do lacinho, fazendo equipa com o chofer, propunha o Governo Civil para o noivado, e nisto o Senhor Fernando, de bivaque na nuca, apareceu na sala com a raposa dependurada pela cauda, e eu recuei de susto, até à cantoneira dos copos e dos cálices, à vista do nada dos seus olhos.

Iolanda, meu amor, domingo da minha vida, amo-te. Amo-te e julgo, tenho a pretensão de julgar, que entendo a tua impaciência, as tuas zangas repentinas, a tua alternância de inteligência e estupidez, de abandono e ímpeto, de inocência e de malícia, que entendo a tua recusa de falar, as tuas guinadas infantis, o teu nojo de mim. A minha idade e os meus bicos de papagaio interpõem-se entre nós como um muro que te impede que me estimes, separados por anos e anos de experiências e sustos que não partilhámos, que não poderemos partilhar. E todavia, querida, compreendo tão bem quando à tarde o teu rosto obscurece e se vela, quando te sentas à mesa para comer com maus modos o frango ou o goraz da tua tia, quando deixas o guardanapo na toalha, empurras o banco e te fechas no quarto sem explicações nem desculpas, a olhar o rio para além dos comboios, das gaivotas e das gruas nítidas, haste a haste, com a aproximação da noite.

Iolanda, amo te. Amo te na tua impossibilidade de comer doces que transformas numa decisão pessoal, numa deliberação altiva, amo as pupilas que começam a embaciar-se de cataratas, os rins que sofrem em silêncio, o protesto do pâncreas. Amo-te com a infinita, extasiada piedade da paixão, amo-te quando suas no teu sono, e eu bebo cada gota de ti percorrendo-te poro a poro com a avidez da língua. A minha vida, com as suas ansiedades e os seus mistérios por elucidar, com a ausência dos meus pais durante a minha infância, o vizinho ilusionista, o sótão onde ecoavam passos, cessou de ser um enigma para mim desde que te encontrei, de tal modo que o passado me surge tão claro como o episódio de ontem, no táxi, diante da Associação dos Diabéticos, e que terminou quando uma escriturária veio lá de dentro confirmar quem éramos e emprestar o dinheiro do táxi para desgosto do Iacinho que aguardava com esperança malares rachados e cassetetes pelo ar. O passado surge-me tão claro que não necessito de fechar os olhos para ver de novo o Senhor Fernando descendo as escadas com a raposa pela cauda, seguido pelo seu bando de patriotas de espingarda, as minhas tias que faleceram há muito tempo de males indecifráveis, a casa devastada, sem luz, de água a escorrer dos reposteiros, com buracos de balas na parede, que deu lugar a um salão de beleza ou a um talho, e a grafonola de campânula tão real que presumo sempre que a ouves se te calas de súbito, de colher suspensa sobre a sopa, como um flamingo, a grafonola que recomeça o hino numa pompa de cornetas, a rolar ondas de música sobre as cómodas quebradas.

6

Tenha paciência, amigo escritor, quase não tive tempo esta semana mas não larguei o seu assunto, garanto-lhe, pensei mesmo dedicar-
-me a ele vinte e quatro horas por dia e para mim vinte e quatro horas
por dia são vinte e quatro horas por dia ainda que me paguem mal
como é o caso, eu que até comprei um passe social para andar atrás do
homem, um gravador e um rolo fotográfico, tome as facturas, o dono
da loja diz que não há pressa, eu que tenho aqui no bolso a lista dos
vizinhos a interrogar porque a parentela já lhe foi à vida, eu cheio de
boas intenções e vai na volta, isto é assim, há coisas do diabo, entram-
-me todas as rolas do mundo pelo quarto dentro, não cinco, nem sete,
nem dez, dúzias e dúzias de rolas pelo quarto dentro, abri a porta,
senhor, e só ouvia arrulhos, tanta passarada que nem com a cama
dava, asas, bicos, olhos, caudas em leque, patas, penas que subiam e baixavam sem que ninguém as soprasse, pensei em fugir, abandonar a
mala, a escova de dentes, a roupa, dar uma volta à chave, descambar
por ali abaixo a caminho da rua e só parar no Terreiro do Paço, frente
aos cacilheiros, mas uma voz de mulher chamou-me pelo nome do
meio das aves e era ela, amigo escritor, a Lucília sorrindo-me do
colchão coberto de poeira e de ovos pintalgados, o chulo preto fora a

Cabo Verde ao funeral da mãe, e ei-la sozinha, quem diria, sem ter de dar ao útero na noite da Avenida, sozinha, pá, tranquila, sem apanhar bofetões, sem descomposturas, sem gritos, a beber o seu alcoolzinho de drogaria, a Lucília, o sonho deste teu criado, a pequena ideal, espojada nos meus lençóis a oferecer-me a garrafinha, e mais rolas no peitoril, e mais rolas nos algerozes, e mais rolas no quarto, rolas brancas, azuis, cinzentas, rolas diferentes das rolas da Praça da Alegria, rolas passeando-se no soalho, no tampo da única cadeira, da única mesa, rolas sobre o peito, sobre o rosto, sobre o sorriso, sobre as coxas da mulata, rolas a dar com um pau, amigo escritor, chamando-me para a almofada em que todas as auroras agonizo crucificado pela colite, rolas e a Lucília, rapaz, à minha espera, a fazer-me sinais com a garrafinha, a deitar-me a língua de fora, a desarrumar-me em caretas, a troçar-me com ternura, a Lucília, safa do preto, ao meu alcance, a conversar comigo, a desafiar-me, a descer-me o polegar até ao cinto, até à breguilha, a Lucília a descalçar-me, a desabotoar-me a camisa, a desapertar-me a fivela, a beijar-me, a puxar-me contra ela, a pedir-me,

– Chega aqui Portas

a passear-me nas espáduas, nas nádegas, na cova dos joelhos, e eu, preocupado, empurrando uma cauda de pássaro com a mão

– E se aparece o preto, Lucília?

e a pequena, muito segura, a chupar do gargalo

– Descansa que demora pelo menos um mês, em Cabo Verde os enterros nunca mais acabam

e eu, mais sereno, a imaginar centenas de crioulos dançando numa ilha em torno de um caixão, a sugerir

– Podias ir lá abaixo num instante, à cervejaria ao lado dos bombeiros, e trazeres uma tosta de queijo para o almoço da gente

eu a mandar nela, entendes, eu a gastar o dinheiro dela, eu, ao fim de tanto tempo sem ninguém, a comer o pão que o diabo amassou, com uma mulher só para mim, ali às ordens, a obedecer-me, a fazer-me as vontades, a multiplicar-se em atenções, de modo que se compreende, amigo escritor, que numa idade como a minha, em que já nada se espera, com tanta felicidade junta era natural que descurasse o pateta do retrato, que me esquecesse do passe social, que me esquecesse do gravador, que me esquecesse do rolo fotográfico, que me esquecesse da lista dos vizinhos, que ficasse em pijama, um pijama do chulo preto, todo pinoca, que a Lucília me trouxe, juntamente com uns chinelos de pompom, da cómoda dela, enquanto a mulata expulsava as rolas do quarto, limpava o lençol, limpava o soalho, limpava a colcha dos dejectos das aves, com a vista boa concentrada no que fazia e a errada à deriva até retomar o seu lugar na cama, e eu acabava o pão de forma, sugava restos de queijo dos molares, sugava as migalhas e a margarina dos dedos, e dizia à mulata, como quem não quer a coisa,

– Por sinal um sumolzinho sabia-me que nem ginjas

eu a ocupar o posto do órfão que nessa altura devia dançar na praia, no meio dos coqueiros, rodeado de trezentos primos direitos e de quatrocentas primas de saia de palha, a pedir aos manipansos pela alminha da mãe, eu a mandar, de boca cheia de pão,

– Logo à noite trabalhas até às cinco da manhã na Avenida que ando necessitado de um casaco como deve ser

eu de mãozinha pronta ao bofetão porque não há como um estalo para seduzir uma mulher, um soco em condições e ei-las a tremerem de paixão. Meu querido, meu tesouro, meu fofinho, essas cretinices assim, e mais carícias, e mais presentes, e mais marradinhas ternas, e mais o joelho entre os nossos, e as rolas a bicarem os vidros sem conseguirem entrar porque lhes fechei a janela, as rolas à cata da Lucília que recebe um cavalheiro de idade no quarto do fundo ou regressa à Avenida a propor-se aos que largam o emprego às seis, de forma que com tanto que fazer com a mulata como podia eu arranjar tempo para o seu trabalho, amigo escritor, de vez em quando calhava tropeçar na máquina fotográfica e vinha-me à cabeça

Ainda não falei com os vizinhos, que maçada, amanhã sem falta dou conta do recado e acabei por gastar o rolo a retratar-me no Jardim Zoológico a mim e à mulata, chegávamos diante da jaula dos leões, pedíamos a um desconhecido

– Tira-nos aqui uma chapa por favor, basta carregar no botão

e abraçávamo-nos a sorrir, encostados às grades, se tiver curiosidade mostro-lhe a Lucília a dar peixinhos às morsas e amendoins aos gorilas, mostro-lhe a Lucília e eu a estendermos uma moeda de dez escudos ao elefante, a Lucília e eu a lancharmos capilés na esplanada dos escorregas das crianças, até me esqueci da Pide, até me esqueci da prisão, até me esqueci dos comunistas, até me esqueci, o que é que quer, de você, foram dias de puro êxtase, de milagre autêntico, de felicidade perfeita, podia morrer em descanso porque tinha alcançado o Paraíso, cheguei a pensar em propor casamento à mulata, em alugar, com o que a moça ganhava no trabalhinho dela mais o hipnotismo por correspondência, um apartamento em Birre, duas assoalhadas com marmorite dando para dezenas de duas assoalhadas com marmorite, em apresentá-la a um irmão meu que tem uma tabacaria no Cacém, fomos lá segunda-feira de manhã, de camioneta, eu de gravata e a Lucília com um vestido a imitar pele de tigre que deixava os homens afogados na espuma de desejo que o seu rastro abandonava nos passeios, entrámos de mão dada no estabelecimento cheio de jornais, magazines, isqueiros, inutilidades variadas e artigos escolares, e dei logo com o Augusto, de lápis na orelha, parecido comigo mas mais calvo, a aviar uma freguesa por detrás do balcão, avançámos pela loja e o meu irmão, sem dar fé da gente, especámo-nos diante dele, apurei a garganta, gorjeei

– Olá Augusto

e o meu mano, que eu não visitava desde antes da democracia se instalar nesta terra, ergueu o queixo na direcção da minha voz e arregalou-se a contemplar, fascinado, as maravilhas glandulares da Lucília que o tigre e um soutien de barbas duplicavam, a contemplar a fantástica ondulação das suas coxas, os brincos que imitavam ananases e a carapinha pintada, a mulata suspirou, para alargar o decote, enquanto a cliente da tabacaria, baixinha e feia, com meias de descanso, a mirava com a indignação da inveja, já havia um par de meninos em idade liceal que binoculavam da rua as nádegas da Lucília, o meu irmão, com o lápis da orelha a tremer, encontrou-me e a linha dos beiços endureceu, de repente

– Se vens pedir dinheiro aviso-te, para evitar discussões, que não tenho

os peitos da mulata, que extraíra um espelhinho da carteira e coloria os lábios de roxo, estalavam um a um os colchetes da blusa, a boca, estendida para o baton, abarcava o mundo numa promessa de prazer que submergia o meu irmão, eu e os espectadores à entrada da tabacaria, e se alongava Cacém fora excitando os mecânicos das oficinas de Rio de Mouro e os operários e chefes de turno das fabriquetas de Mem Martins, tomados de uma vontade de que não sabiam a causa ou a origem,

– Não vim pedir dinheiro, Augusto, vim fazer um convite

disse eu

és a única pessoa de família que me resta

e agora, amigo escritor, não era apenas a blusa, era a saia que ameaçava rasgar-se incapaz de conter a abundância das ancas, incapaz de conter a ravinosa saliência do púbis, e eu imaginava as pernas da Lucília, cobertas por meias de estrelinhas, devorando a tabacaria do Cacém, imaginava o meu irmão a recuar em pânico, de mãos estendidas, para os fundos da loja, imaginava-o a suplicar

Não não não

imaginava os estudantes a galoparem de pavor, lançando fora as pastas, na direcção de Carcavelos, o Augusto tirou o lápis da orelha e abandonou-o no balcão

– Um convite, que piada é essa, um convite?

a Lucília, que parecia menos vesga no escuro, guardava o baton e o espelhinho redondo, com o emblema do Belenenses do outro lado, na carteira

– Um convite?

repetiu o Augusto a abanar a cabeça

e quanto custa o teu convite, diz lá?

e aí, amigo escritor, só queria que visse, até eu me surpreendi com a violência daquela reacção numa pessoa tão mansa, a carapinha da mulata levantou-se como os repuxos de uma catatua, os seios aguçaram-se para o meu irmão que tentava açucarar à pressa a pergunta com uma espécie de sorriso,

– Se você julga que o viemos chular vá badamerda, anda daí ó Portas que esta besta enoja-me

as nádegas vibravam-lhe, as narinas vibravam-lhe, o arame do cabelo vibrava-lhe, os ananases dos brincos soltavam-se, eu, de palma no seu ombro, acalmava-a

– Então garota, então garota, o Augusto não quis ofender, o rapaz não sabe dos nossos planos, é tudo

e a Lucília, indiferente aos meus conselhos, derrubava um maço de jornais e de revistas ao balcão a repetir

– Sua besta, sua besta, sua besta

para esbofetear o Augusto na tabacariazinha irrespirável, um estabelecimento de bairro com ovos estrelados de papelão na montra, estás a topar o género, uma lojeca que o meu irmão e a mulher herdaram do sogro dele primeiro, e que ele herdou da mulher depois, quando a criatura morreu de um aneurisma ao comprar peixe na praça, as sardinhas espalharam-se no chão molhado, o Augusto, sem filhos, passou a morar sozinho na Vivenda Gomes do Cacém, e a mulata, com a órbita boa a transbordar de ódio e a má arredondada numa expressão evangélica, insultando-o

– Seu urso

até que eu, lembrando-me das técnicas do chulo preto, lhe apliquei um pontapé nas canelas e me meti no meio dos dois a gritar

– Pára com isso Lucília que te rebento os queixos

a pupila suave escorregou por mim sem me ver, a órbita do ódio

encarou-me um momento e apagou-se, o Augusto, liberto, certificou-
-se de que não perdera nenhum dos botões de punho de madrepérola,
ajoelhou para apanhar do chão os jornais e as revistas, e perguntou
com o rosto à altura dos meus tornozelos

– De quanto é que tu precisas, diz lá?

e a mim, amigo escritor, o que me veio logo à ideia foi a Vivenda
Gomes ao lado da Vivenda O Nosso Lar e da Vivenda Antunes, foi o
meu irmão a tomar pastilhas para o mal do estômago na cozinha, foi a
miséria da sua vida afinal idêntica à minha, de modo, rapaz, que uma
solidariedade emocionada me amoleceu a alma e me dobrei, comovi-
do, para lhe sussurrar com afecto, com amizade, com ternura,

– Por acaso não tinha pensado nisso, Augusto, mas já que falaste
no assunto entrega me o dinheiro que tens aí na caixa.

Reparaste na beleza da tarde, amigo escritor, no sossego das amoreiras, nos gatos estirados entre os vasos de flores? Mesmo os pombos
se acalmaram hoje, desinteressados dos bonés de espantalho, das pontas de cigarro e dos casacos coçados dos reformados. Uma tarde do
catano para o mês em que estamos, uma tarde do catano para os
malucos do Hospital Miguel Bombarda, estendendo a palma aos
camionistas no semáforo do Largo do Mitelo, uma tarde do catano
para nós, pois então, a aquecermos o reumático diante da Faculdade
de Medicina e do casarão das autópsias com os defuntos estendidos
nas gavetas à espera dos facalhões de retalhar, e a gente saudáveis, a
gente inteiros, a gente vivos, que triunfo, a dar ao dente postiço e
a sentir este sabor de primavera, este sopro de maio, esta frescura de
rio. Uma beleza de tarde, rapaz, quase tão linda como a de anteontem, dessas que afastam as doenças e nos afuselam o corpo numa
espécie de zepelim, aquela em que decidi, metido no pijama do preto,
ficar na cama com a Lucília, a cortar as unhas e a ouvir a rádio, não
no meu quarto ainda sujo das rolas, mas na câmara de prazeres da
mulata forrada de espelhos que haviam perdido a capacidade de resti-
tuir o mundo. A Lucília, abraçada ao meu umbigo, bebia da garrafinha

e eu dormitava a sentir contra o meu flanco o flanco nédio da estrábica no qual pulsava um sangue de floresta. As portas dos cubículos da Residencial, quase todos com a sua benemérita dentro, batiam de estalo como postigos de cucos, a voz do proprietário ralhava no andar de baixo, e a campainha dos bombeiros chamava generosos de capacete a fim de acudirem a uma desgraça qualquer. A música do rádio entorpecia-me, a barriga pesava dos cruassãs da pastelaria, pusera a simpatia do Augusto a render a prazo no banco, e com uma dúzia de camisas novas e o aluguer da pensão em dia, cuidava-me feliz, invulnerável, rico e a salvo das catástrofes do mundo, quando um dedo bateu de leve, eu consenti

– Entre

a pensar em alguma colega da estrábica, a Elizabete ou a Mafalda, que trabalhavam nos gabinetes próximos e vinham às vezes mostrar uma saia ou queixarem-se das exigências dos clientes, a maçaneta rodou e o chulo preto, que deixara crescer o bigode lá nas cubatas da ilha, surgiu no umbral a fitar-nos com a impassibilidade do costume. A mulata largou logo a garrafinha e saltou da cama, de pupila torta mais desviada do que nunca, a pedir

– Desculpa Alcides, desculpa Alcides, palavra que este gajo pagou

eu, a pisar uma pele de vitela, procurava as cuecas à pressa para tapar as partes, os outros pretos surgiram, por detrás do chulo, com as suas calças de operários, e encostaram-me à parede, calcei as meias e os sapatos mas não dava com a camisa, o ventre principiou a doer-me e apetecia-me, não sei porquê, vomitar, o chulo preto afastou a Lucília com um tabefe e a mulata despenhou-se de costas suspirando

– Não me deixes, Alcides, não me deixes

um dos amigos do chulo acendeu um cigarro e as feições esconderam-se-lhe por momentos no fumo, eu saí para o corredor, enjoado e tonto de receio, amparando a barriga nas mãos a fim de largar a alma na pia, e escutei nas minhas costas os gritos de amor da Lucília que o órfão arrastava, puxando-lhe o cabelo, para cima da cama.

Realmente que tarde do catano esta para o mês em que estamos, amigo escritor, que paz nos mortos do casarão da Morgue, e a gente a gozar em sossego o solzinho, radiantes da silva, que vontade de outro refresco, de outra sandes, de um pratinho de caracóis ou de pevides, comidos aqui contigo, à conversa, enquanto o teu homenzinho, de gabardine e pasta, regressa a Alcântara ao encontro do desdém da diabética, aqui o temos na camioneta, aqui o temos atravessando a rotunda, aqui o temos a subir a rampa da Quinta do Jacinto, aqui o temos a agitar os trocos do casaco em busca da chave, aqui o temos a entrar em casa, a cumprimentar a tia e o pai da garota que nem lhe respondem ao sorriso, aqui o temos a rumar para o quartinho onde a diabética se afunda no livro de história acompanhada por um colega que lhe rodeia os ombros com o braço, aqui o temos a deixar a pasta junto à cama, fitando a doente e o outro sem notar as mãos de unhas roídas que se tocam sobre o caderno aberto, aqui o temos, amigo escritor, a girar para o quintal das traseiras, com um banco de pedra ao comprido do muro e uma nogueira cujos braços se dobram para o chão, aqui o temos a limpar o assento com o lenço, aqui o temos com a noite de Lisboa crescendo à sua volta, aqui o temos confundido com o muro como a minha voz se confunde com o primeiro crocito de pavão do Campo de Santana, aqui o temos sem esperar nada, sem pensar em nada, sem sentir nada, calado apenas, calado, envelhecido, inerte, tão inerte que nem se dá conta do comboio de Cascais que pula por cima dos jardinzecos da Quinta do Jacinto e lhe cruza o corpo, levando, na fieira de janelas das carruagens, a mudez sem sonhos de que é feito.

7

Não me leves a mal porque te amo mas de tempos a tempos, Iolanda, sobretudo no inverno e antes do mês de férias em que bocejo pela casa, sem nada que fazer, enquanto vais às praias da Caparica com as amigas do Liceu, e regressas ao fim da tarde, vermelha do sol, com um cesto de palha cheio de cremes, de toalhas e de seixos marinhos,

de tempos a tempos, quando me sinto mais cansado, mais tenso, mais esvaziado de força e de energia, quando o dinheiro do meu ordenado não chega para as despesas da casa e meto vales no balcão da contabilidade, acontece-me pensar fazer a mala e sumir-me, sem que ninguém o note, da Quinta do Jacinto, para recomeçar a vida (como esta expressão, recomeçar a vida, se torna estranha aos cinquenta anos, não é?) num outro ponto da cidade, longe do rio, longe dos comboios, longe da tua aspereza sacudida, longe da boca zangada do teu pai, longe dos ralhos e da ausência de ternura que me oprimem e desolam, recomeçar a vida em Campo de Ourique, em Campolide, em Alvalade, na Portela, arrastando-me por cafés que não conheço, a jantar em cervejarias de que não sei o menu, a responder aos anúncios de casamento do jornal e a encontrar-me, com um cravo na mão, com senhoras tão solitárias como eu, a fim de unirmos o nosso desconsolo, depois do Registo Civil, em camas cujas tábuas protestam ao menor suspiro, acordando as pancadas de Molière da indignação dos vizinhos que servem de prelúdio aos beijos da velhice.

Penso em fazer a mala em agosto, Iolanda, como o pensei neste verão interminável e ardente tal um grito de medo

(o medo que tenho de perder-te, o medo que tenho de que morras a pulsar-me nos dedos como um coração de pássaro)

quando, farto de me instalar de manhã e à tarde, munido de uma bateria de revistas, na pastelaria Paraíso de Pedrouços, a observar o empregado que varre para um balde a serradura do chão, viajei até à Caparica a procurar-te, suando, entre adolescentes de bermudas, na desventura do casaco, e caminhei de praia em praia com as meias dentro dos sapatos e os sapatos nos dedos, olhando o mar à minha direita e os restaurantes e bosques de pinheiros que se adensavam à esquerda, julgando distinguir-te em cada silhueta, em cada rapariga que subia da água ou se esfregava de óleos junto de uma prancha de surf, em cada torso arredondado pelo sol, de seios ao léu como figuras de proa. Com a cabeça protegida por um lenço atado nas pontas e de roupa pelos joelhos a fim de não molhar o terilene, nunca me achei tão estrangeiro como naquele violento excesso de cores que exibia o ultraje da minha indumentária perante centenas de deuses bronzeados. Acabei por sentar-me numa pedra à beira da estrada a pedir boleia, com a mão dos sapatos, às furgonetas que passavam para a vila. Um automóvel de matrícula estrangeira, em que alemães de sandálias vociferavam baladas enérgicas, colheu-me, moribundo, quando o queixo me pendia para o asfalto na desistência da agonia, e depositou-me, de pernas bambas e lenço na cabeça, na rotunda de Alcântara, diante das raízes da ponte e de um petroleiro que deslizava como um cisne, erguendo asas simétricas no sentido da foz. Reentrei na Quinta do Jacinto seguido pela zanga do alfaiate que resmungava, da porta da loja, contra os bêbados diurnos, de vinho extravagante, prontos a atentarem sem vergonha contra a reputação do bairro.

Aqui para nós, meu amor, confesso que tornei à Caparica mais duas ou três vezes, com o meu fato e o meu lenço, e que patinhei de novo, areia fora, embaraçado nas barbatanas dos sapatos de verniz. Não te encontrei nunca. Aliás não esperava encontrar-te, e no fundo da minha alma não o desejava sequer. Queria apenas revisitar as ondas que abandonam na margem as ruas, as mercearias, as estátuas, as pro-cissões de que o nosso País é feito. Queria ver a minha terra nascer da vazante com as suas mulheres resignadas e os seus galos longínquos, os seus vagões de emigrantes e os fios de oiro do seu pescoço moreno. Queria ouvir as vozes que nos surgem do mar, juntamente com as nuvens, as figueiras, os pardais, os abetos, e as acácias derramando pólen sobre a praia e fazendo brotar os navios e o mistério do sangue nas veiazinhas do mármore. Queria ver os meus pais. Palavra de honra que queria ver os meus pais pois é agora, que a vesícula me falha, que lhes sinto a falta, Iolanda, aqui deitado à tua beira, sem ousar tocar-te, queria senti-los junto de mim apagando a minha aflição com a sereni-dade dos adultos, até adormecer protegido pelas suas silhuetas que ali estariam de manhã, sorrindo-me da familiar e doce proximidade da ternura.

De maneira, Iolanda (não me leves a mal porque te amo) que de tempos a tempos me apetece fugir para Campo de Ourique ou Cam-polide, para Alvalade ou a Portela, como em menino, na casa da Cal-çada do Tojal, condenado a observar, dias a fio, o crochet das minhas tias, sonhava escapar-me para o quartel da Legião, na Amadora, entoando marchas guerreiras contra a ameaça comunista. O Senhor Fernando regressava aos fins-de-semana destes exercícios de ódio, relu-zente de patriotismo e de anis, sentava-se à mesa a entalar o guarda-napo no pescoço, berrando pela sopa, e eu considerava-o

(e quando o lembro a piscar o olho às damas da pastelaria creio que o considero ainda)

capaz de deter sozinho uma coluna de blindados russos a caminho dos ministérios de Lisboa.

O quartel da Legião, querida, onde se defendia o mundo, era um prediozinho vulgar numa rua vulgar, perto de uma carvoaria em que rapazes enegrecidos como limpa-chaminés ensacavam briquetes, situado quase em frente da sede do Grupo Excursionista Os Cinco Unidos Do Briol, de cujas janelas se escapavam carambolas de bilhar e discussões de ébrios. Os marçanos da carvoaria, os alcoólicos das três tabelas e os milicianos de arma sem cartuchos, incapaz de disparar, cruzavam-se no passeio, de forma que não era raro que um excursionista penetrasse, de taco, no quartel, trepasse as escadas empurrando heróis, desembocasse no gabinete do comandante que desfraldava mapas na secretária perante o Estado-maior em sentido, desse giz ao taco indiferente aos pontos estratégicos, marcados a alfinete, de Carrazeda de Anciães, e derrubasse um pisa-papéis numa jogada certeira.

De modo que fugi para o quartel da Legião, Iolanda, ansioso por clarins, por estrondos de tambor, por cargas de cavalaria redentoras, à medida que as formas e os sons da madrugada tomavam conta da cidade como agora, no instante em que te falo, quando o apelo do primeiro comboio rasga a noite da banda de Caxias, ultrapassei as Pedralvas e avancei Venda Nova adiante com o perfume das camélias a inchar por sobre os muros, escutando gritos de guerra e ordens militares. O sangue latia-me na cadência dos relógios do Tojal, e eu imaginava os russos a desembarcarem em Leixões, sequiosos de violarem cemitérios, esmagando à coronhada anjos calcários como o teu pai derruba cadeiras, de regresso da pia, procurando no escuro, com os joelhos, a localização da cama, e tu mudas de postura no teu sono, distanciando-te de mim, a mergulhar as madeixas no travesseiro.

Entrei na Amadora, querida, já com saudades das minhas tias, já preocupado com a inquietação delas, com os seus telefonemas à minha procura para a Polícia, para a Guarda, para os hospitais, receoso dos últimos cachorros e dos primeiros galos, e nisto a lua esmoreceu ao mesmo tempo que o sol se dilatava entre os choupos, do lado oposto ao oceano, retirando da sombra, decerto povoada de comunistas de metralhadora, ocultos nas esquinas prontos a atirarem sobre mim, um jardinzinho público com os seus baloiços, tapumes, um vértice de catavento em forma de estrela a faiscar na luz. Tal como agora em Alcântara, Iolanda, em que constantemente me perco, assim eu rodava, regressando sempre ao parque dos baloiços, nessa sexta-feira de manhã, sem encontrar o quartel da Legião, pelas travessas da Amadora cujos estabelecimentos se descerravam um a um, com os empregados a espreguiçarem-se e a aumentarem a boca no umbral, sacudindo os restos de sonho que resistiam, pegajosos, na pele. Pessoas de guarda-chuva trotavam rumo às paragens de autocarro a caminho do emprego, nuvens navegando desde Mafra ou desde Sintra, avolumavam-se a leste, os russos erguiam barricadas na estrada de Lisboa, regulavam a alça dos canhões e comunicavam uns com os outros por intermédio de telefones de campanha, e eu, passando pela décima vez diante de uma drogaria que não abrira ainda, com frascos de aguarrás na montra, esperava que surgisse a correr, munido de baionetas e revólveres, um pelotão de milicianos entoando refrões de combate, que expulsariam os comunistas para os campos da Amadora onde a noite teimava em prosseguir, dobrando trevas nas balsas em que amornavam mochos atemorizados pela ausência de escuro, como na Quinta do Jacinto, meu amor, quando finalmente te abandono e me calo, derrotado pela impiedade da luz, buscando na minha metade de colchão um espaço para dilatar os músculos doridos, e me sacodes logo, sentada nos lençóis, a protestar porque ressono e a mandar-me trazer da gaveta a ampola de insulina da primeira injecção. É nessas alturas, ao preparar a seringa a ouvir os teus sarcasmos, que me ocorre fazer a mala e deixar-te, que me apetece, mesmo no inverno, caminhar nas praias da Caparica sob a cacimba de janeiro, caminhar no areal sem cansaço, sem pressa, sem desgosto, até às cabanas da Fonte da Telha, em que tribos de pedintes se agitam nos chorões, a acenderem os fogareiros de petróleo nos quais assentam latas ferrugentas.

Acabei por encontrar o quartel da Legião seguindo um marçano da carvoaria que desprendia uma poeira de briquetes de anjo terrestre, como os padeiros abandonam nos patamares um halo de farinha que se aparenta à poeira das estrelas, e lá estavam, na paz das nove horas, o prediozinho de três andares de mastro na fachada, a sede do Grupo Excursionista Os Cinco Unidos Do Briol e uma sentinela de espingarda pré-histórica, à entrada, com o bivaque a tapar-lhe as sobrancelhas como os pêlos dos caniches. Escutavam-se o entrechocar das bolas e as conversas dos bêbados, escutava-se a escala de pífaro de um amolador de tesoiras, escutava-se um papagaio a falar no poleiro, as minhas tias passeavam na lista telefónica em busca dos números dos hospitais, os russos tomavam posição, a fim de invadirem o País, no jardim dos baloiços, submarinos patrulhavam a costa, coiraçados e porta-aviões aportavam na Arrábida, aprisionando os desditosos de panamá que pescavam caranguejos nas falésias, Não há ninguém aqui com esse nome, respondia o enfermeiro, a senhora já tentou na Morgue, por acaso?, o amolador, a assobiar o pífaro, empurrava o carrinho na direcção do quartel, o sol, agora vertical, revelava os defeitos das empenas, A Morgue, insistia o enfermeiro, experimente a Morgue, madame, que os que temos por cá estão todos vivos, e nesse momento um comunista enfiou-se pela porta da cozinha e degolou a Dona Anita com a faca de trinchar, os passos no sótão tornaram-se assustados e rápidos, a Dona Maria Teresa largou o aparelho e fitou a irmã de mãos na boca, A Morgue, aconselhava o enfermeiro, não desista da Morgue, insista com os tipos, descreva-lhes o seu sobrinho, ameace-os com os jornais, há sempre por lá mais de seiscentos cadáveres que ninguém reclama, já viu o que são seiscentos cadáveres num armário?, um segundo comunista brandiu o jarrão chinês da família para a minha tia que faltava, e antes que a porcelana se lhe desfizesse no toitiço corri para a sentinela (embora me custasse ter fé, Iolanda, num quartel de quatro assoalhadas, casa de banho e cozinha) a gritar

— Os russos estão a matar as minhas tias, os russos estão a matar as minhas tias de tal maneira desesperado que o amolador de tesoiras calou o pífaro e ficou a mirar-me esquecido de dar ao pedal que girava a roda de afiar.

Mas mesmo que o quisesse, e juro que não quero, não podia ir-me embora da Quinta do Jacinto, não podia deixar-te a ti, ao teu pai e à tua tia a comerem as dálias do quintal, sem dinheiro para atingir o fim do mês devido às reformas de miséria, não podia consentir que abandonasses os estudos para te empregares na caixa de um supermercado ou no balcão de uma boutique a fim de poderem comer petinga às quartas-feiras e carne cozida aos domingos, a fim de comprares sapatos novos, todos os seis meses, nos saldos do Combro, e a fazeres uns biscates de limpeza a dias, aos sábados, para a conta da água, da electricidade, do gás, sem mencionar o senhorio a enfurecer-se convosco e a queixar-se ao tribunal por causa dos atrasos da renda. Não posso ir-me embora: estou preso a ti como um morcego à noite, rodo em torno do teu corpo a descrever elipses sem tino, e pago a água, e pago a electricidade, e pago o gás, pago a tua roupa, pago o rosbife, pago a pescada e a manteiga, entendo-me com o senhorio para a renda da casa, prometo consertar o lava-loiças e rebocar as paredes, prometo que baixas o rádio para não incomodar a vizinhança, prometo que o teu pai não insultará mais a senhora viúva do andar de baixo por ela se lamentar que a nossa roupa pinga sobre a dela, prometo e pago, Iolanda, pago e prometo pela alegria de viver contigo, isto é, para adormeceres e acordares ao meu lado, embalsamada no odor de crisântemos, evitando o meu corpo com o teu corpo, enervada com as minhas manias, o timbre da minha voz, o meu jeito de me despir e de espirrar, os meus óculos, o meu nó da gravata, a minha forma de comer, as minhas camisas e as minhas calças gastas porque nem me sobra dinheiro para os ciganos do Relógio. Não posso deixar-te a engolir as dálias do quintal como o legionário não me deixou o braço e me conduziu escada acima, por um túnel de páginas dactilografadas, ao gabinete do comando, onde um fulano de dólman desabotoado, de cotovelos numa secretária coberta de dossiers, de telegramas e de recortes de jornal, ciciava ao telefone

– Bichaninha

com um sorriso idílico.

– Perdão meu comandante, justificou-se a sentinela, desculpe interromper-lhe o trabalho mas este garoto veio ao quartel mesmo agora a jurar que os russos lhe estão a matar a família.

O outro, atrapalhado, sussurrou no bocal

– Não saias de casa nem para o cabeleireiro, que já te ligo, Bichaninha, apareceu uma emergência

abotoou o dólman para ganhar tempo, consultou um ou dois telegramas, assegurou-se de que trazia a pistola à cintura, e recostou-se para trás na serenidade dos bravos:

– Os russos? Que história é essa dos russos, Saramago?

Uma camioneta de carga rolhava a rua, entornando no passeio fardos de carvão, e o pó da hulha, entrando pela janela, dançava entre os móveis em busca de uma superfície onde assentar os seus brilhos de mica. Um bilharista, amparado ao taco como a um cajado de pastor, cantava no primeiro andar dos Cinco Unidos Do Briol, que eu supunha decorado de escarradores de esmalte e de uma pinacoteca de aguardentes, os comunistas aparafusavam morteiros e peças de artilharia nas esquinas do alcatrão, em cujo asfalto jaziam donas de casa mortas, com o cabaz das compras ao lado, de maneira que preveni o comandante

– Andam a menos de duzentos metros daqui, nem se consegue circular na Venda Nova por causa dos tanques, se vocês não fazem nada enfiam-me a mim, às minhas tias e ao que se passeia no sótão num comboio de gado a caminho da Sibéria,

e então, Iolanda, o comandante, transparente de medo, voltou-se para o legionário e ordenou, num cochicho inseguro,

– Chame o piquete

e enquanto o patriota, também branco, saía a gritar pelo corredor

– Ó Viegas, ó Viegas

o herói alongou-se para o telefone, discou um número, voltou a discar, e soprou num eco moribundo

– Tranca-te no apartamento, Bichaninha, que os russos matam a torto e a direito e já tomaram conta da Câmara.

Falando sinceramente, Iolanda, não me apetece fazer a mala e partir. Estava a brincar quando te disse de Campo de Ourique, quando te disse de Campolide, como poderia eu viver com uma senhora de sessenta anos em Alvalade, com uma senhora de sessenta anos na Portela, com uma viúva tão desejosa de me agradar, tão sempre a perguntar-me

– O que queres para o almoço, queriducho?

tão sempre ciumenta, tão sempre a comprar me roupa, tão sempre a concordar comigo que a sua submissão me enervaria, que os passeios com ela, aos domingos, a comprar queijadas ao Guincho, me fariam urrar de impaciência, me dariam ganas de a agredir com o macaco, de lhe enterrar uma chave de fendas na barriga, de lhe esganar o pescoço, que a simples ideia de acompanhar ao cinema a sua solicitude palavrosa me compeliria a um suicídio com pastilhas, enfiando o pescoço pelo forno do fogão adentro. Não me apetece casar com calores da menopausa, com quistos do ovário, com mãos pintalgadas de sardas da idade, com amigas envolvidas em romances tortuosos com notários de pace-maker a tilintarem paixões eléctricas sob a camisola interior. Deixa-me ficar em Alcântara num canto da tua cama como um bicho inofensivo, deixa-me conversar com o teu sono, deixa-me morrer de amor por ti como os legionários queriam morrer pela Pátria com as suas espingardas sem culatra e as suas pistolas de Carnaval, marchando ao encontro dos russos a desmaiarem de pavor ao mesmo tempo que o comandante, que empurrara a secretária contra a porta, agarrado ao telefone, sentado no chão, cochichava, a gemer e a tomar calmantes,

– Não posso ir ao nosso cortiço por causa dos comunistas, Bichaninha, tenho Portugal inteiro à minha conta, calcula-me a responsabilidade, assim que prender o Staline estou aí, mas entretanto, pelo sim pelo não, fecha-te na copa e esconde o dinheiro e os anéis que te dei na máquina de lavar pratos.

Livro segundo
Os Argonautas

1

Há os que voam pelo ar e os que voam debaixo da terra sem estarem mortos ainda e eu pertenço a estes últimos, filha, de modo que voava a trezentos metros de profundidade, com uma lanterna na testa, nos túneis da mina de Joanesburgo, no meio dos pretos, a empurrar vagõezinhos de minério ao longo de paredes que suavam, e às vezes, ao almoço, a mastigar conservas sentado num carril, escutava os defuntos flutuando, com os seus trajes de casamento e as suas flores tristíssimas, muito acima de mim, quase juntinho ao sol, apenas separados do dia pelas suas lápides e cruzes de pedra, os finados que não se atreviam a descer tão longe como nós nem a subir connosco no elevador que ao fim do trabalho nos desembarcava, de picareta na mão, à superfície, a tossirmos no lenço, a arrancarmos o elástico dos óculos da nuca, e a vermos de repente, em lugar das lâmpadas, das cavernas de sombras e das toalhas de humidade dos corredores da mina, as árvores e as casas, com um quarto e um chuveiro, do bairro que nos davam para dormir, de ruelas percorridas por um tropel de cachorros.

Foi em Joanesburgo, quando voava debaixo da terra de mistura com um cardume de pretos, cada qual com a sua picareta e a sua ampola no capacete, que primeiro me espantei por os cadáveres não aproveitarem o elevador da mina para regressarem, de nardos nos braços e vestidos nupciais, à cidade onde nasceram, entrando pela porta da cozinha a desabafarem os tachos do jantar. Foi em Joanesburgo que me surpreendi que não quisessem tornar a dormir nas camas por fazer, que não quisessem recomeçar a trabalhar nas fábricas de loiça ou de cerveja, cirandando as roupas de matrimónio no meio de colegas que nem lhes atentavam no sorriso, até que entendi, filha, o receio dos defuntos de que a família, já instalada na ausência deles, na saudade deles, no alívio do termo da doença deles, os não recebesse agora que lhes dividiu os móveis e o dinheiro, que lhes devassou a intimidade das cartas, o receio de que a família se recusasse a receber a censura do seu silêncio, e talvez seja por isso, por essa espécie de pudor, por essa espécie de medo, que a tua mãe não viaja do talhão de Lourenço Marques para aqui, para junto da tua tia, e de mim, e do pateta que nos paga a mercearia, que nos paga a renda, a fim de ver as caçarolas estremecerem nos seus pregos, arrancadas pelos comboios de Alcântara.

Em Joanesburgo, em mil novecentos e trinta e seis, eu voava debaixo da terra, a puxar oiro das paredes, catorze horas por dia, e aos domingos esquecia-me de ser pássaro, sentava-me numa cadeira na varanda da cantina, com uma dúzia de garrafas de cerveja para esquecer Monção, a escutar os insectos que ferviam no capim e a olhar as nuvens que chegavam do mar, enquanto os miúdos batiam latas na sanzala patrulhada por polícias a cavalo e o Minho era um presépio de barro na minha memória, com o rio entre faldas de salgueiros a separar-me de Espanha, aldeiazinhas, gelosias de casas de pedras de armas resplandecendo ao sol e bois de flancos a arder sob o calor de agosto, nos campos por arar, enquanto as garrafas de cerveja se esvaziavam, a noite de África apagava a minha idade de menino, e eu me erguia da cadeira tropeçando nas latas, tropeçando nos cavalos dos polícias, tropeçando nos desperdícios e no mau cheiro do acampamento dos pretos, em busca da barraca de uma mestiça do Senegal mais idosa do que eu

(no tempo em que existiam pessoas mais idosas do que eu)

uma criatura que trabalhava na limpeza da administração da mina, e que me recebia na esteira cercada de pavios de azeite, protegendo-me das saudades de Monção, das trovoadas e dos males de fígado com as palmas das mãos.

Voei dez anos debaixo da terra, sob as raízes das mangueiras, os casacos de cerimónia e as botinas dos falecidos, suspensos perto do céu de jazigos que me impedia as estrelas, e nisto um primo meu, fiel de armazém na alfândega, chamou-me de Moçambique para estivador na barra de Lourenço Marques, a carregar e a descarregar caixas de fruta, peças de máquinas, ninhadas de pinguins e de prostitutas anãs destinadas aos bares de colonos nas cercanias da praia, onde o gin entrava água dentro entontecendo os peixes. Nunca mais voei debaixo da terra, em Joanesburgo, mas ainda me acontece, se adormeço na sala a seguir ao almoço, escutar os mortos que não se atreviam a subir à superfície.

Nunca mais voei sob a terra porque conheci a tua mãe num domingo, em novembro, num velório de pobres, a beber martini em torno de um caixão numa vivendinha da ilha, o falecido de mãos na barriga com uma rosa nos dedos e a gente em torno, afogados em flanelas, a passar o gargalo e a conversar, olhando, pela porta aberta, os imbondeiros que nasciam da vazante e as flores que as ondas descobriam e ocultavam, pingando orvalho dos caules. Casei uma semana depois com a filha do cadáver, a qual gastava o tempo inteiro, à janela, contemplando as traineiras e os cargueiros do Índico, e a baleia transviada que dera à costa, por um erro de azimute, e se transformava numa construção de dentes e de ossos. Contemplou dia após dia as traineiras e os cargueiros sem conversar comigo, sem conversar com ninguém, sem responder a perguntas, sem se interessar por nada, esquecida de comer, de se lavar, de se pentear, de mudar de camisola, de varrer a casa, esquecida de ti que gritavas no teu berço e dos biberões que se espalhavam pelo chão, esquecida das minhas necessidades de homem, até os enfermeiros virem e a internarem num hospital de doidos na orla norte da cidade, com os loucos, de camisa de dormir, amarrados a espigões como os chibos no Minho. Visitei-a por três ou quatro ocasiões, às sextas-feiras, de regresso das docas, e uma religiosa conduzia-me a uma cave onde a tua mãe olhava o mar através das fissuras das paredes, as traineiras e os cargueiros do Índico que se afastavam para Timor ou o Japão, olhava o mar numa gruta de doentes a quem aplicavam ventosas por detrás de biombos articulados. Não me perguntou por ti, não me perguntou por mim, não protestou com nada, não falou, não desviou sequer a vista quando me coloquei à sua frente, e agora que sou velho, e a morte já me rendilha a coluna e me endurece as artérias, o que me vem à ideia, se calha pensar nela, é que cada um voa como pode, rapariga, cada um voa realmente como pode, eu debaixo da terra, em Joanesburgo, a empurrar vagões de mina pelas galerias, a tua mãe no asilo dos malucos, verrumando os muros com os olhos para alcançar as traineiras, tu na nuvem de goivos da tua doença, e o palerma que mora connosco, nas traseiras do quintal, a desarrumar as couves com a biqueira e a farejar a noite com o sorriso idiota do costume.

Cada um voa como pode, é o que me parece a mim que tão mal mexo as pernas que nem de casa saio, a mim a quem custa quilómetros de esforço viajar do quarto à retrete e da retrete ao quarto, a mim a quem nenhum amigo visita, nenhum afilhado, nenhum antigo colega, nenhum primo, a mim que discuto todo o santo dia com a minha irmã para me assegurar que respiro, para me assegurar que falo, para me assegurar que continuo vivo, cada um voa como pode e talvez a tua mãe continue a voar lá em África, desde que a deixámos, de regresso a Lisboa, na barafunda da independência, talvez que continue a voar no meio dos cargueiros do Índico, talvez que a guerra civil haja poupado o hospital na orla norte da cidade e os pacientes amarrados a espigões como os chibos no Minho, talvez que ainda existam os ossos e os dentes da baleia na praia, a baleia com quem me sucede sonhar, a seguir à sopa, defronte da televisão, imaginando as ondas de Lourenço Marques e a vivendinha da ilha, imaginando o teu avô, de mãos na barriga, com uma rosa nos dedos, e a gente em torno, afogados em flanelas, a passar o gargalo e a conversar, a gente que mirava pela porta aberta os imbondeiros que nasciam da vazante, mulheres de cócoras sob as palmeiras e a extensão do poente,

porque me sucede sonhar com os imbondeiros, filha, como me sucede sonhar com os choupos de Monção ao mesmo tempo que os rostos e as falas colidem no écran e te oiço no quarto a enfureceres-te com o paspalho cá de casa,

do mesmo modo que sucede lembrar-me de me despedir da tua mãe na véspera do paquete de Lisboa, lembrar-me de atravessar de táxi Lourenço Marques saqueada, da mobília pelas ruas, e eu no banco traseiro, indiferente, porque nunca gostei de Moçambique, nunca gostei de tanto preto, de tanto calor, de tanta chuva, nunca gostei das febres repentinas, das osgas, das cobras, do silêncio a seguir às trovoadas, podiam deitar bombas onde quisessem, inclusive no porto, inclusive no meu bairro, inclusive no que me pertencia, que nem um nervo se me encolhia de tristeza, para o diabo Moçambique, para o diabo as mangueiras, para o diabo os colonos, para o diabo tudo aquilo,

e vai daí entrei na enfermaria a calcular, contentíssimo, Daqui a nada África acaba-se, que bom, daqui a nada some-se com um estoiro do mapa, a religiosa de sandálias veio buscar-me à recepção, aproximei-me da tua mãe que o tempo emagrecera e possuía agora madeixas brancas nos cabelos,

aproximei-me da tua mãe a repetir, para dentro de mim, Daqui a nada África acaba-se, que bom, a freira repreendia em espanhol uma velhota que se urinara nos lençóis, escutavam-se granadas no centro da cidade transformando Lourenço Marques numa paisagem de destroços, a velhota respirava a custo ligada a uma botija de oxigénio, e eu, para a tua mãe, Vou-me embora para Portugal, Noémia, e ela, de olho na parede, a observar as traineiras com o interesse com que nunca me observou a mim,

e eu, para a tua mãe, Vendi a casa, levo a miúda comigo, Noémia, a velhota retesou os membros, sacudiu-se num soluço, aquietou-se, a religiosa desligou o oxigénio, uma doida, de gatas, tentava lacerar o colchão, e eu, para a tua mãe, É a última vez que te vejo, Noémia,

um disparo de canhão passou a silvar por sobre o hospital, o candeeiro do tecto apagou-se, Agora é que é, exultei, agora é que Moçambique se evapora, e entretanto já haviam transportado a velhota para fora da cave, e entretanto já a religiosa repreendia uma segunda louca que guinchava, e nem a tua mãe nem eu tínhamos pena de nos separar, ela preocupada com o mar e eu deserto por me ver livre dali, ainda estendi o braço para lhe apertar a mão ou acariciar o ombro, ainda pensei em dar-lhe um beijo, também não custa assim tanto, um beijo, seja como for morámos juntos doze anos e se calhar, filha, ela ainda lá continua, em África, se calhar é a ela que repreendem agora por urinar no lençol, se calhar é a ela que desligam o oxigénio, não lhe apertei a mão, não lhe acariciei o ombro, não a beijei, fui caminhando para a saída, sem saudade, sem remorso, voltei-me, sei lá porquê, no primeiro degrau, e a tua mãe mirava a parede com a intensidade do costume, somando as traineiras do cais.

Cada um voa como pode, afirmo eu, e por isso tornei a Portugal para voar sob a terra, mas no Minho não existiam galerias onde empurrar vagões de minério, não existiam cantinas, nem bairros de operários, nem sons de latas aos domingos, apenas quintarolas de cebolas, de coentros, de tomates, apenas a água a cantar nos musgos. Nem no Minho, nem em Trás-os-Montes, nem em Lisboa, nem no Algarve, porque este País não tem espaço para se voar debaixo das estátuas e das pontes, e no entanto, depois de procurar muito, encontrei na Beira um elevador para o centro do mundo, de roldanas e cabos ferrugentos, de forma que pus o capacete, carreguei na alavanca e desci por um poço sem luzes até uma plataforma em que as minhas solas soavam como num teatro abandonado. O farol da testa descobria ferramentas, rolos de fio, pedaços de carril, uma vagoneta de pernas para o ar na lividez de uma manhã congelada. Na boca dos túneis pedras de volfrâmio teimavam em aguardar a pá que as removesse, as paredes povoavam-se da barba de líquenes das galerias sem alma, e um capataz obstruíra um segundo elevador onde se empilhavam fardos e sacos. Impedido de voar, subi à superfície nos arrancos de um mecanismo doente, afligido pelos gritos dos morcegos que a minha lanterna assustava, e desembarquei num descampado com oliveiras debruçadas para uma aldeia sem capela, de travessas de granito nos intervalos dos prédios. Os restos de uma camioneta decompunham-se numa vereda, uma perdiz desapareceu num bosque, nuvens viajavam para Espanha, um garoto pastoreava vitelos entre cardos, um peneireiro imóvel faiscava o alumínio das asas. Encontrei uma taberna lá em baixo, uma venda com duas pipas e traços de giz, de dívidas de vinho, numa ardósia, onde camponeses se embebedavam sem palavras, comprei um litro de conhaque ao homenzito do balcão ocupado a esmagar um rato à vassoirada, galguei de novo a encosta e apoiei o dorso ao guarda-lamas da camioneta, à entrada da mina. Os vitelos chegavam-se a transpirar asma, um tractor rosnava do outro lado do monte, o peneireiro jogou-se de súbito sobre um bando de frangos assustados. Acabei a garrafa, lancei-a para a bolsa, alcancei a porta, enfiei o capacete na cabeça, acendi a lanterna, saltei, sem picareta nem cordas à cintura, para a plataforma do elevador, e afundei-me no poço, decidido, fosse como fosse, a voar sob a terra.

O meu irmão teima que voa em Alcântara como voava lá em África, na mina de Joanesburgo, e o médico da Caixa, quando o consultei por causa dos rins e lhe levantei o problema,

— Isto é uma maçada, senhor doutor, às vezes agarra numa pá a querer furar a alcatifa da sala e a meter-se terra adentro como uma toupeira,

disse-me a poisar o martelinho de dar pancadas nos joelhos e o estetoscópio de ouvir as lágrimas do coração,

— Não se inquiete, dona Orquídea, é a arteriosclerose a trabalhá-lo, julgar que é pássaro é o menos, já lhe passou pela cabeça o sarilho que era se ele se cuidasse hipopótamo, sempre na banheira, a engolir molhos de nabiças?,

e eu, preocupada com a casa que a reforma não dá para tapetes,

— Se fosse só isso, a mania dos buracos, vá que não vá, mesmo que o apanhe no quintal, à noite, de capacete, a cavar junto à nogueira, a questão é que não deixa dormir a vizinhança a bater com o ancinho no soalho, todos os meses temos o senhorio a garantir que não quer que um inquilino faça um poço tão grande que lhe caia de repente do outro lado do planeta, e o doutor, a passar-me a receita dos comprimidos,

– Dê-lhe estas pastilhas ao almoço e ao jantar, dona Orquídea, e garanto-lhe que a vontade de ser melro desaparece num instante, fica--lhe na sala sem mexer um dedo, quietinho como um gato de barro,

e eu, já de pé, a alisar o vestido, à cata do guarda-chuva que perco sempre que saio,

– E para além de voar entrou-lhe na cabeça que a mulher está viva, a contar fragatas num hospital de malucos de Lourenço Marques, quando se sabe que morreu do açúcar no sangue no dia seguinte à minha sobrinha nascer,

e o médico, que guardava radiografias num envelope e escrevia apontamentos na ficha,

– Marque no guichet para daqui a três meses, dona Orquídea, os rins funcionam que é uma maravilha, o pior que pode acontecer é urinar uma pedrita, e não se apoquente com o seu mano que uma esposa que conta fragatas era o que me convinha, a que mora comigo em Miraflores chateia-me a cabeça o tempo inteiro de tal maneira que quem fica a ver navios sou eu,

de forma que saí da Caixa mais descansada, aviei na farmácia as minhas ampolas e as pastilhas contra os pássaros, que possuíam um folheto de instruções tão comprido e me custaram tão caro que deviam ser boas de certeza, e ao chegar à Quinta do Jacinto, de sombrinha aberta não fosse começar a chover, dei com o meu irmão, de lanterna na testa, a sachar o empedrado à frente da vivenda, dando ordens a pretos invisíveis e prevenindo-me de longe, aos gritos,

– Enquanto não descer a trezentos metros não descanso, maninha, não ouves as vagonetas em baixo?,

quando o máximo que eu escutava era o passeio a tremer dos apitos dos comboios, o Tejo a rolar seixos e o piar das gaivotas, quando o máximo que eu escutava nessa altura, o máximo que eu escuto agora, eram os cristais de amoníaco que me chocalhavam na bexiga e este zumbido nos ouvidos que nenhum especialista, mesmo aquele particular de consultório em Belas, me resolve, e o meu irmão, a colocar os óculos de mergulhador e a sachar o macadame,

– Trezentos metros, maninha, a porcaria de trezentos metros se tanto, se me ajudassem alcançava as galerias num instante,

e já havia pessoas à janela, já havia pessoas que se riam dele, já havia crianças a desenharem cruzes no alcatrão e a avisarem, solícitas,

– Não é aí, senhor Oliveira, é aqui, até sinto cócegas nos pés das vozes dos mineiros, até sinto um formigueiro nos joelhos de cada vez que um deles tosse,

e o meu irmão a sachar a rua para trás e para a frente, a tentar na esquina, e num portão, e debaixo de um carro conforme os garotos lhe ensinavam, um calhau do rim cravou-se-me de súbito no ureter, a prender-me a coxa, parei, de mão no lombo, a amparar a dor, e as crianças, apontando um sítio, e outro sítio, e outro sítio,

– Mais força, senhor Oliveira, mais força que há um mineiro ferido numa maca,

o dono da peixaria, que trazia o odor do oceano inteiro na bata, saiu da loja e quedou-se no umbral, embasbacado, a ver o meu irmão que sachava na valeta segundo as instruções dos gaiatos, mergulhado pela cintura no asfalto, e eu, raladíssima,

– Espera aí, Domingos, espera aí, Domingos, que vou buscar-te um copo de água para engolires primeiro uma das pastilhas do doutor, são só cálcio e ferro, palavra, são só glândulas de macaco da Indonésia para dar força aos músculos,

e nisto, quando se via apenas o capacete e o pescoço do meu irmão, a lâmina bateu num tubo, tornou a bater, insistiu, o da peixaria recuou um passo e avisou

– Cuidado

num grito de que se evaporava um aroma de lulas e caranguejos, os espectadores das janelas suspenderam-se, a pedra do ureter dissolveu-se-me no sangue, implorei

– Domingos

em busca das pastilhas, não sei se para mim se para ele, quando o cano se rompeu e um esguicho de excrementos, de detritos e de urina subiu dos intestinos da rua, salpicando os telhados, as chaminés, as varandas, as dálias das casas, e alastrando pela Quinta do Jacinto numa enxurrada de lava que empurrou para o Tejo a furgoneta do talho, a misturadora de cimento de uma obra, as cadeiras do café, enquanto o meu irmão continuava a sumir-se por Alcântara abaixo no sentido das vagonetas da mina que só ele entendia e do operário ferido que os alunos da escola inventaram.

A Câmara demorou quinze dias a reparar os esgotos num aparato de arquitectos e engenheiros que cortaram a luz e o telefone a metade da cidade e desligaram a energia dos comboios de Cascais, a vizinhança queixou-se do meu irmão ao tribunal mas o doutor da Caixa, o que via navios com a esposa, assinou uma declaração garantindo pela sua honra que quem voava debaixo da terra era doente, a jurar que pássaros submersos, mesmo com forma humana, era coisa que não existia ainda, a vizinhança, que cessou de me falar, insistia com o juiz, inconformada, a lamentar-se que mesmo do perfume dos frascos vinha um relento de cocó, e que em consequência do corte de electricidade tinham de acender candeeiros de petróleo por dentro dos televisores a fim de assistirem à novela, o meu irmão, que engolia seis pastilhas por dia babava-se na cama o tempo inteiro, sem dizer coisa com coisa a não ser frases sobre elevadores e oiro e picaretas, sobre bairros de mineiros e cantinas e uma mestiça do Senegal que possuía em cada poro uma boca que o beijava, e vai daí o médico, assobiando para si próprio, a observar os cristais de ácido que lhe levei num frasquinho e a entalar uma radiografia num quadrado fosco, disse-me

— Sossegue, dona Orquídea, não se apoquente que é o resultado do tratamento, logo que eles começam a falar em mestiças são mais dois ou três dias e estão finos,

e eu, que lera o papel que envolvia a embalagem e que até os efeitos colaterais, tais como queda das unhas e microcefalia, decorara,

– Mas não é o que vem escrito na embalagem, senhor doutor, o que lá reza é que costuma encolher a cabeça aos pacientes,

e ele, de costas para mim, interessado no negativo das minhas entranhas, a seguir com um lápis o trajecto da uretra,

– Isso é em França, dona Orquídea, os franceses é que são atreitos a diminuir dos miolos por dá cá aquela palha, em Portugal o apetite das mestiças é o primeiro sintoma de melhoras, quem não se preocupa com mestiças morre, e a propósito de mestiças o seu rim esquerdo está um caso muito negro, parece que todo o mármore de Estremoz se lhe juntou lá dentro,

e eu, nervosa, a palpar a cintura,

– E agora?,

e o doutor, a substituir a radiografia por outra, a decifrar um relatório e a sublinhar o contorno dos ovários com o lápis,

– Agora das duas uma, dona Orquídea, ou arranja emprego como tampo de mesa ou a operamos e a senhora fica milionária a vender os pedregulhos da barriga, aliás o outro rim, que não gosta de ficar atrás, tem pior aspecto do que um guarda-nocturno ao meio-dia, sinceramente não sei por qual dos dois começar,

e eu, com a alma em franjas, a palpar-me de ambos os lados,

– E com a operação isto resolve-se?

e ele, a encolher os ombros, a chamar um colega pelo telefone interno,

– Ó Aires, anda ver uns rins que nem para autópsia servem,

ele a folhear análises, a certificar-se da minha tensão, a aplicar-me uma palmadinha no ombro,

– Apesar de tudo sempre consola pensar que temos de morrer de qualquer coisa, não é?,

de forma que saí da Caixa a pensar em agonias, em vómitos de bílis, em tubos pelo nariz e pela boca, em lancinantes sofrimentos suportados com resignação cristã, tão pálida que as empregadas do guichet e os que esperavam a vez da consulta se arredaram de mim

com pavor, e ao tornar à Quinta do Jacinto, pensando que ninguém
iria ao meu enterro, que nem se lembrariam de pôr o meu nome e o
meu retrato no jornal, aquele do bilhete de identidade em que pareço
mais nova, ao tornar à Quinta do Jacinto a imaginar nenhumas flores
e um único táxi, de escape avariado, aos estoiros atrás da carreta, dei
com um polícia à paisana a pedir

— Assine aqui

que o julgamento do meu irmão, acusado de furar a cidade, era
amanhã, o meu irmão que se babava na cama, vencido pelo efeito das
pastilhas, implorando ao guarda-fato

— Aplica-me uma massagem nas costas que a mina hoje deu-me
cabo do canastro, Solange, uma massagem que empurrei vagões o dia
inteiro,

e eu, mau grado a iminência da minha morte, prevista pelo doutor da Caixa, levei o polícia ao meu irmão para ele assinar a contrafé, e
o do tribunal aproximou-se da cama, procurando a caneta no bolso
do uniforme,

— Um rabisco,

e o Domingos, que não levantava a cabeça da almofada, de saliva
a pingar na gola do pijama, perguntando-me a custo,

— É o capataz de Joanesburgo que está aí, maninha?,

e o polícia, que encontrara a caneta e a estendia, mais as páginas
escritas à máquina do tribunal,

— Bote a rubrica e deixe-se de tretas que tenho mais vinte e uma
para entregar esta tarde e saio de serviço às seis,

e o meu irmão que lutava contra as pastilhas, assestou no outro as
pupilas ensonadas, procurou-me com a vista através do quarto, mirou
o polícia, com a cara a brilhar por um segundo como lha conheci em
jovem, em Monção, nos sábados de baile, e respondeu com desdém,
numa voz que encheu a casa com o peso da sua autoridade,

— Pois se quer um conselho enfie a rubrica pela goela,

e no dia seguinte estávamos nós na Boa Hora, diante do juiz, a minha sobrinha, coitada, o inútil que dorme com ela, eu torturada pelos sapatos de verniz, a pensar na operação, de frasquinho para as pedras na carteira, e o meu irmão de cordas à cintura, capacete na cabeça e farol aceso, amparado pela gente todos derivado à fraqueza das pastilhas que o impediam de voar, no dia seguinte estávamos nós numa sala com uma mesa em cima de um estrado e bancos corridos como no cinema desmontável de Esposende, onde o filme e o mar se confundiam, e as vozes dos actores possuíam uma tonalidade aquática, e nisto um cavalheiro de batina preta, comprida, ordenou a um de batina preta, curta,

– Mande entrar a primeira testemunha, Tavares.

Em Esposende, no cinema ao pé da praia, o filme e o mar eram a mesma coisa, o mesmo ruído atrás da parede de lona, e não só o filme e o mar mas os pinheiros e os chorões também, os barracos dos banheiros e o vento, esquecia-me da noite e do vento, dos barcos dos pescadores e da espuma na areia, esquecia-me do frio, em agosto, há trinta e seis anos, quando o meu namorado se deitou sobre mim, me puxou a saia e eu sentia as mãos, que me procuravam, a rebentarem elásticos, a beliscarem-me a carne, a magoarem-me, sentia as mãos que me encontravam, que me alargavam, que percorriam o canal do meu ventre, sentia a sua respiração no meu pescoço, sentia a voz que repetia o meu nome, sentia um sumo a escorrer de mim para as estevas e a espalhar o seu odor à minha volta, e enquanto as imagens se coagulavam na tela, iguais ao mar em Esposende, iguais ao vento, e aos chorões, e aos pinheiros, e à noite, se coagulavam na tela tão negra como os barracos dos banheiros, tão negra como o seu rosto ao erguer-se de mim, ao acenar adeus com a palma, e eu esquartejada, nua por dentro contra a parede de lona, sem mais palavras do que uma necessidade absurda, sei lá porquê, de chorar. Vi-o três semanas depois na loja do meu pai e nem me sorriu, nem me falou, deixou o dinheiro no balcão, levou o maço de cigarros, sumiu-se, eu ali, em Esposende, perto dos mil segredos da água, a pensar no que o dono do cinema me tira-

ra e que só valia alguma coisa por ter cessado de existir, eu ali, a escutar as ondas, a escutar o som das vagas contra os cascos, a escutar os
chorões, eu ali, há trinta e seis anos, tão despida aos meus olhos como
nunca, antes ou depois, me despi, e eu anteontem, já velha, a morrer
dos rins, assistindo às falas dos vizinhos da Quinta do Jacinto a expli-
carem ao juiz que o meu irmão andou a tarde inteira, no fito de preju-
dicar o bairro, a picar o alcatrão com um sacho, ora ao pé desta casa,
ora ao pé daquela, até acertar com os esgotos e nos inundar de desperdícios que ainda hoje, repare, não lograram extrair por completo do
interior dos armários e que se tinham introduzido mesmo nos cofres
fortes, enlameando economias e cartas de namoro, A mim deu-me
um prejuízo de trezentos e cinquenta contos no mínimo só em pintura e reboco, sem contar o esquentador avariado e o fogão que deixou
de funcionar, o que é uma pessoa sem fogão?, A mim é o serviço de
chá dos meus avós que tresanda, não posso usar o bule se me engripo
ou o meu afilhado engenheiro me visita na Páscoa com a família e um
embrulhinho de palitos larréne, se ele agora lá entrasse em casa desaparecia espavorido, e eu, a quem apenas me sobeja este dente, nunca
mais comia bolos, senhor, Comigo o problema é não conseguir aproximar-me da minha mulher sem farejar logo um odor de latrina, de
maneira que durmo no sofá da sala e arranjei este desvio da coluna
que me não consente descansar uma noite, A mim é o corte da água
que me lixa, gasto o dia inteiro, com dois baldes, no chafariz de
Alcântara, armado em parvo, eu que sou sargento e tenho obrigações,
se os espanhóis nos invadirem estou para saber como é, A mim é o
telefone, com a água e com a luz posso eu bem, mas sem telefone
como vou pedir os discos ao programa da rádio?, e eu a recordar-me
de Esposende e o juiz a fazer que sim com a cabeça, a folhear um
código, e após dúzias de lamentos e uma tarde inteira de protestos e
indignações, o funcionário da batina curta esticou o pescoço e berrou,
a olhar para nós,

– Levante-se o réu,

e eu dei uma cotovelada ao meu irmão que acendia e apagava o farol do capacete,

— É contigo, Domingos,

e ele, sem se mexer do banco, a ajustar melhor os óculos de mineiro,

— Hoje não me apetece trabalhar, maninha, santa paciência mas os pretos que voem sozinhos por debaixo da terra,

e o juiz, debruçando-se da secretária a abanar-se nos crepes,

— O quê?,

e o meu irmão, desprendendo as cordas da cintura,

— Hoje nem com horas extraordinárias trabalho, o que eu preciso é de uma sesta na cama da Solange,

e o juiz, a rabiscar sentenças furiosas,

— Da Solange?,

e o meu irmão, com a paciência de quem explica evidências a um mongolóide,

— Da Solange, da mestiça da limpeza, da que mora na única casa de tijolo na ponta do arame, junto ao canavial, uma alta, mais magra que gorda, que anda grávida de mim e não visita os outros pretos porque eu proibi,

e o juiz, de mão em concha na orelha,

— Como?,

e o meu irmão, de farol assestado no tecto,

— Qual é a dúvida, pá, já reparaste na desarrumação dos gajos, no pivete dos gajos?,

e o da batina curta, preocupado com o juiz que enxugava a testa, à beira da síncope,

— Não é isso, nosso amigo, esqueça os pretos, esqueça o cheiro dos pretos, o que nos preocupa são os canos que você rebentou em Alcântara, os da Quinta do Jacinto querem sete mil contos de indemnização,

e eles nesta conversa e eu em Esposende, há trinta e seis anos, uma sexta-feira à noite, na praia, encostada à lona do cinema ambulante, com a água a quatro ou cinco metros de mim e o filme a confundir-se com o mar, e os chorões, e os pinheiros, e o vento, vento de Esposende nas dunas arremessando areia contra os barracos dos pescadores, eu deitada em Esposende,

em Esposende

de ventre aberto, de sangue escancarado, a baloiçar ao ritmo das marés, eu a tremer de frio e de calor com o homem a soprar na minha orelha

– Meu Deus

eu na loja do meu pai

em Esposende

a arrumar fazendas, sem responder às perguntas da minha madrasta, a abanar as bochechas que sim, a abanar as bochechas que não, a ver desarmarem a lona e os bancos do cinema ambulante, a amontoarem-nos numa camioneta e a partirem, de manhã cedo, para a Póvoa, eu a ver as latas dos filmes e a máquina de projectar, embrulhada em serapilheiras, eu a vê-lo a ele, de boné, ao lado do condutor, a sumir-se na primeira esquina da vila, eu a olhar o pedaço de areia que o cinema deixara livre e onde a erva havia de recomeçar a crescer até cobrir a vergonha do que eu não tinha já, e o meu irmão, a desviar a lâmpada do capacete para o da batina curta,

– Quais canos, qual indemnização, senhor?,

e o juiz, tonto de mestiças e de minas, a aliviar o colarinho com o dedo,

– Os esgotos que você estoirou na Quinta do Jacinto, a chuva de excrementos que você largou por todo o lado,

e o doutor, radiante, a puxar-me a manga e a bater com o lápis numa zona mais clara da radiografia,

– Aqui, dona Orquídea, um calhau do tamanho de uma pedra de moinho pelo menos, nem sei como consegue andar com isto dentro,

e o da batina curta, a pular como um pardal no estrado,

– Alegam as testemunhas que as fezes avariaram um armazém de

vinhos no Poço do Bispo, alegam os bombeiros que as fezes só para-
ram na Ajuda,

e o doutor, a empurrar-me a testa até a colar ao rim,

– Uma pedra de moinho, dona Orquídea, os meus parabéns, a
única coisa que não entendo é por que motivo a senhora continua
viva,

e o juiz, sem alma para molhar o polegar de saliva,

– Um armazém de vinhos destruído, duas igrejas atoladas, um
infantário onde o lixo atingiu a cintura das amas, metade do cemitério
dos Prazeres com os defuntos a nadarem, proibido às viúvas, os semáforos do Cais do Sodré num pandemónio, a Câmara exige cento e
quarenta mil contos pelos prejuízos,

e o médico, a oferecer-me bombons, a oferecer-me cigarros,

– Vou mostrar-lhe um esboço de contrato, dona Orquídea, há
mais de um mês que isto não me sai da ideia, eu largava as doenças e
associava-me à senhora, recebia quinze por cento dos lucros e mostrá-
vamos os seus rins numa tenda, preços especiais para baptizados,
bodas de oiro e Natais de paralíticos, Orquídea A Mulher De Mármore, e ao fim de um ano, na hipótese de sobreviver aos moinhos, já
cada um de nós possuía a sua moradia com piscina, o seu iate, o seu
Van Gogh,

e o meu irmão, a baixar a intensidade da lanterna do capacete,

– Cento e quarenta mil contos é dinheiro, nunca supus que a
merda fosse tão cara,

e eu, a sentir um seixozito na bexiga e a pensar em Esposende e
no mar e na areia e nas ervas que beberam o licor do meu corpo
encostado à lona do cinema, beberam o sangue daquilo que se sabe que
se tem apenas no instante em que se perde, a pensar em Esposende e
nos pinheiros e no vento e no homem a erguer-se, a sacudir a caruma,
a acender o cigarro, a ir-se embora, decidi que ao regressar a Alcântara
iria sem dizer nada a ninguém, sem que ninguém se apercebesse, sem
que ninguém desconfiasse, buscar a picareta ao quarto do meu irmão,

buscar o capacete e o farol e as cordas, sairia para o quintal das traseiras onde a nogueira chocalhava, e começava a furar num canteiro, até trezentos metros de profundidade, onde os vagões chiavam nos carris, para voar sob a terra, no meio dos pretos, junto às ondas, a fim de ganhar de novo o que numa sexta-feira, há trinta e seis anos, me roubaram.

3

Acabara eu de me decidir a embarcar de volta para Joanesburgo porque não gosto de Portugal, não gosto de Lisboa, não gosto de Alcântara, não gosto da Quinta do Jacinto, não gosto desta ausência de galerias e cantinas, desta ausência de vagões de minério, embarcar de volta para Joanesburgo porque me faz falta a Solange e a lamparina de azeite que lhe aumentava o rosto, me emaranhava os sonhos, e prolongava até de madrugada os gestos de ternura, quando tocaram à campainha e um homem de gravador a tiracolo, incapaz de voar, me disse do capacho Fui agente da Polícia política, senhor Oliveira, eram só meia dúzia de perguntas sobre a sua menina e o seu genro e não o maço mais.

Aqui em casa, mal fico sozinho, a seguir ao almoço, desde que a minha irmã, sempre com um boião de chichi no braço, demora os dias no médico a fazer análises aos rins, desço os estores, aplico cobertores nas vidraças, coloco o capacete, armo-me da picareta, e sento-me na minha cadeira, às escuras, a imaginar os sons da terra lá em baixo. Sem mais ninguém no prédio tento distinguir um capataz a flutuar de braços abertos piando ordens estridentes. Mas a luz de Lisboa, esse exagero de sol a noite inteira a impedir-me de dormir, e o rio que baila no tecto, proibem-me de viajar rumo ao centro do mundo, a empurrar oiro ou a instalar-me num degrau, mastigando a conserva do almoço. De modo que acabo por arrancar os cobertores dos caixilhos, por erguer os estores, e, vencido por esta luz que me odeia, permaneço na sala a escutar o Tejo. Como em Monção, como em Esposende, como na Beira, como em qualquer ponto deste País no qual tudo se inclina para o mar, em que se sente a presença das ondas nos cabelos das espigas, e então eu pergunto como é possível habitar um sítio que não passa de um rebotalho de vazante, as vagas retiram-se e abandonam um convento na areia, as vagas retiram-se e abandonam um molho de ruas, um peloirinho e uma praça, as vagas retiram-se e abandonam um hotel, uma prisão, um bairro, uma missa campal, um velório, as vagas retiram-se e abandonam-nos a nós, à mesa, a comermos os grelos e a pescada do jantar, as vagas retiram-se e abandonam-me a mim, à procura de Joanesburgo na vivenda deserta, à procura da cantina dos domingos e da cerveja que me recorda a infância, que me recorda as estevas, os salgueiros e os bois de loiça do Minho, as vagas retiram-se e abandonam um homem de gravador a tiracolo, incapaz de voar, pedindo para me fazer perguntas e a olhar do capacho, desconfiado, o capacete e a picareta, e eu, cansado de não ter ninguém a quem contar tudo isto, cansado do sol e ansioso de desabafar que finalmente, meu caro, regressava de barco, escondido no porão como da primeira vez, a Joanesburgo e à Solange e à mina, regressava às vagonetas que carregam pedregulhos a trezentos metros sob a terra, convidei Entre, entre, conduzi-o à sala, ofereci-lhe a poltrona, acomodei-me no sofá, julguei ver pela janela o dono da cantina a estender-me uma garrafa, mas não, era uma amoreira que acenava as folhas, e disse, a bater com o bico da ferramenta no tapete, Você não acha que há demasiado mar, você não acha Portugal um desperdício de água?

Da primeira ocasião, no barco para Joanesburgo, eu e o primo de um primo meu nem vimos o Atlântico, nem vimos os golfinhos, ocultos com o pavor de que um marujo nos topasse no meio dos caixotes, contendo a tosse, contendo os espirros, contendo o enjoo e os vómitos, nem vimos as ondas porque quando, ao quinto ou sexto dia, o imediato nos tocou no ombro e pediu Ora cheguem cá acima, seus camelos, levaram-nos, por escadas interiores, a um cubículo sem vigias que oscilava mais que o navio todo, onde um grumete nos deixava a couve-flor do almoço e do jantar e onde bolsámos talos, o resto da viagem, para tinas de esmalte. Uma manhã o casco embateu contra vigas que gemiam, os motores cessaram de trabalhar e expulsaram-nos a pontapé, Desapareçam seus ursos, para o cais, a nós que mal nos aguentávamos nas pernas, tropeçando numa confusão de contentores, de gaiolas de papagaios, e de pretos, principalmente de pretos, a nós que caminhávamos empurrados por despachantes, estivadores e passageiros, na direcção dos quarteirões de indianos dos subúrbios de uma cidade que desconhecíamos, uma cidade ainda distante de Joanesburgo e das galerias em que haveria de voar durante tantos anos, você na Polícia política e eu a trezentos metros debaixo da terra, e o homem de gravador a tiracolo, a observar a picareta que batia no tapete, respondeu Do que se passa nas profundas não sei nada mas faço subir qualquer aluno mais alto que os telhados, sou professor de hipnotismo por correspondência.

Claro que não sabe nada, pensei, voar por cima das árvores e das casas é canja, também os pardais voam, basta correr três passos, dar um saltinho, agarrar uma nesga de vento e pronto, trepam-se as nuvens a caminho do céu, lá no norte, por exemplo, toda a gente voava, nos dias de procissão a banda voava atrás dos andores e do padre, os irmãos do Santíssimo voavam, enfunados pelo vinho, entre as varandas cobertas de colchas e de flores, os anjinhos de asas postiças e os penitentes descalços ascendiam de mãos postas, até desaparecerem como balões de gás nas três da tarde de junho, voar por cima das árvores e das casas é canja, no Minho voavam as ovelhas e os chibos e as vacas que pastavam, dependuradas, o fumo das ervas queimadas na eira, no Minho, quando eu era pequeno, a minha avó dava milho às galinhas com as saias ao nível da copa das ameixoeiras, voar por cima das árvores e das casas é canja, lembro-me que a minha irmã voava em Esposende, mesmo se não havia filme, à roda da lona, ao pé da praia, do cinema desmontável, o que trabalha com a máquina vinha cá fora, de cigarro na boca, conversar com ela, sentavam-se de frente para o nevoeiro porque nunca havia sol em Esposende, havia uma espécie de luar cor de farda meses seguidos, e a minha irmã e o dono do cinema deitados numa mata de estevas, as minhas tias cochichavam, a minha madrasta cochichava, o meu pai, de lápis na orelha, desdobrava fazendas na loja, e a minha irmã, sem fazer caso, voando em redor da tela na qual o actor beijava a actriz, os artistas moviam os lábios e dez minutos depois o som chegava, quando o cinema se foi embora e os altifalantes emudeceram, o mar continuou a galgar os penedos, as arvéloas continuaram a empoleirar-se nas rochas, as traineiras partiam e chegavam devoradas pela bruma e a minha irmã deitava-se nas estevas sobranceiras à água, eram estevas, sim, eram estevas, estevas estevas estevas, e ela de coxas ao léu como se o do cigarro fosse sair do cubículo da máquina que não havia já para lhe tocar no peito, para lhe tocar no ventre,

estevas

como se o do cigarro se estendesse ao seu lado a soprar-lhe no ouvido a sua urgência, como se o do cigarro, de joelhos nas raízes e nas folhas, desabotoasse as calças para ela medir, com os seus próprios dedos, o meu desejo de ti, meu amor, faz-me crescer na tua mão, faz-me crescer contra o teu peito, o teu pescoço, o teu queixo, os teus olhos, não me abandones neste estado, querida, ajuda-me, faz-me sentir homem, enquanto o meu pai desdobrava fazendas na loja e eu os espiava, a desabotoar-me também, de queixos apertados, atrás de um resto de muro ou de um tronco do pinheiro,

estevas

a minha irmã a abraçá-lo e eu a abraçar-me de os ver, a minha irmã a excitar-se e eu a excitar-me de os ver, a minha irmã a suspirar soluços e eu a calar-me de os ver, e por isso, quando o cinema, a lona, os bancos, as caixas dos filmes e o do cigarro partiram para a Póvoa achei-me tão órfão e tão sozinho quanto ela, a farejarmos ambos as estevas estevas estevas, a farejarmos ambos o mar, a farejarmos as traineiras à cata de um resto de tabaco, de um pedaço de boné, de uma sombra que se elevasse da noite, desancorando-se dela, a sacudir ramos e caruma das calças, para mudar a bobina do filme, para fazer aparecer, na tela, vultos desajustados do som dos seus passos e das suas vozes, achámo-nos os dois órfãos do frio de Esposende, a escutar a ronca do salva-vidas, a escutar a ronca do farol, os dois lado a lado na areia mirando o desespero das ondas, se me escondesse atrás do resto de muro, atrás do tronco de pinheiro, não alcançaria mais do que os chorões desertos, as lanternas das traineiras e a praia, voar por cima das árvores e das casas é canja, argumentei eu, também os melros, as corujas e os corvos voam, também os irmãos do Santíssimo voam, agora debaixo da terra, meu caro, sem quebrar nenhum osso contra uma aresta da parede, só os pretos de Joanesburgo e eu conseguimos, a Solange que o diga que não me deixa mentir, o primo do meu cunhado nem a primeira hora

estevas

aguentou, tiveram que o subir à pressa, que lhe dar oxigénio, que o internar na enfermaria da mina, meia dúzia de camas onde os pássaros falhados agonizam de capacete na cabeça, com a picareta no peito como os crucifixos dos mortos, e onde ele delirou tempos sem fim a repetir Não quero ser pardal, não quero ser pardal, não quero ser pardal, quero ir para praticante de farmácia em Valença, e o polícia político, de gravador a tiracolo, que ensinava hipnotismo, por folhetos, a quem tinha medos de túneis, protestou Isso é mania sua, senhor Oliveira, isso é não entender nada de parapsicologia, estude as minhas aulas, se quiser envio-lhas pelo correio, à cobrança, duzentos escudos por lição e por cada doze lições um brindezinho grátis, tente colocar um rubi na testa e depois fale-me.

Mas não havia nada que falar, pensei eu, como diabo se consegue falar

estevas, esquece as estevas

com quem nunca se demorou na cama da Solange e lhe sofreu a ternura, e sofreu a submissão da sua autoridade, de modo que me levantei do sofá e trouxe umas cervejinhas geladas, de lembrar Joanesburgo, que o palerma que paga a renda da casa de vez em quando me oferece para que eu lhe permita dormir com a minha filha, abri uma para mim e a espuma correu em pranto pelo gargalo, abri uma segunda para o instrutor de passes magnéticos que ergueu a mão a recusar, Eu não tomo álcool nem fumo, respondi Aqui em casa toda a gente bebe menos a minha filha derivado ao açúcar do sangue, observei o copo contra a luz para ver as bolhinhas que se soltam do vidro, o polícia hesitou, eu esfacelei com a lâmina o que sobrava da franja do tapete para lhe dar coragem, como o capataz de Joanesburgo fazia quando os pretos se arreceavam do elevador, tomei um trago e, como de costume, regressei de imediato aos domingos de há vinte e cinco anos na cantina da África do Sul, a olhar o chão de capim, a olhar as cabanas de gesso e de barro amassado dos operários, antes de conhecer a minha mulher que contava fragatas, debruçada da janela durante o velório do pai, na vivendinha da ilha, e através das sobrepostas, refrangentes, densas camadas de tempo desses vinte e cinco anos vi o espírita, que a picareta assustava, agarrar no copo, provar um golinho a medo, reprimir um arroto, provar outro golinho, tornar-se escarlate, arredondar as órbitas, embranquecer, aumentar de tamanho, esvaziar a garrafa, apoderar-se do que restava da minha, inquirir se havia mais lá dentro porque a cervejinha ajudava, não é necessário mexer-se, descanse as suas rótulas que eu vou lá, o frigorífico é ali, não é?, e argumentou, numa voz que adquiria autoridade e espessura, Se o senhor Oliveira fosse capaz de migrar para Marrocos, acima do Alentejo, a gozar a paisagem como os patos no outono, afianço-lhe que se convertia ao hipnotismo por correspondência, comprava um turbante e me dava

razão, por debaixo da terra, não é verdade, tudo às escuras, tudo acanhado, tudo húmido, a gente parece estar numa arca fechada há que
séculos, que horizontes se têm?

Ao mesmo tempo na cantina de Joanesburgo, ainda jovem e sem
a perna em ruína, de farol da testa aceso à espera que anoitecesse para
visitar a Solange, e na Quinta do Jacinto enervado pela presença do
rio e pelo excesso de sol, a olhar as colinas, os prédios e as fábricas da
margem oposta, a olhar o Montijo, ou Alcochete, ou Almada duplica-
dos na água, voltado para a janela e depois da janela para os esgotos e
os comboios de Cascais que fazem tremer o soalho, despenham terrinas e entortam as molduras nos seus pregos, voltado para a esfomeada
imbecilidade das gaivotas, tão sôfregas que devoram as próprias sombras, aos gritos, no rastro dos navios, voltado para a janela, cercado de
mineiros pretos, também de farol da testa aceso, cujas canecas de
aguardente amareleciam, como luas sulfúricas, a bruma do cacimbo,
voltado para a janela a escutar o batuque de latas das crianças, o tropel
dos cadelos e o relincho dos cavalos da Guarda no bairro dos operários, pensei Tudo às escuras o tanas, tudo acanhado o tanas, tudo
irrespirável o tanas, tudo húmido o tanas, a gente dentro de uma arca
que asneira, gozar a paisagem que burrice, nota-se logo que você fala
assim porque nunca baixou nem a cinco metros quanto mais a trezentos, trezentos, meu caro, trezentos, calcula o peso no peito, calcula o
peso na alma, calcula a dimensão das galerias que se ignora se terminam, onde terminam, porque terminam, visto que talvez nem acabem, que se articulem com outras, que se prolonguem em infinitas
ramificações de túneis em que ecoam vagonetas que ninguém empur-
ra, picaretas que ninguém utiliza, ordens de capatazes de que ninguém
se lembra, e o polícia, cada vez mais insistente, Depois da revolução
os comunistas, os apátridas, os vendidos que tomaram o poder pren-
deram-me em Caxias pelo único crime de gostar do meu País, e
durante esses meses a pão e água, senhor Oliveira, literalmente a pão e
água, aprendi a conhecer em que consiste morar por sob a terra e

juro-lhe que é escuro, que é acanhado, que é irrespirável, que é húmido, meses e meses a comer sopa fria e batatas greladas e a ouvir sons de portas em corredores e poços que se calhar ligavam com os seus, que se calhar uniam Portugal a Joanesburgo e a cadeia à sua mina de pretos, e se calhar, enquanto eu dormia, saíam-me negros de capacete, todos risonhos, todos sujos, das lajes do chão, e asseguro-lhe que o meu desejo não era voar sob a terra, eu queria lá voar sob a terra, era que abrissem o portão apesar de não ter emprego, nem reforma, nem assistência médica, que você sabe como são os democratas, para me safar daquilo.

E eu, a desarrolhar garrafas, a encher copos, a enxugar com a manga da camisa a cerveja derramada no tampo da mesa, Um labirinto, meu caro, um labirinto, imagine as surpresas que um labirinto nos dá, até raízes de árvores havia, as árvores são piores que os dentes nas gengivas a estenderem-se às fontes e à nuca, a gente olha um tronco e nem suspeita a distância a que ele vai à cata dos finados e do silêncio do mundo que lhes rebenta em frutos,

e o polícia, esquecido do gravador a tiracolo, esquecido das perguntas acerca da minha filha e do que nos paga a renda, Tive de arranjar o hipnotismo por correspondência porque me mandaram embora de funcionário público, amigo Oliveira, eu que era o terror dos búlgaros, e então achei que pôr as pessoas a voarem na cidade era um trabalho bonito, quem não gosta de boiar sobre os telhados só com um turbante e umas frases mágicas,

e eu, com menos dores na perna, a pensar, pelas luzes que se acendiam no bairro dos mineiros, que eram horas de abandonar a cantina e de visitar a Solange na cabana de tijolo na extremidade do arame, eu, muito pronto, Bonito e fácil, meu caro, bonito e facílimo, se eu quisesse, mesmo assim à rasca da anca, chegava lá fora e partia a voar por cima de Lisboa,

e o polícia, a fitar-me do outro lado da mesa coberto por uma plantação de garrafas vazias, Ai é facílimo, ai é facílimo para quem não fez estudos de médium?, então vamos à rua experimentar esses dotes, e eu a erguer-me, eu a ziguezaguear rumo à porta, eu a agarrar-me às paredes, subitamente escorregadias, que ondulavam e fugiam, eu, irritado, Quanto vale a aposta, meu caro, quanto paga você se perder?,

e o polícia, a segurar-se, com ambas as mãos, a uma cómoda, derivado ao temporal da cerveja, Uma noite com a Lucília, amigo Oliveira, uma noite só para si, para ela e para as rolas, a esquecer a porca da vida na Residencial da Praça da Alegria,

e eu, que não conheço a Lucília, eu com a Solange à espera, coitadita, preocupadíssima, eu com o jantar a arrefecer no barraco de Joanesburgo, eu a escutar os cachorros e o batuque das latas dos miúdos, eu que detesto ganhar apostas sem trabalho nenhum, Esqueça a Lucília, esqueça as rolas, meu caro, que mulheres tenho eu que me sobejam, uma a contar fragatas no asilo de Lourenço Marques, e outra a preparar-me comida a cinco minutos daqui, ampare-se ao meu ombro que o que falta são as escadas e estamos no passeio num instante,

e o polícia a nadar na minha direcção, como um homem-rã, no oceano de corais de cómodas e de recifes de cadeiras em que a sala se tornara, O bengaleiro, amigo Oliveira, se a gente atingir o bengaleiro salva-se,

e eu, apesar das tonturas da cerveja, já a apoderar-me da maçaneta, já a rodar a chave, já a puxar o trinco, eu, a ajustar o capacete na cabeça, a sentir a frescura do crepúsculo na nuca, a entrever, no lusco-fusco, a grinalda dos faróis dos automóveis na ponte, Depressa antes que a minha filha volte das aulas, antes que a minha irmã volte do médico e me proíbam de voar,

e o polícia, a esmagar as dálias mortas dos canteiros, E se eu vomitasse primeiro, amigo Oliveira, e se eu urinasse, e se eu deitasse fora um bocadinho de cerveja para diminuir o lastro?,

e eu, sempre arrimado à picareta, a empurrar a cancela, a procurar os vultos da minha irmã e da minha filha nas ladeiras da Quinta, eu saudoso de Monção como de cada vez que saio da cantina, Ora mostre-me do que é capaz, meu caro, ora vamos a ver quem é que sobe mais alto, e então alargámos os braços nas seis horas de Alcântara, nas seis horas de Joanesburgo, demos um pulinho e erguemo-nos a pouco e pouco na tarde à altura das janelas, das varandas, das antenas de televisão, das chaminés, a espantar gaivotas, tacteando o sentido do vento, e então pairámos sobre a rotunda, ele filado ao meu pescoço a repetir, bufando-me álcool no nariz, É melhor ou não do que debaixo da terra, amigo Oliveira, deixe-se de coisas e diga a verdade, é melhor ou não?

Subimos para o rio, com Lisboa a apequenar-se sob os nossos ventres de cegonha, e nisto, quando nos preparávamos para seguir para sul distingui em baixo, de gabardine e pasta na mão no torvelinho de carros de Alcântara, o palerma que nos paga a renda e a conta do gás a caminhar para casa, como um rafeiro pulguento, de regresso do emprego. Bati mais devagar os braços, apontei-o ao polícia, gritei Vai ali o meu genro, meu caro, não quer fazer-me perguntas sobre ele?, e o professor de hipnotismo por correspondência, adornando o tronco a fim de evitar uma nuvem, respondeu, num grasnido que o vento dispersou de imediato, Temos tempo, amigo Oliveira, temos tempo, primeiro vamos a Odemira, comer milho com os outros pombos, e amanhã de manhã, ao tornarmos a Lisboa, depois de eu falar com a Lucília se vê.

4

O médico devolveu-me as análises sem entusiasmo, a abanar a cabeça,

– Por azar os seus rins estão melhores, dona Orquídea, o esquerdo funciona e a pedra de moinho começou a dissolver-se,

e eu, desejosa de lhe agradar, envergonhei-me da sua voz decepcionada e da enfermeira que se desiludia com a minha saúde, envergonhei-me da tristeza dos seus rostos pela autópsia que se adiava, e argumentei, a tentar alegrá-los,

– Mas cada vez me dói mais, senhor doutor, só consigo dormir a poder de comprimidos, até os do meu irmão, contra os pássaros, ando a tomar à noite, veja lá,

enquanto o médico, sempre a abanar a cabeça, preenchia uma receita, a enfermeira verberava em silêncio os meus progressos, se escutavam vozes e passos no corredor, o sussurro marinho dos doentes, na sala de espera, ia e vinha em baforadas de lamentos, e o sol iluminava os objectos do consultório (o estetoscópio, a balança, um quadro de letras decrescentes, formando palavras sem sentido, para avaliar a miopia) despindo-os de mistério e fazendo cintilar o cromado das ferramentas da desgraça.

– Destruir por descuido os seixos que há em si, dona Orquídea, ralhou o médico num timbrezinho ferido, é o mesmo que nascer com imenso talento para o piano e recusar-se, por maldade, a tocar.

De modo que abandonei a Caixa a culpar-me de haver desagradado ao doutor e a jurar a mim mesma que faria crescer falésias na barriga, falésias como as de Viana, cobertas de uma relvinha teimosa, falésias como as do Douro, com a vinha em socalcos e o rio ao fundo a brilhar, e segui para casa prometendo transformar-me em cordilheiras de xisto, em estratificações de ardósia, em arquitecturas de basalto, garantindo que em menos de um mês me ligariam, quase em coma, rodeada de cirurgiões, à máquina de filtrar o sangue do hospital onde me internaram há sete anos, num leito perto da janela, derivado à icterícia da vesícula, e no qual um plátano da cerca derramava as folhas na minha pele transida. Antes da ladeira da Quinta do Jacinto, por enquanto sem um rastro de noite, senti uma picada na cintura e a coxa endureceu como se um cristal de cálcio principiasse

que sorte

a rolhar-me o ureter. Avivei a marcha na esperança de depositar no bacio uma lasca de mica ou um paralelipípedo de granito consolador, e nisto deparei com a porta da rua aberta, o bengaleiro tombado, os móveis da sala jogados uns contra os outros sob o reposteiro em tiras, a mesa coberta de garrafas de cerveja e o meu irmão, de capacete e picareta, acompanhado por um desconhecido mais ou menos da idade dele, ambos sentados na alcatifa, babados de vómito, a perguntarem-se, desafiadores, Quer que eu voe mais alto, meu caro?, Quer que eu voe mais alto, amigo Oliveira?, Repare na vista de Odemira aqui de cima e venha comer uns grãos de milho ao coreto, Garanto-lhe que por debaixo da terra é mais difícil.

De início pensei, ao vê-los assim juntos, movendo os braços para trás e para a frente a derrubarem as minhas jarrinhas de loiça, É o efeito do álcool, é a miséria do vinho que transformava o meu pai, em Esposende, e o levava a gritar no meio das fazendas, brandindo a caçadeira, de cabeça perdida, Ou me tiram os lagartos e as aranhas da loja ou mato toda a gente a tiro, a minha madrasta, em prantos, chamava os bombeiros que suplicavam da ombreira, sem se atreverem a entrar, Dê cá a arma e entregue-a, senhor Oliveira, que a gente enxota-lhe as osgas para longe, e o meu pai Arreda vigaristas, arreda malandragem, a disparar os dois cartuchos ao mesmo tempo, a inundar o estabelecimento de pólvora, a carregar a espingarda e a avançar pela praia fazendo pontaria às janelas, Tirem-se das vidraças, castelhanos, quero a espanholada inteira em Madrid, e eu, de gatas atrás do balcão a imaginar, em pânico, Se ele apanha o do cinema não tornam a passar filmes em Esposende, histórias românticas, o Zorro debruçado do cavalo para beijar a viscondessa, se ele apanha o do cinema não fica aqui mais nada que se confunda com o mar. Quando os cartuchos se lhe acabavam o meu pai, de repente manso, pedia aos soluços, subindo a perna da calça, Ajuda-me Orquídea, antes que os ratos me comam, olha este a trepar-me a canela, eu erguia uns centímetros a cabeça do balcão, os bombeiros tombavam-lhe no lombo num torvelinho de insultos e de machadinhas reluzentes, e o comandante prevenia, vitorioso, Eu dou-te os ratos, camarada, eu dou-te os ratos, passas a noite na esquadra, com os percevejos, a cozer a bebedeira, e amanhã o juiz, que condena toda a gente desde que a mulher lhe fugiu, só não te desterra para África se não vier nos códigos.

Portanto, ao ver as garrafas vazias e o meu irmão e o outro a falarem no coreto e a debicarem o milho dos pombos de Odemira de queixo na alcatifa, o que pensei de início foi que se tratava do resultado do álcool como o meu pai outrora, só que em lugar de osgas, aranhas e ratos lhes dera para inventarem grãos e pedacinhos de côdea, mas depois, ao ouvi-los falar de ventos e de nuvens e de haverem planado uma hora sobre os campos de Grândola, comecei a duvidar de mim e a tocar a parede a assegurar-me de que não flutuava também, de que não poisava também, como eles, nas arvorezinhas da praça, até que o meu irmão me descobriu parada junto à cómoda e acotovelou o outro, agitando os braços, Vamo-nos embora depressa, meu caro, vamos levantar voo que chegou a minha mana.

Não pode ser do álcool, pensei, os bêbados não se interessam por coretos, nenhum bêbado se interessa por coretos, aquilo que preocupa os bêbados são as formigas e as tarântulas que lhes passeiam na roupa e os fantasmas contra quem combatem toda a noite, aos domingos, a seguir à matinée, o dono do cinema engolia um litro de licor de tangerina e a única coisa que lhe apetecia era bater-me sem que eu entendesse porquê, se eu caísse na asneira, por exemplo, de falar em cegonhas tombava o Carmo e a Trindade, Olá, cegonhas?, que é isso de cegonhas, sua parva?, eu numa conversa séria e você vem-me com pássaros para me distrair, de maneira que se calhar, pensei eu, o que eles dizem não é invenção e andam mesmo por aí a viajar pelos ares, e o que estava com o meu irmão, de beiços rente à alcatifa, Como é que isso pode ser, amigo Oliveira, a gente no Alentejo e a sua mana em Alcântara, como dava ela connosco, explique lá?,

e o meu irmão, apontando-me com a picareta, O transporte que ela utilizou não sei, mas quem lhe assegura que não voa como nós, quem lhe assegura que ela não estuda hipnotismo por correspondência, meu caro, o que eu afirmo é que é a Orquídea, sim senhor, desde que nasci que lhe conheço o rosto,

e o outro, a piscar as órbitas de narceja em busca de mim e a fixar--se no retrato da minha mãe no aparador dos cálices de vinho do Porto, Qual é a sua mana, amigo Oliveira, aquela velha de cabelos brancos, acolá, a dar-nos miolo de broa?,

e eu olhei para o meu irmão furiosa com ele, indignada por trazer para casa amigos estúpidos visto que a minha mãe tinha vinte e nove anos se tanto na data em que morreu lá no Minho, brincávamos nós na eira e era agosto de manhã, o meu tio Aurélio, de chapéu na mão, abeirou-se dos degraus da cozinha a chamar-nos, havia dezenas e dezenas de pardais na latada, o sol doirando o pó do trigo no tijolo e a cadelita, com uma chaga no lombo, indiferente aos coelhos por detrás da rede, e dentro de casa tinham amarrado o queixo da minha mãe com um lenço, tinham-na obrigado a deitar-se, vestida, sobre a colcha da cama, e eu surpreendi-me por ela não calçar chinelos mas os sapatos das procissões, castanhos e azuis, do meu pai, e então, intrigada, empurrei a minha madrinha, aproximei-me e disse Mãe e nada, disse Mãe tenho fome e nada, gritei Mãe dê-me um bocado de pão e nada, Mãe, berrei eu, se vocemecê não acorda parto-lhe a santinha da candeia, e a minha mãe a dormir muito quieta, com a nuca numa fronha de rendas, o meu tio Aurélio veio por trás e beliscou-me o pescoço, Sossega rapariga, sossega rapariga que o senhor abade entra-nos por aqui não tarda, e eu, agarrada à saia de ir à missa da minha mãe, Ai sua puta, ai sua grandessíssima puta que não liga à filha, e no dia seguinte,

estevas, tantas estevas meu amor, paixão da minha vida, quero-te

comigo a insultá-la, a chorar e a repetir Puta, sua puta, seja ceguinha se tornar a falar-lhe, sua puta, fecharam-na numa urna e ela não disse Não, e seguimo-la a pé para o cemitério de Monção, e mesmo hoje oiço os sinos quando me lembro disto, mesmo hoje vejo a minha prima Afonsina, que não casou por a parirem corcunda, a tapar-me a cabeça com um véu a fim de me proteger do sol, e eu a encostar a orelha ao caixão para que a minha mãe me dissesse Filha, mete o boné do teu pai que faz calor, mesmo hoje me recordo dos coveiros e do abade a benzer cruzes sob os choupos, despejaram a minha mãe num buraco e eu Cabrões, parem com isso cabrões, entornaram-lhe no tampo um saquito de cal cuja nuvem dançou muito tempo no meio das lápides e das coroas de flores,

não eram estevas, não eram giestas, eram flores, flores, flores vermelhas, lilases, brancas, julgo que magnólias, julgo que malmequeres, julgo que margaridas, flores, flores, laços e fitas com letras prateadas e doiradas, flores, flores como nunca vi tão grandes, flores, as estevas foram mais tarde, em Esposende, as estevas foram junto ao mar, durante o fevereiro do cinema desmontável em que o filme se confundia com as ondas e o teu corpo se erguia do meu, de cigarro na boca, Até logo, o padre cerrou o livro, entregou a água benta ao ajudante, desembaraçou-se da estola, e a transpiração escorria-lhe das fontes, o meu pai levou-nos para casa que sempre se me afigurara minúscula, irrespirável, sem espaço, e que no entanto aumentara durante a nossa ausência, com a mobília encostada a paredes sem fim, e acabado o almoço, sem a minha mãe para se preocupar com a minha magreza, para me obrigar a engolir a sopa, a mastigar, subi de novo a rampa do cemitério a procurá-la entre as lajes, a participar-lhe, vingativa, Mãe, não como nada desde manhã, a revoltar-me com a sua ausência, com o seu silêncio, com o seu desprezo, e o meu irmão, que se esqueceu num instantinho ao ponto de andar às correrias na eira, com a cadelita da chaga, perseguindo borboletas, fitou por um segundo a fotografia antes de mergulhar outra vez os beiços na alcatifa, A velha não conheço, meu caro, de certeza que deve ser uma campónia daqui, a minha mana é uma rapariga morena, de cócoras na areia, a olhar o mar de Esposende.

Portanto não pode ser do álcool, pensei, não ralham, não vêem bichos, não se zangam, não me querem bater, não se torna necessário telefonar aos bombeiros por desatarem aos tiros de caçadeira na loja, estão ambos serenos, sem chinfrim, a comer milho no sobrado, não pode ser do álcool porque o álcool dá raivas, e pensei assim até o sócio do meu irmão extrair uma faixa de cetim da algibeira e começar a enrolá-la na testa como as ligaduras dos feridos, anunciando Mal eu acabe de colocar o turbante, amigo Oliveira, e de mamar uma cervejita que trago uma sede do camandro, a gente sai de Odemira e dá um saltinho ao norte de África que há pelo menos um mês que não vejo avestruzes nem camelos.

Enquanto o sócio do meu irmão colava o turbante à nuca com um quadrado de adesivo e aplicava entre os olhos um rubi do tamanho de um pires, tentei contar as garrafas sobre a mesa, cheguei a vinte e oito, desisti por me perder nos gargalos e principiei a suspeitar que podia ser do vinho, sim senhor, que existiam pessoas de vinho

manso e esquisito, pessoas de bagaço tranquilo, quando comecei a trabalhar em Lisboa, empregada em casa de um sueco, o meu patrão
levava os fins-de-semana sem pedir nada, sem maçar ninguém, sentado diante de um espelho, com uma bateria de uísques, a cantar, todo
satisfeito, os fandangos e as chulas do País dele, eu, na segunda-feira,
trazia-lhe um comprimido efervescente numa chávena, ele tomava o
comprimido, barbeava-se, dizia numa voz normalíssima Hoje janto
suflé, Orquídea, e saía de carro para o escritório, desaparecendo tão
depressa que se eu chegasse ao espelho ainda o via lá a entoar bailes
mandados, dado ninguém ignorar que as imagens dos bêbados demoram horas a desvanecerem-se, eles foram-se embora há que tempos e
continuam a olhar-nos nas superfícies polidas, gordos nas chaleiras,
magros nos talheres, existem pessoas de vinho manso e esquisito, pessoas felizes a fermentarem em surdina como as moscas do vinagre, e
talvez que acontecesse assim com o meu irmão e o dos camelos, talvez
pertencessem ambos à raça do sueco que permanece decerto, a cantar
baladas, nos espelhos das casas que habitou, de maneira que me preo-
cupei que viajassem de noite, sem terem quem os ajudasse, sem terem
quem tomasse conta deles, e vai daí, apesar das pedras na uretra e nos
rins e apesar da areia de cristais da bexiga, preveni O meu irmão sem
mim, com a perna numa lástima e a filha por criar, não sai da Quinta
do Jacinto, se quiserem partir arranjem-me lugar no autocarro,

e isto já é mais simples concordar com um alcoólico do que con-
trariá-lo, se o meu pai, por exemplo, se queixava dos ratos, eu, sem
uma palavra, enxotava os ladrilhos do chão com a vassoira, se o meu
pai me ordenava Tira-me as lagartixas e os gafanhotos da roupa, eu
esfregava-lhe o casaco com a escova, se o dono do cinema, é um supor,
me perguntasse por acaso Olá, que é isso de cegonhas, sua parva?, eu
responderia, muito pronta, Cegonhas, eu falei em cegonhas?, estava
distraída, esquece, cegonhas, que disparate, e a prova da minha razão é
que o do turbante, que me observava por debaixo do rubi, se voltou
para o meu irmão Ora aí está uma mulher como eu as aprecio, aposto

que a senhora é a melhor aluna do meu curso de hipnotismo por correspondência, já leu o último folheto ilustrado, o que ensina os principiantes a voarem às arrecuas como os colibris?,

e eu, com a mó do moinho a pesar-me no ventre, Não há dúvida, emalucaram, entraram pela cerveja adentro e emalucaram como o meu pai emalucou depois de um jantar de lulas no aniversário da minha madrasta, terminava o arroz e nisto imobilizou-se, ergueu os membros acima da cabeça e afirmou Pronto, sou uma acácia, O quê?, estranhou o meu tio que trabalhava de capador, Sou uma acácia, insistiu o meu pai a trepar para a toalha, em vindo maio deito bolinhas dos ramos, O meu marido tem uma cisma que é árvore, disse a minha madrasta ao farmacêutico, você não vende injecções contra as árvores?, e eu Abandonou a loja, não liga às fazendas, gasta os dias empoleirado numa mesa a suplicar Não me podem, não me podem que este galho está são, e o farmacêutico Contra as árvores não conheço, já experimentou no Porto?, e o meu pai, a criar raízes na toalha, a lançar ramos na direcção da lâmpada do tecto, a tombar pólen do cabelo, o meu pai a pedir que lhe abríssemos a janela por lhe fazer falta a brisazinha da tarde, mas passada uma semana tivemos de aferrolhar as portadas, Desculpe, pai, dado que durante a noite se lhe soltavam morcegos das cavidades do tronco, e então serraram-no ao meio, quando a respiração dele era apenas um soprozinho de nortada, para que coubesse na ambulância, e a minha madrasta para a família, a assoar os olhos, Ser acácia é uma doença horrível, o médico chamou-nos de lado Pode ser que se o plantarmos no jardim e o adubarmos com cautela melhore, e o meu irmão para o do turbante, a bater a picareta na alcatifa, Esqueça os colibris, meu caro, esqueça essas tretas que voar com a ajuda da cerveja é canja, eu ia ao Minho logo ao segundo gole no tempo de Joanesburgo, difícil é a gente andar, como os mineiros e os mortos, enfiados na terra,

e eu concordei, Pois claro, a pensar na minha mãe que nadava sob os choupos, em Monção, sozinha nas trevas como quem desperta de madrugada e perdeu o norte das coisas, não sabe as horas, não sabe o lado do despertador, a minha mãe que como todos os finados morreu também nos retratos, visto que quando se observa uma moldura compreende-se logo se o fotografado é falecido ou vivo, é tão diferente o semblante, é tão diferente o olhar, mais distante, mais vago, mais triste, nunca tive coragem de regressar a Esposende, quanto mais ao Minho, para me defender de escutar a minha mãe perguntando-me se emagreci, se tomo cuidado com as correntes de ar, se comi a sopa, e se voltasse a Esposende seria para me lembrar, defronte das ondas de fevereiro, do homem do boné e do cigarro que morreu, eu sei, porque lhe murcharam as pálpebras na fotografia, não insistam, não se espantem, não me perguntem como sei, eu sei, sei porque murchou o sorriso em que molhava a minha ternura como se molha um pedaço de pão no café da manhã, eu sei, sei porque as pupilas se lhe tornaram aflitas,

estevas estevas estevas estevas estevas estevas estevas, o sumo das coxas, o sangue das coxas nas estevas

porque o retrato me pedia Ajuda-me, porque pela primeira vez me pedia Não te vás embora, Orquídea, e eu, que não lhe conheci o nome, que nunca tive a coragem de lho perguntar, a responder,

e as dunas, como falar das dunas em que uivava à tarde um arraial de cães?,

Não vou, juro que não vou, sento-me numa pedra a conversar contigo enquanto a ronca do salva-vidas desce para a água, e o professor de hipnotismo para o meu irmão, a compor o turbante, Quem voa por cima das nuvens voa enfiado na terra como os pretos, se houvesse uma mina em Odemira era já,

e o meu irmão para mim, Vai buscar uma cerveja, maninha, que estou farto de ser pombo, procura no armário que escondi garrafas atrás da graxa dos sapatos,

e o outro Enfiado na terra, amigo Oliveira, a duzentos ou a quinhentos metros de profundidade é igual e nem de elevador necessito, desço a bater as asas e chego às galerias num rufo, volto cá acima, chego às galerias de novo e ainda lhe empurro uma dúzia de vagonetas pelos carris,

e o meu irmão, a levantar-se apoiado aos móveis, Sempre quero ver essa coragem, meu caro, sempre quero ver essa basófia,

e o médium, a debicar um último grão e a levantar-se também, não é tarde nem é cedo, amigo Oliveira, empreste-me aí a picareta que eu cavo,

e as estevas, de roldão com os pinheiros, e o vento, e o mar, galgaram a rotunda de Alcântara e a ladeira da Quinta do Jacinto, escutava-se o motor das traineiras, escutavam-se as ordens dos mestres, o mar, os pinheiros, o vento e as estevas ultrapassaram as escadas, o capacho e o bengaleiro do vestíbulo, um pescador de botas de borracha entrou a correr pela janela, as ondas espumavam contra o sofá, e uma neblina enovelava a sala, tão grossa que mal distingui o meu irmão e o outro a dizerem-me adeus ao mesmo tempo que desapareciam pelo soalho abaixo.

Livro terceiro
A viagem à China

1

Estou aqui há séculos, perto da praia, e nunca ouvi o mar, como não ouvi os passos dos que vieram buscar-me, um domingo a seguir ao almoço, no cascalho do jardim. Tocaram à campainha, e a minha irmã Maria Teresa levantou os olhos do crochet e perguntou Quem é que pode ser a esta hora? O meu irmão, que dispunha as cartas para uma paciência, largou o baralho e o cigarro e caminhou para a porta a dizer Algum pobre, não tenho dinheiro trocado, a campainha tocou de novo, ao mesmo tempo que o telefone, peguei no auscultador e a voz do coronel Gomes ganiu Saia daí depressa, Valadas, que devem estar a chegar para o prender, e nisto havia três militares e um civil de pistola à entrada da sala, Faça o favor de nos acompanhar, senhor major, temos um carro à sua espera.

Sempre pensei que as coisas pudessem correr mal mas não tão depressa, mas não daquela forma. Ainda não ultrapassáramos as reuniões preparatórias, ainda não decidíramos as unidades a contactar, éramos onze oficiais que se juntavam em casa de um, em casa de outro, o comodoro Capelo garantiu-nos que o chefe do Estado-maior se encontrava ao corrente e aprovava, as abordagens nos regimentos faziam-se com a máxima das precauções, nada de política, nada de

hostilizar o presidente do Conselho, apenas uma ou outra reivindica-
ção castrense, apenas o desejo de um papel mais importante na
máquina do Estado, apesar de tudo estamos em mil novecentos e cinquenta, pá, temos ou não temos uma palavrinha neste País, meu brigadeiro?, e ficávamos a aguardar uma manifestação de interesse, uma
resposta, a ideia era ir congregando a tropa e tomar o pulso às unidades, mas um ambicioso qualquer denunciou-nos ao Ministério ou à
Polícia na esperança de ser promovido por distinção e ganhar as boas
graças do Regime, talvez o comodoro Capelo, talvez o próprio coronel
Gomes que gritava ao telefone Desapareça, Valadas, leve sumiço,
temos um homem de confiança em Penafiel para o transportar a
Espanha, já caçaram o Barrela, já caçaram o Monteiro, e o civil,
Então, senhor major, largue o aparelho que não é altura de namoros,
até parece que o meu convite o espantou.

A minha irmã Anita principiou a chorar, a minha irmã Maria
Teresa, a marcar a malha com a unha, indignou-se O que é isto?, e o
tenente que comandava os dois soldados informou-a, muito urbano,
Nada de especial, minha senhora, só queremos o nosso major para
uma conversa de amigos, logo à noite tem-no cá, fresco como uma
alface, parece que andam por aí uns espertalhões a quererem derrubar
a Situação, e o meu irmão, que nasceu parvo e só pensa em cus de
manicure, avançou a barriga e declamou Eu sou legionário, se não
deixam o Jorge em paz vou à Amadora e amotino a rapaziada num
instante.

Eu tão entretido a pensar em quem nos tinha traído e quem não
tinha, que nem dei por o civil se aproximar de mim, agarrar no telefone, escutar um pouco, e responder, quase com dó, Cucu, senhor coronel, já aqui chegámos, já temos o pássaro na mão, descanse que o de
Penafiel trabalha para nós e se eu fosse Vossa Excelência espreitava da
varanda que estão no passeio umas visitas para si: o aparelho desli-
gou-se de imediato e o civil, a abanar a pistola, Ponha o casaco que faz
frio, amigo major, nunca vi nada mais enganoso do que esta primave-

ra, a minha mulher por exemplo, coitada, anda-me a gargarejos e não pára de espirrar, nem imagina o que eu dava para ter uma noite de sossego.

O tenente e os soldados abriam e fechavam gavetas desarrumando toalhas, desarrumando loiças, desarrumando maços de cartas atados com cordéis, e eu, a observar as lágrimas da minha irmã Anita e a lembrar-me do último encontro, na garagem de um piloto aviador na reserva, Se não foi o Gomes terá sido o Alexandre?, nunca acreditei na sinceridade do Alexandre, o tio dele é amicíssimo do Salazar, foi o comodoro que insistiu na importância de o termos connosco, terá sido o comodoro?, e o meu irmão Larguem as cartas, são assuntos dos meus pais, não amarrotem as flores que estão lá dentro, e o tenente, a furar a terra de um vaso com um garfo, Calma, calma, isto é uma ins-pecção de rotina, descanse que ninguém lhe dá cabo dos pertences.

O telefone tocou outra vez, o civil fez-nos sinal para esperar erguendo a mão aberta, a minha irmã Maria Teresa, que mantinha a unha na malha e se acercava dos militares a teimar, sem medo das espingardas, O que é isto?, imobilizou-se com um dos sapatos no ar, o civil aguardou o quinto toque para desenganchar o aparelho do des-canso e rosnou no bocal Sim, perfeitamente, não houve resistência alguma, o pardal do coronel é que ligou para aqui, mal acabe de pas-sar uma revista seguimos, transmita por favor ao capitão Alexandre que a Polícia não lhe podia estar mais grata, ele que conte connosco para o que quiser, os meus cumprimentos, senhor comodoro, até um dia destes.

O comodoro e o Alexandre juntos é demais, pensei eu, que estu-pidez a minha, devia ter desconfiado daquela história da aprovação do chefe do Estado-maior, ter desconfiado dos encontros na casa de praia do Capelo, na Caparica, tudo muito à vontade, nenhumas cau-telas, a filha a servir vermutes e aperitivos, o pai, jovial, seguro, de san-dálias e camisa aberta, Então vamos dar cabo dos fascistas, hã, vamos dar cabo da ditadura em Portugal, faz agora cinco anos que o Hitler se matou, é necessário comemorar o milagre, na minha opinião o País, apesar de tudo, está maduro para a democracia, não acham?, o Alexandre aprovava baloiçando a cabeça, o Monteiro aprovava abismado nas pernas da menina dos vermutes, o coronel Gomes tentava refrear o comodoro Toma tento na língua, João, não bebas mais que te descontrolas, eu, debruçado de um varandim de sardinheiras, olhava para o mar, e o comodoro Ai garanto-te que vamos derrubar o Salazar, Carlinhos, ai garanto-te que ponho três barcos diante do Terreiro do Paço num abrir e fechar de olhos, e a esposa, uma senhora simpática, corria uma porta de vidro e esticava um sorriso para nós, Boa tarde, não se levantem, não querem salada de lagosta?

Devia ter desconfiado logo, devia ter comunicado aos camaradas, devia ter entrado no Alfeite e dito Sabe, senhor comodoro, isto foi uma armadilha para se conhecer quem apoia o Governo, hoje mesmo damos parte de si ao secretário de Estado, devia tê-lo visto empalidecer, passar a mão na testa, hesitar, gaguejar por fim Homessa, nunca fiz nada sem o consentimento do ministro, e eu, a caminhar para a porta, Pois, senhor comodoro, pode crer que folgo em saber que é tão patriota como nós. Devia ter falado com o coronel Gomes, em privado, Custa-me desiludi-lo mas o seu amigo de infância é um submarino, meu coronel, há bocado, no Alfeite, passou-se isto assim assim, e o coronel Gomes que prevenisse os restantes, que preparasse uma carta a jurar a sua lealdade ao Regime e a sugerir a demissão do Exército, sem citar nomes, dos inimigos do corporativismo, ao mesmo tempo que nós íamos insinuando pelos quartéis a existência de oficiais que defendiam a ideia da democracia em lanches clandestinos na Costa da Caparica, mas o entusiasmo do comodoro contagiava, mas as pernas da pequena eram bonitas e tudo parece sempre fácil no verão, Nada de cerimónias, aqui somos todos cadetes, proclamava o velho, de copo de vinho branco na mão, a inaugurar a lagosta, e eu fui suficientemente imbecil para acreditar naquilo, acreditar no sorriso da esposa, acreditar na filha, e agora o soldado varava a escrivaninha do meu avô à coronhada e remexia facturas, remexia cadernos, recordações mortas, pálidas saudades, poeira do passado, e o meu irmão para o civil Que raio de mal os finados lhe fizeram, senhor, para estar aí a estragar tudo?, e o outro, empurrando-lhe o ventre com a pistola, Encoste-se à parede e não chatеic, se eu tivesse uma pança como a sua não badalava diante de uma arma.

Mesmo a raposa se inquietava na gaiola, embatendo contra as grades, e só me assustei quanto o tenente se imobilizou, à escuta, abandonando o lixo dos avós, Deu-me ideia de ouvir passos em cima, e então vi, pelo canto do olho, a minha irmã Maria Teresa derrubar à pressa o bambi da minha madrinha que se desfez no tabuleiro de gamão, o som dos passos desvaneceu-se, e o civil, a tanger-me com a pistola para o jardim, Também não exagere, Lázaro, não é provável que tenham o Lenine entrincheirado no sótão, toca a andar que na António Maria Cardoso estão desejosos das confidências do major.

Lembro-me de os soldados impedirem a minha família de se despedir de mim, lembro-me de o telefone retinir sem cessar, cada vez mais atenuado, enquanto descíamos a rampa para o portão, lembro-me da cigarrilha do civil, instalado no banco dianteiro do Ford, a esmiuçar para o tenente a constipação da mulher, lenços, chás de limão, papas de linhaça, aspirinas, lembro-me de pararmos diante do edifício da Rua António Maria Cardoso, de me mandarem Saia, e a essa hora a minha irmã Maria Teresa tranquilizava os passos no sótão Não foi nada, não aconteceu nada, estende-te um bocadinho, vê se descansas, o meu irmão tomava a camioneta para a Amadora a berrar aos colegas Prenderam o Jorge, moramos numa terra de malucos, e eu, depois de corredores e escadas e secretarias, sentei-me diante de uma mesa do lado oposto da qual um careca, acolitado por um indiano com bócio, batia com a caneta no tampo e exclamava Ora até que enfim, senhor major, seja bem vindo, há que tempo que desejava conhecê-lo.

O comandante do quartel da Legião, que segredava ao telefone Claro que gosto de ti, bichaneca, claro que gosto, preocupava-se com o meu irmão, Calma, Valadas, afasta os dossiers e relaxa-te no sofá, as minhas irmãs saíam de táxi à procura de um primo director-geral que me salvasse, o meu irmão, de bigode a adejar de pânico, Enfiaram o Jorge no xelindró, Frederico, tu és um indivíduo poderoso, conheces um deputado, que medidas vais tomar contra isto?, o primo director-geral abria os braços, Em princípio não prometo nada, Teresinha, houve uma remodelação no Governo, ignoro quem ficou no Interior mas vou tentar saber o que se passa, e o careca, a examinar a caneta, Traição à Pátria, aliciamento de militares, tentativa de derrube do presidente do Conselho, isto é gravíssimo, senhor major, há países em que se fuzila por menos, perante os factos mesmo que eu intercedesse por si não o poderia ajudar,

e isto durante horas, não sei ao certo quantas porque me tiraram o relógio e a lâmpada do tecto eternizava o tempo, ele perguntava, eu respondia por resmungos tentando adivinhar-lhe o raciocínio, apetecia-me urinar, apetecia-me comer, apeteciam-me as pernas da filha do comandante Capelo e a salada de lagosta no terraço da Caparica, apetecia-me a messe de Tomar, com a Margarida, Amanhã digo-vos qualquer coisa, amanhã sou capaz de ter boas notícias, prometeu o primo, a varrer as minhas irmãs para o vestíbulo, e nisto o careca abandonou a caneta e ladrou para o indiano do bócio, Chega-lhe, Nicolau, que o sacana não quer colaborar,

O do bócio aplicou um primeiro chuto na cadeira e um segundo que me rasgou a virilha, a posição da lâmpada alterou-se, a mesa voou ao meu encontro e retrocedeu, e em lugar de dor senti uma paz estranha ao mesmo tempo que a minha irmã Anita, no patamar, perguntava Às três, Luís Filipe, podemos vir incomodar-te às três?, e o director-geral respondia Às três, sim, no caso de eu sair deixem recado, desculpem a pressa mas tenho a família do meu genro lá dentro, o Nicolau massacrava-me os ombros, os joelhos, o peito, Seu cabrão de merda a envenenar o Exército,

e eu, ausente dali, numa cadeira de lona no terraço do comodoro, sugava o recheio de uma pinça de lagosta e falava com a rapariga quase a tocar-lhe o rosto com os dedos, alheio ao comandante da Legião que argumentava Não há-de ser nada, estas coisas resolvem-se, é um engano, alheio às perguntas do careca, alheio à raiva do Nicolau, a mergulhar num abismo de felicidade, de doçura, de inocência, onde a minha mãe me sorria como dantes, assegurando-me, sem palavras, que nenhum de nós ia jamais morrer.

De forma que estou aqui há séculos, perto da praia, e nunca ouvi o mar. Perto da praia pelo brado das gaivotas, pelo ar cor de iodo que respiro, pelos motores dos barcos de pesca que julgo perceber à noite neste quartel em que habito, quartel do Algarve, quartel de Tavira, cidade de que tanto amei a ponte e aquele largo, Fatinha, quando alferes. Séculos sem visitas, sem correio, sem jornais, ignorante do mundo, séculos com um tenente-coronel a abrir de quando em quando a porta, Então, nosso major, o serviço do hotel é razoável?, e eu a pensar Falta-me a filha do comodoro, falta-me a Costa da Caparica, falta-me a salada de lagosta, o que terá acontecido ao coronel Gomes, ao Barrela, ao Monteiro, o médico da Rua António Maria Cardoso baixou-me ao Forte de Caxias com seis costelas fracturadas, os sobrolhos desfeitos e duas vértebras fora do lugar, escutei, a um metro de mim, a voz do careca que explicava ao doutor O Nicolau entusiasmou-se, tomara eu ter mais agentes desta fibra, o meu irmão insistia com o legionário Eu sempre fui do Regime, Frederico, eu sempre odiei os democratas, o Jorge, que é do meu sangue e passou quinze meses em Timor, era incapaz de conspirar, o primo director-geral nunca se achava em casa apesar do automóvel estacionado à porta, a criada dizia às minhas irmãs O senhor engenheiro foi a uma reunião no Terreiro do Paço, o senhor engenheiro está num jantar na embaixada do Uruguai, o senhor engenheiro seguiu para Itália em serviço, tentem para a semana, tentem daqui a quinze dias, tentem daqui a um mês, levaram-me de maca para um pátio interior onde um grupo de polícias jogava à bola e meteram-me numa ambulância do Exército, o lombo ardia-me, os dentes ardiam-me, existiam cavernas espon-josas nas minhas gengivas, mal arrancámos perguntei Onde vamos agora?, e um furricl, que me media a tensão, Isto é a viagem à China, sócio, não te informaram que ias à China?, demora-se uma porção de tempo a lá chegar.

Caxias situava-se também perto da praia, como Tavira, mas sem o hálito de África à noite, só o cheiro dos esgotos e o rio a transformar--se em mar, na cama à direita da minha um velho recusava a sopa, recusava as cápsulas, injectavam-no à força, entre bofetadas, por cima do pijama, e eu, de colarinho metálico na nuca, decorava as ilhas do tecto que formavam como que o mapa de um explorador demente, e logo que consegui sentar-me ordenaram-me Veste-te e carregaram-me de volta para a Rua António Maria Cardoso, ao gabinete do careca que continuava a bater com a caneta na mesa, acolitado pelo indiano do bócio, Ora ainda bem que se curou da sua gripe, senhor major, confesse à gente os nomes dos oficiais que contactou,

só que desta feita, ao seu lado, sem camisa aberta nem sandálias, instalava-se o comodoro Capelo em pessoa, severo, de uniforme, com três fieiras de condecorações, Ao que desceu, Valadas, que relaxamen-to, que desalinho, que vergonha para a instituição militar,

e o careca Tem Vossa Excelência toda a razão, senhor comodoro, isto não é oficial que se apresente, repare-me no vestuário, repare-me nas cicatrizes da cara, e o comodoro Capelo Os transviados e os loucos são assim, pensar que na minha boa fé lhe apresentei a minha mulher e a minha filha,

a filha que encontrei um sábado no cinema, com as amigas, e que à saída se demorou o suficiente para eu lhe agarrar o braço, para eu lhe perguntar se por acaso não quereria tomar chá comigo, de forma que no domingo seguinte fomos ver uma comédia americana, com-prei bilhetes para a última fila, e a seguir ao intervalo, mal a sala es-cureceu, dei-lhe a mão, chamava-se Alice, a pele era quente através do tecido da saia, se farejo as minhas palmas sinto o perfume, se fecho os olhos o seu ombro amolece contra o meu, era estudante de Farmácia, namorava um aspirante, queria casar comigo,

e o careca, acelerando o ritmo da caneta na mesa, Isso é um problema, senhor comodoro, um alarve destes a emporcalhar-lhe o lar,

a Alice inventou um fim-de-semana na quinta de uma colega e fomos dormir a Buarcos, tinha ido ao cabeleireiro, tinha arranjado as unhas, vinha linda,

lembras-te da pensão, lembras-te do mar, toda a tarde, a moer as pedras?,

vimos uma grazina doente a coxear nas rochas, correste para ela, desapareceu,

e o comodoro Capelo Um problema enorme, a gente quer o melhor possível para os nossos e mete portas adentro escumalha desta laia,

e o Nicolau, a esmagar-me os testículos com a sola, Os nomes, seu animal, os nomezinhos depressa, e o legionário para o meu irmão, Em todas as famílias há uma ovelha ranhosa, porque diabo a tua havia de ser excepção?,

e tu, em Buarcos, adormecias de polegar na boca, com um dos tornozelos entre os meus,

a grazina caiu numa fenda de penedos, demos com ela a agonizar num charco, rodeada de caranguejos,

as minhas irmãs encontraram o primo director-geral, que afinal não fora tratar de assuntos de Estado a Itália, no elevador, a tresandar a loção, depois de o esperarem, sem comer, acocoradas nos degraus da escada, e ele Ando louco de trabalho, não tive tempo de me ocupar do Jorge, sumam-se-me da vista que se as torno a apanhar aqui ligo para a esquadra,

um lambe-botas a quem o meu pai arranjara emprego ao terminar o curso, um malandro que devia o que era ao meu velhote,

– Tu não te envergonhas, repreendeu o careca, de maçares a esposa e a filha do senhor comodoro?, e o Nicolau Saltem os nomes que o senhor comodoro não sabe, saltem os nomes antes que te rebente todo,

– Eu nunca estive apaixonada, eu acabo o namoro com ele, jurava a Alice, de lenço em bola na mão, se calhar estou grávida, não podes deixar-me,

e o certo é que nesse dia, ao voltarmos às rochas, o mar levara a grazina e cobria os caranguejos de uma nata de espuma,

e eu, acariciando-lhe o pescoço, Que tonteira, não tenhas medo, não te deixo, porque havia de deixar-te?,

e Buarcos à noite, Alice, e o halo do mar, e a tua saliva a brilhar se me sorrias,

– Amo-te,

– Senhoras, continuava o careca, nem as senhoras se respeitam?,

– A menstruação não apareceu, lamuriou a Alice, que não fora ao cabeleireiro nem arranjara as unhas, quando nos encontrámos à esquina da rua dos pais dela, o que se faz agora, Jorge?,

e eu, que recebera nessa manhã a notícia da minha transferência para Chaves e me desesperava com a ideia de envelhecer no norte, Um aborto,

– Só queríamos saber dele, contrapôs a minha irmã Anita num soprozinho humilde, só queríamos que nos ajudasses a achá-lo, nenhuma de nós deseja incomodar-te,

– O comodoro Capelo, gaguejei a custo, numa nuvem de sofrimento que me dissolvia a voz, enquanto a sola do Nicolau me triturava

e triturava

e triturava as partes, o comodoro Capelo era da conjura, fartei-me de conspirar na Costa da Caparica,

e o careca O senhor comodoro Capelo, actuando com o nosso acordo e enviando-nos relatórios mensais, fingiu ser democrata e aturou-vos as asneiras por amor ao Regime, o senhor ministro já o sugeriu para almirante ao presidente do Conselho que recebeu com simpatia a proposta,

– Um aborto?, disse a Alice, tu queres que eu faça um aborto, Jorge?,

e trazias um chapéu de palha com flores e cerejas, e fazia calor, e era verão

e o primo director-geral Não desejavam maçar mas maçam, estou farto que telefonem, que mandem bilhetinhos, que conversem com a criada, que me rondem o prédio,

fazia calor e era verão e eu ia para Chaves e não me queria casar apesar das tuas pernas, do teu corpo, da tua língua na minha orelha, dos teus dezanove anos sem maldade, conheci entretanto a Margarida numa tômbola e acontece que cessei de gostar de ti, de te amar,

– A Margarida, perguntou a Alice, quem é a Margarida?,

– Ao senhor comodoro emprenhei-lhe a puta da filha, suspirei eu debaixo do sapato do Nicolau, só não lhe comi a esposa por ser um monte de banhas,

– Ovelhas ranhosas todos temos, dissertava o legionário, o meu sobrinho confessou outro dia que era pedreiro-livre, o meu cunhado prometeu ir a Fátima a pé se a doidice do rapaz passar,

Buarcos, as travessas de Buarcos, o mar de Buarcos, ainda existe Buarcos, como estará Buarcos agora?,

Buarcos Buarcos

– Daqui a Fátima a pé, media o legionário a calcular distâncias, é um esticão e pêras, imagina a angústia em que não anda o homem,

– E o Jorge?, perguntava o meu irmão, na angústia do Jorge ninguém pensa?,

– O quê?, exclamou o comodoro Capelo para o careca, o senhor permite que este animal me insulte?,

– Não estou em condições de sustentar bebés, disse eu a fazer sinal para um táxi, descansa que arranjo uma parteira que nos trata da questão num minuto,

– Viemos aqui por não conhecermos mais ninguém, resignou-se a minha irmã Anita, mas a gente desampara-te a loja, Luís Filipe, a Alice não foi à parteira e casou com o aspirante, vi em Chaves as fotografias no jornal, os noivos sob as espadas à saída da igreja, as pétalas de rosa, os grãos de arroz, as flores, ainda haverá caranguejos em Buarcos, que grazinas mortas o mar arrasta agora, que ingleses ocupam o quarto onde estivemos?,

o careca levantou-se, contornou a mesa, ordenou Arreda Nicolau, e o sapato do doente do bócio aliviou a pressão,

Margarida, pensei, logo que isto acabar tomas o comboio para Chaves, mas estou sozinho em Tavira, há séculos sozinho em Tavira, perto da praia, e nem sequer oiço o mar, oiço as traineiras e os clarins do quartel, oiço a boca do careca uivando Pede desculpa, corno, pede desculpa ou mato-te que nem um cão, oiço o riso da Alice em Buarcos em Buarcos em Buarcos que se confundia com os albatrozes, o sifão do vento nas rochas e as minhas cartilagens que se rompiam, oiço o telefone da Calçada do Tojal e o coronel Gomes Saia daí depressa, Valadas, que estão a chegar para o prender,

– Pede desculpa, corno, se calhar estou grávida, em todas as famílias há uma ovelha ranhosa, que te mato aqui,

ou então vamos a Buarcos, Margarida, conheço um restaurante sobre a praia, já viste as arvéloas nas arribas, viste as algas, viste as figueiras pelo mar acima, o odor das folhas, o leite grosso dos frutos?

leite branco, leite como o meu sangue, como a alegria, como o medo que sinto, branco, branco, o senhor consente, não consinto senhor comodoro, que este animal, temos um homem de confiança em Penafiel para o transportar a Espanha, me insulte,

já caçaram o Barrela, já caçaram o Monteiro, então senhor major largue o aparelho que não é altura de namoros, e esta ausência de dor, e esta vocação de nuvem ou de ave, a puta da filha, bebés não, flutuo, escuto passos na minha cabeça como no sótão da Calçada do Tojal mas não se pode falar nisso, diz a minha irmã Maria Teresa, ninguém pode saber, se me batem mais eu conto, Onde é que vamos agora?, perguntei na ambulância ao furriel da tensão, e ele levantou os olhos da fitinha de mercúrio Isto é a viagem à China, sócio, não te informaram que ias à China?, claro que vais à China, a gaita é que se demora uma porção de meses para lá chegar.

2

Quando prenderam o Jorge o mais difícil foi acalmar a inquietação dos passos dela no sótão, tão viva para cá e para lá que um pedaço
de estuque se despenhou do tecto do quarto da minha irmã Anita,
revelando um ninho de ratos numa viga de madeira. A Teresinha subia
as escadas de cinco em cinco minutos, a serená-la, ouvíamo-la ralhar,
os passos cessavam, substituídos pelo vaivém da cadeira de baloiço ou
por um tango da grafonola, a Teresinha descia os degraus e um instante depois a cadeira e o tango calavam-se e os passos recomeçavam,
desregulando os relógios. As fotografias dos mortos preocupavam-se
também, e lembrei-me de quando éramos pequenos e eu brincava
com ela e o filho da costureira no pátio da cozinha, de modo que
sugeri Porque não chamamos o médico para lhe dar um remédio contra os nervos?, e mal disse isto houve um silêncio em cima, e a seguir
ao silêncio ela começou a gritar.

Era domingo, estavam mais cegonhas do que o habitual na palmeira dos Correios ou suspensas sobre os sinos da igreja e as chaminés
dos telhados, a Teresinha interrompeu o crochet para fitar-me, e eu
era outra vez criança e pasmava para as dioptrias que lhe transforma-
vam os olhos em insectos rodeados de patas de pestanas.

A Anita e a Teresinha miravam-me, a raposa soluçava de fome na gaiola farejando o tacho vazio, e agora tínhamos vinte anos e o nosso pai, doente, rodeado de vaporizadores que o impregnavam de um odor de eucalipto, exigia da cama Ninguém pode saber de nada, não quero que ninguém saiba de nada, apontando uma miúda ruiva sentada no chão, entretida a despedaçar revistas com os dedos. Ninguém pode saber nada, ecoava a nossa mãe numa cadeira junto às sombras do leito, Ninguém pode saber nada da Julieta, prosseguia o velho, e o Jorge a dizer que sim com a cabeça, e a Anita a dizer que sim com a cabeça, e a Teresinha a dizer que sim com a cabeça, e eu a passear a vista pela cómoda repleta de frascos de pastilhas e de embalagens de xarope, dos quais se erguia um Cristo a sofrer num crucifixo, e a seguir ao Cristo as cortinas que impediam a tarde, encerrando o quarto numa atmosfera mortuária.

A indignação das minhas irmãs, enquanto os gritos dela, no sótão, laceravam os cristais e fendiam as jarras, prolongava a ordem do nosso pai como se o velho se achasse de novo, em pijama, embrulhado numa manta, no sofá da sala, de forma que eu acrescentei Um médico conhecido, claro, um doutor de confiança, que se a berraria continua não nos sobeja uma terrina inteira, e o nosso pai avançou de imediato da moldura, a perguntar aos candeeiros e à lareira Que mal fiz eu a Deus para ter um filho tão estúpido, senhores? Era domingo, às cinco ou seis horas de um dia de calor que macerava os gerânios, os meus amigos enviavam bilhetes às damas de cabelo pintado que bebiam chá na pastelaria de mindinho em argola, uma vidraça rasgou-se com um dos uivos dela, era domingo como o domingo em que enterrámos o nosso pai, no outono, na encosta do cemitério voltada ao morro de Monsanto,

(num tamanho temporal que o padre nem saiu do carro, a lançar borrifos de água benta da janela)

a Anita trepou as escadas a dar corda à grafonola, a dar-lhe tisanas, a suplicar-lhe que se calasse, Cala-te Julieta, e todavia os gritos sucediam-se transtornando os relógios, os cucos abriam os postigos para anunciarem tempos impossíveis, pêndulos abanavam ancas de navio a repetir Que mal fiz eu a Deus para ter um filho tão estúpido, senhores?, as figurinhas das caixas de música giravam a tilintar minuetes frenéticos, era domingo, as cegonhas aproximavam-se e afastavam-se da palmeira dos Correios, as rãs coaxavam nos pântanos de caniços da quinta do visconde, o nosso pai, amortalhado, de farda, como no caixão, em esquadrias de casquinha, proibia-me dos retratos de chamar o médico, Ninguém pode saber nada, ouviram, não quero que ninguém saiba de nada, Vou procurar uma farmácia de serviço e comprar um brometo, disse eu à minha irmã Teresinha, os brometos que a nossa mãe a obrigava a engolir quando ela, que nunca saía de casa, engravidou do meu sobrinho,

(e mandámos as criadas embora para as impedir de partilhar a nossa vergonha, o nosso desgosto, o nosso ódio)

quando a barriga se lhe tornou tão grande que ela uivava de susto a noite inteira, ambulando pelos compartimentos a verificar as mudanças do corpo nos espelhos, quando ela engravidou sem que compreendêssemos como, visto que a fechávamos na copa se chegava uma visita, e sem que o quiséssemos compreender para que não dessem fé que existia,

(e pariu em segredo na Guarda, na aldeia da minha avó, e regressou tranquila e obediente e afável, sem acordar durante a noite, sem trotar pelos quartos)

disse à minha irmã Teresinha Vou à farmácia de serviço, compro um brometo e ela acalma, a nossa mãe ainda olhou, desconfiada, de um daguerreótipo em que surgia, ao lado do padrinho de fraque, diante de um telão que representava a esfinge e as pirâmides do Egipto, mas como o nosso pai nem se moveu da sua fila de alunos do Colégio Militar, em 1899, sossegou, tinha o velho dez ou onze anos e não se parecia com nenhum de nós, mais louro, mais magro, mais bonito, já com as pupilas de quartzo com que o conheci em Queluz, antes de comprarem o casarão de Benfica, na época em que chegava do quartel e se trancava com a nossa mãe, a cochichar, na extremidade oposta do corredor,

eu perguntava à minha irmã Anita Zangaram-se um com o outro?, e ela Cala-te, perguntava à minha irmã Teresinha O pai vai bater na mãe?, e ela Cala-te, perguntava ao meu irmão Jorge Que barulho é este?, e ele Qual barulho, a minha irmã Julieta despedaçava revistas e do sítio onde morávamos via-se o mar, ou seja, viam-se varandas e telhados e a seguir às varandas e aos telhados o mar,

via-se o mar e mudámos para aqui e o mar desapareceu, substituído por cegonhas e rebanhos e olmos e os badalos dos vitelos à tarde, tangidos por homens de safões, o nosso pai deixou de cochichar com a nossa mãe, sentado com o jornal na sala ou a desmontar a telefonia para a montar de novo, entregando-se, numa concentração de desespero, a inutilidades complicadas, e então percebi que aquilo que de facto fazia era aguardar a morte, aguardar a morte, minuto a minuto, num vagar irritado, encurtando o tempo que o separava dela em tarefas sem motivo que a nossa mãe seguia sem se atrever a interrompê-lo, amedrontada pela sombra que lhe devorava as bochechas como se fosse assemelhando-se a um antepassado de si próprio, a um futuro anterior ao presente em que vivia,

disse

(era domingo e uma cegonha completava o ninho no celeiro dos Antunes)

– Compro um brometo, mana, e acabam-se os gritos, se isto continua assim os relógios endoidecem de vez e nem uma vidraça, nem um copo nos sobeja, se isto continua assim as molas dos cucos quebram-se e eles esvoaçam pela sala para devorarem as migalhas do almoço com os bicos de pau, a nossa mãe, de chapéu, ao lado do padrinho que não cheguei a conhecer, deixou de se importar comigo no meio da esfinge e das pirâmides, o nosso pai não moveu um tendão para saltar da fila de alunos do Colégio, a minha irmã Teresinha certificou-se da aprovação dos defuntos, dos tios que nos seguiam dos piqueniques, das burricadas, dos passeios de bicicleta à Sintra de outrora, ouvia-se a minha irmã Anita a falar com ela e adivinhava-se a expressão de pânico das duas,

era domingo e morávamos em Benfica havia pouco, a minha irmã Julieta, que ainda não gritava no sótão, corria atrás dos pintos e esmagava-os com um tijolo e o Jorge ria-se, batia palmas e incitava-a Mata mais, olha aquele a fugir, mata-o, e contudo era comigo que a cozinheira ralhava e era de mim que se queixava aos velhos, O menino Fernando não dá descanso à criação, de maneira que me mandavam de castigo para o quarto, sem jantar, Que mal fiz eu a Deus para ter um filho estúpido, senhores?, um filho que não tirou um curso, não estudou, que trabalha numa firma não se percebe em quê a não ser que ganha pouco, um homem de quarenta anos que leva os sábados na pastelaria, com o dono da garagem e o empregado da capelista porque sempre lhe puxou o pé para o chinelo, a piscar o olho às prostitutas que em lugar de irem à missa se encafuam ali a beber chá, umas ordinárias que se vestem como actrizes e desimpedem os intervalos dos dentes com a unha, Qualquer dia apanhas uma doença venérea e ficas impotente, augurava-me o Jorge, uma dessas em que os testículos se dissolvem e não se retêm as urinas, e eu Não fico nada, são senhoras sérias, não são rameiras, onde arranjava dinheiro para lhes pagar?, e o nosso pai, com galões de tenente-coronel num retrato em corpo inteiro, decidia O Fernando não come sobremesa durante uma semana, era domingo, uma dúzia de cegonhas rondava-nos a chaminé, a minha irmã Anita colocou uma valsa no gramofone, um jorro de compassos desceu do andar de cima e a agulha, avariada, repetia as mesmas notas numa cisma dolorosa, a raposa acocorou-se nas patas traseiras e começou a latir, os talheres abanavam nas gavetas, um dos cucos libertou-se do relógio e poisou, a cantar horas, com a mola dependurada da cauda, no varão do reposteiro, os demais cucos espadanavam no interior das caixinhas de madeira, um pote de rosas

escorregou para o rebordo da mesa, era domingo, o civil e os três tropas prenderam o Jorge depois de nos virarem tudo do avesso, a minha
irmã Teresinha, com um maço de cartas dos nossos pais na mão, exa-
minou os retratos

(uma cegonha equilibrou-se no chapelinho de ferro que coroava a
chaminé)

e concedeu, acossada pela valsa e pelos gritos, Traga de uma
farmácia longe, onde não o conheçam, não podem suspeitar para
quem é,

recusando-se a admitir saber o que sabia que toda a gente sabia,
isto é, que ocultávamos a Julieta no sótão, que a enviáramos a parir
à Guarda, que o nosso sobrinho habitava na Ericeira com uma antiga
criada da família, e que nós procedíamos como se o catraio não existisse, como se não houvesse nascido, recusando-nos a aceitar o que
toda a gente conhecia desde o tempo da nossa mãe, do nosso pai,
quando a Julieta corria para um lado e para o outro no pátio da cozinha, obedecendo ao Jorge, Mata-o, mata-o depressa, mata aquele, a
esmagar pintos e frangos com um tijolo,

mudei de camisa, engraxei os sapatos, perfumei-me, passei um
pente com brilhantina no bigode e saí para a rua no momento em que
a valsa se calava, exausta de reiterar os seus compassos, e a agulha ras-
pava o rótulo do disco como uma faca raspa um prato ou o giz um
pedaço de ardósia, alvoroçando-nos, a contrapelo, todo o sangue das
veias. Mudei de roupa e perfumei-me porque gosto que as damas da
pastelaria me apreciem as loções e me distingam do dono da garagem
e do empregado da capelista, sempre de botas sujas, mesmo no verão,
do lodo dos bairros onde moram. Desci a Calçada do Tojal até à
Estrada de Benfica, de biqueiras a luzir, voltei à esquerda na palmeira
dos Correios, e dirigi-me para o estabelecimento diante da igreja, com
as vitrinas, já acesas, repletas de caixas de chocolates e de garrafas de
anis. Na taberna junto à loja de penhores, com três bolas pingando
sobre a porta, moços de fretes discutiam em galego, de carrinhos de

mão alinhados no passeio. E entrei na pastelaria esquecido dos gritos
da minha irmã, esquecido da reprovação das fotografias, esquecido
dos brometos, procurando com um arzinho indiferente a mesa das
damas loiras que comiam bolos de creme, tardes a fio, limpando as
bocas no cuidado de quem enxuga lágrimas. O dono da garagem
e o empregado da capelista sorriam-lhes por cima das xícaras de café
atulhadas de pontas de cigarros. Um cãozinho de laço de organdi na
cabeça ladrava ao colo de uma delas a mendigar biscoitos, e os criados
amaciavam-nas com doces de ovos e taças de morangos e chantilly.
Contrariando o milagre que desde há anos esperava em vão nenhuma
das deusas se voltou para me acenar com o leque, arrebatada de amor,
de maneira que acabei por sentar-me na cadeira que o garagista me
oferecia, acossado pela voz do meu pai

– Que mal fiz eu a Deus para ter um filho estúpido, senhores?,

a mesma voz que me perseguia no emprego, no eléctrico, nas salas
do cinema que me coloriam os sonhos, a voz do meu pai que escarne-
cia, há quarenta anos, de mim, ritmada pelos suspiros da minha mãe e
pelos risinhos de mofa do Jorge que chegava aos fins-de-semana da
Escola do Exército,

– Que mal fiz eu a Deus para ter um filho estúpido, senhores?,

as vozes que me perseguiam por todo o lado como os olhos dos
retratos e os gritos da minha irmã no sótão,

– Que mal fiz eu a Deus para ter um neto tão estúpido, senhores?,

a minha própria voz, sufocada de espuma, durante a barba da
manhã,

– Que mal fiz eu a Deus para ser tão estúpido, senhores?,

sem contar a voz efeminada, cheia de pálpebras, dos pastorinhos
de porcelana no mármore da lareira, a voz do aparelho de rádio desligado, os milhões de vozes que se sobrepunham, combatiam, cruzavam
e dilaceravam no telefone, a voz da cozinheira, a voz de primas idosas
amortalhada nas caixas de bolacha maria da infância, era domingo, as
cegonhas tombavam sobre a mata, e tornei a lembrar-me dos brome-

tos enquanto o dono da garagem resmungava Topa as pernas daquela, topa as pernas daquela, lembrei-me do civil da pistola e dos brometos quando os candeeiros da rua se iluminaram contra o perfil das casas, e dali a nada, acompanhado pelo empregado da capelista que garantia tratar pelo primeiro nome os patrões de todos os estabelecimentos da Baixa, tomava o eléctrico dos Restauradores à procura de uma farmácia de serviço.

Mesmo hoje, aos oitenta e um anos, que moro sozinho, desde que a minha mulher morreu, numa parte de casa num quarto andar sem elevador da Rua Ivens, e vou ao Largo do Camões e ao cimo da Rua do Alecrim olhar o Tejo, mesmo hoje, em que passeio Loreto fora até ao elevador da Bica e vejo a cidade descer ao sol para os armazéns da Ribeira, mesmo hoje, dizia, não conheço Lisboa. O dentista ajardina-me as maxilas numa policlínica do Príncipe Real, podando-as das folhas cada vez mais supérfluas dos dentes, o médico do reumático endireita-me o craveiro da espinha, em Santos, com caniços de pomadas, o doutor do coração, que me instalou uma pilha nas costelas para me desgalopar o sangue, proíbe-me as gorduras num rés-do-chão a Sapadores, em que os infelizes da sala de espera parecem trazer todos o coração na palma, apertado numa coroa de espinhos como as pagelas de Jesus que ornamentam os cubículos das porteiras. A cidade é para mim uma ursa maior de consultórios com a estrela polar do oftalmologista no Rossio, no prédio de uma agência de viagens que promete as Bermudas às cataratas que me enevoam as pupilas, incapazes de decifrarem as letras do quadro da parede que diminuem devagar, como as saudades de ti, para se diluírem nas minúsculas vogais do esquecimento final. A cidade é uma constelação de sigmoidoscópios, de punções lombares, de exames ao cérebro, de martelinhos que sobressaltam o joelho, de ventosas de electrocardiogramas em que as artérias inscrevem, numa tira de papel, a sua assinatura ilegível, uma via láctea de hospitais e centros de diagnóstico separados por estátuas de duques e de reis apontando-se uns aos outros com o dedo, de praça para praça, em acusações que não entendo hoje como não entendi nesse domingo de mil novecentos e cinquenta, há quarenta e dois anos, quando desembarquei do eléctrico nos Restauradores, acolitado pelo empregado da capelista, em busca de uma farmácia de serviço numa floresta de alfaiatarias, de tabernas, de travessas de pensõezinhas equívocas e de mulheres de casaco de peles roçando o acrílico nas esquinas e comunicando connosco por intermédio do morse dos cigarros. Então, como agora, faltavam-me as advertências, os conselhos e as proibições dos mortos, faltava-me a palmeira dos Correios e a pastelaria das senhoras loiras, faltava-me o crepúsculo das árvores da mata, faltavam-me as buganvílias, Conceição, os cachos das buganvílias dependurados do muro, faltava-me a minha irmã Julieta a correr atrás dos pintos com um tijolo nos braços, faltavam-me as valsas e o roldão de tangos da grafonola de campânula que por vezes julgo escutar aqui, na Rua Ivens, se acordo a meio da noite, alanceado pela gota, com o tornozelo em chamas. Mesmo o desdém do Jorge me faz falta,

– Enquanto os testículos não te caírem não descansas

o Jorge que se fosse vivo me diria, a recusar cumprimentar-te, incomodado pelas tuas varizes, os teus chinelos, os teus erros de gramática, Claro que tinhas de casar com uma sopeira, era de esperar, felizmente que a mãe já cá não está para assistir a uma vergonha destas, mesmo o enfezado do meu sobrinho, que não tornei a ver, que não vejo desde que saí da Calçada do Tojal para morar contigo, me faz falta, o que terá acontecido ao miúdo, o que lhes terá acontecido a todos, o dentista prometeu colocar-me na boca trinta e dois dentes de plástico impermeáveis ao mau hálito, à piorreia, à cárie, era domingo, Conceição, domingo, domingo como quando íamos à matinée do Éden ver filmes mexicanos do Cantinflas, trinta e dois dentes que mastigam, que não doem, que podemos segurar na mão, que podemos ver sem espelho, que podemos tirar para alívio das mandíbulas, o empregado da capelista e eu atravessámos os Restauradores,

(uma carruagem de néon rolava num telhado)

metemos à Rua dos Condes, passámos a cervejaria atapetada de tremoços em que costumávamos jantar depois do Éden ou no dia de recebermos a reforma, e rumámos às Portas de Santo Antão ao longo de cantarias em pedaços onde se distinguiam escadas que conduziam a quartos de moribundos solitários, com um tacho de feijões ou de batatas à beira da cama, e nas imediações do Coliseu palhaços sem emprego, de farripas cor de laranja, e trapezistas que a ciática impossibilitava de voar e desprendiam nuvenzinhas de talco dos pulsos, sonhavam em voz alta que desciam, correndo, à pista, para agradecer ovações que não havia, como a mim me sucede procurar-te de manhã, na metade de almofada em que não estás, e a Julieta surge, de bibe, com um laço a soltar-se do cabelo, e, esporeada pela voz do meu irmão, me deixa cair no peito, apesar dos meus protestos, um tijolo gigantesco, era domingo

domingo

domingo em mil novecentos e cinquenta, há quarenta e dois anos, Que mal fiz eu a Deus para ter um filho estúpido, senhores?, as damas loiras abandonavam a pastelaria de regresso a casa,

– Tinhas de casar com uma sopeira, era de esperar, uma parte de casa com serventia de cozinha e uma família de Cabo Verde a morar connosco, Trinta e dois dentes, Senhor Valadas, trinta e dois dentes e rejuvenesce vinte anos, é da maneira que arranja uma namorada, uma moça pimpona, enquanto o diabo esfrega um olho, e a minha irmã a correr atrás de mim, a erguer o tijolo acima da cabeça, Mata-o, a idade mistura as vozes do passado, mas sei que era domingo e de noite

sim, domingo,

domingo nas Portas de Santo Antão, contrabandistas, prostitutas, palhaços, trapezistas, e o empregado da capelista e eu a descermos, em busca dos brometos, para o palácio da Mocidade Portuguesa guardado por legionários de pistola, Tu apertaste a mão a um deputado, Frederico, prenderam o meu irmão, ajuda-me,

Casei com uma sopeira, é verdade, ela comprava os cigarros do patrão no sítio em que eu almoçava nas redondezas do emprego, uma mulher não nova, não bonita, não de cabelo pintado, a única que respondeu com um sorriso ao meu sorriso, que ficou à minha espera do outro lado da montra, a fingir que reparava nas garrafas, Sopeira, pai, casei com uma sopeira, sou estúpido,

e alcançámos a tão quadrada Praça da Figueira e os edifícios de escritórios desertos com sacadas de viúvas, e a seguir à Praça da Figueira o aterro sem forma do Martim Moniz, e não havia farmácias, nenhuma farmácia de serviço, Mata-o, e depois do Martim Moniz a Rua do Benformoso, o Largo do Benformoso, o Intendente, lâmpadas vermelhas, pianos de ceguinhos, vultos, e foi no bar Ninfa do Tejo que tudo começou.

3

Depois de cinco ou seis semanas

(ou dez ou doze ou vinte, quem me responde a isto, Margarida?)

a urinar sangue na enfermaria do Forte de Caxias, com a bexiga repleta de pedacinhos de vidro,

(pedacinhos de vidro, mãe)

mudaram-me para uma cela no piso inferior da cadeia onde eu procurava adivinhar as horas segundo a tonalidade do céu, escarlate, azul, pálido, branco, completamente negro,

(quem me explicava as cores, quem vem explicar-me as cores a Tavira?)

enquanto os pingos de uma torneira do outro lado da parede adquiriam à noite ressonâncias de chumbo. Não ouvia as ondas nem o vento do Tejo, o brado das gaivotas sumira-se, e às segundas-feiras

(diziam sempre que era segunda-feira, não terça, não quarta, não sábado mas segunda-feira, diziam Salta da cama que está na altura do recreio)

obrigavam-me a coxear, de bengala, no pátio interior da prisão, e um dia vi a torneira, aproximei-me para a fechar, e uma voz ordenou logo Não pára, não mexe em nada, anda sempre, mais rápido, mais rápido, de modo que eu seguia ao longo dos muros

(o sol não chegava cá abaixo, o sol não chegava cá abaixo e eu tinha frio no verão)

a arrastar o tornozelo em seixos e ervinhas de poço. Se caía, um pé nas minhas costas aconselhava a rir Levanta, toca a levantar, não há oó agora, e apenas quando eu não lograva um passo me levavam, troçando, de regresso à cela, Acabaram-se-te as forças, major, não podes com uma gata pelo rabo, e a meio da noite acordava com um gordo sentado num banco, ao meu lado, a lamentar Isto é uma maçada senhor oficial, nem imagina o que me custa interrogá-lo, se me der a lista das unidades que infiltrou garanto-lhe que sai imediatamente em liberdade. Às vezes havia outro com o gordo, furioso comigo, a erguer a mão para esmurrar-me, o gordo impedia-o a proteger-me com o corpo, Então, colega, acalme-se, somos todos pessoas sérias, somos todos adultos, o senhor oficial colabora, e para mim Não sei por quanto tempo o consigo aguentar, senhor oficial, este fulano é perigoso que se farta, sujeitos assim estragam a reputação da Polícia, o melhor é responder depressa, o melhor é passar os nomes dos tropas antes que aconteça uma desgraça, e o outro, a espumar, Arreda, Duarte, que desfaço esse gajo, e o gordo Está a ver? está a ver? ajude-me amigo, que não quero que o matem,

o céu, sem gaivotas, virava do azul ao escarlate e do escarlate ao pálido antes de principiar a escurecer, e o gordo, a serenar o outro, Não aperte com o senhor oficial, a si nunca lhe falha a memória por acaso?, a torneira do pátio continuava a pingar, as gotas esmagavam-se-me no interior do crânio, e o outro Tretas, Duarte, tretas, larga-me que eu se vejo um traidor fico doente, e o gordo para mim Ai meu Deus, senhor oficial, responda já,

o céu preto, o céu inteiramente preto no postigo, o outro aplicou-me um estalo, a boca começou a sangrar, uma pasta em que nadavam pedacinhos duros enrolava-me a língua, Tenho sono, e o gordo

O quê?, Tenho sono, repeti, vou dormir um bocadinho, não me despertem,

e recuei anos e anos e a criada abria as persianas a chamar-me Se o menino não se veste num instante chega atrasado às aulas e o paizinho zanga-se comigo, e eu, de olhos escondidos na almofada, Quero lá saber do meu pai, quero lá saber das zangas, fecha a janela parvalhona,

e as persianas abertas e ela debruçada sobre mim, cheirando a cereais e a pó de limpar pratas, a sacudir-me o ombro Menino menino,

e eu enterrado nos lençóis Larga-me, vai à merda, larga-me, Amália,

e o gordo para o outro Sono, Fonseca, este cabrão diz que tem sono, arreia-lhe,

e eu para o gordo, sem sentir as pancadas, Vou fazer queixa à minha mãe que me chamaste nomes, Amália, vou fazer queixa à minha mãe que me bateste,

e a criada Eu só o abanei uma coisinha de nada, menino,

e o outro Pronto, Duarte, larga-o, acaba com isso, o homem desmaiou,

e o gordo Não me importam os desmaios, só se perdem as que caem no chão,

e eu Bateste sim, tenho uma nódoa negra no pescoço, não vou à escola porque me rebentaste as veias, internam-me no hospital e a minha mãe põe-te na rua, Amália,

o céu era azul na janela, não era escarlate, não era pálido, não era preto, o morro de Monsanto verde, as paredes creme, os passos do meu pai galgavam a três e três as escadas Estás pronto, Jorge?, e eu, em cuecas, Estou estou estou estou estou estou,

o dentista do Forte de Caxias arrancou-me os molares quebrados e coseu-me o lábio, os enfermeiros substituíram o gesso da perna por uma tala em calha e esfregaram-me a testa com um unguento que ardia, Tropeçaste nalgum sítio, rapaz?

e eu para a criada Deixa-me ir logo ao teu quarto, Amália, deixa--me deitar contigo meia hora, e o outro para o gordo Ficou chalupa, Duarte, juro-te que ficou chalupa, não é parte gaga, também ao fim de cinco dias de estátua que é que querias?

o céu mudava de uma cor para outra, alaranjado, lilás, amarelo limão, castanho, encarnado vivo, e o gordo Chama-se o médico dos miolos para o observar e continuamos depois, seja ceguinho se não sairmos daqui a saber tudo,

e a criada, que me fazia a cama, Ao meu quarto, menino, ao meu quarto?

Jorge, gritou o meu pai do andar de baixo, é preciso que eu vá aí aborrecer-me contigo?

Monsanto tão verde, as árvores na encosta ensolarada, e no topo o telhado da cadeia rodeado de postes eléctricos, as empregadas ocupavam o sótão e tomavam banho numa selha,

e o outro para o gordo Eu não quero responsabilidades Duarte, o tropa segue direitinho para a enfermaria e mal nos dêem autorização sim senhor,

Monsanto tão verde e os periquitos da minha mãe na gaiola das traseiras, dezenas de periquitos a chocarem ovos em caixinhas de pau, a seguir à doença a gaiola ficou que tempos vazia até que nos ofereceram a raposa, e eu encostava o peito ao peito da criada, Toca-me Amália, não hei-de esquecer as tuas palmas, não hei-de esquecer os teus joelhos, contaram-me que emigraste para França e eu pergunto em que cidade envelheces a trabalhar de porteira, como vives, com quem vives, quantos netos tens, ainda trazes no corpo o odor de cereais e de pó de limpar prata de outrora?

e o médico para o gordo Chalou, santa paciência mas vão ter de aliviar a porca por uns tempos,

de início a raposa bebia leite de biberão, comia biscoitos e dormia na cozinha, a minha irmã Maria Teresa só a encerrou na gaiola, apesar do desgosto da minha irmã Anita na altura em que ela principiou a rasgar os tapetes e os sofás, a derrubar jarras e a urinar pelos cantos como eu em Caxias, Margarida, tal e qual como em Caxias na enfermaria da prisão,

davam-me injecções, tiraram-me o gesso, cessei de ter vidros moídos na bexiga, conseguia andar sem bengala e mastigar, tornou-se mais fácil adivinhar as horas, era sempre meio-dia e quente, meu amor, sempre o mesmo azul, sempre as gaivotas, sempre o rio, ai a sereia dos barcos, Margarida,

– Onde estiveste ontem à noite, Jorge? inquiriu o meu pai trancado comigo no escritório a bater o pingalim na coxa,

e ganhei três quilos, não se notavam equimoses nem cicatrizes, cortaram-me o cabelo, mudei de roupa, barbeei-me, e o médico Como se sente, Valadas?

– Não meta a raposa na gaiola dos periquitos que eu aparo-lhe as unhas, Teresinha, pediu a minha irmã Anita, ensino-a a fazer chichi na serradura,

– Na minha cama, pai, onde é que havia de dormir?

– Para que não restem dúvidas, ninguém o violentou, ninguém o agrediu, explicou o médico, foi uma queda acidental que você deu, entende?

e eu Claro que entendo, senhor doutor, sou atreito a desequilibrar-me, é isso,

– A raposa cheira pessimamente, decidiu a minha irmã Maria Teresa a colocar uma tigela de água e uma tigela de comida na gaiola, não suporto o bicho cá em casa,

– Nem eu admitiria brutalidades, elucidou o médico, a nossa Polícia é correctíssima,

e eu, Só tenho a agradecer aos agentes, senhor doutor, para mim têm sido perfeitos cavalheiros,

– Na sua cama, seu malandro? rosnou o meu pai de pingalim no ar, na sua cama, diz você?

o teu odor, Amália, sempre senti o teu odor quando abracei uma mulher, sempre senti os teus gestos em cada gesto delas, foram sempre as tuas palmas as mãos que me acariciaram,

– Lá fora apanha frio, Teresinha, disse a minha irmã Anita, lá fora apanha uma doença, coitado do animal,

– Na minha cama, pai, não me dê chibatadas por favor,

– Ora estimo que entenda, alegrou-se o médico, acha que na enfermaria o tratámos de uma forma desumana?

– Baixe o braço, seu malandro, baixe o braço,

– Coitadinha de mim, respondeu a minha irmã Maria Teresa, que tenho de aturar aquele pivete,

e a Amália, que desfardada parecia mais nova, a descer a rampa do quintal, Não me disseram nada mas eu sei que me despediram por sua causa, menino, o marido da minha madrinha vai ficar fulo comigo,

Monsanto tão verde, o meu irmão Fernando no pátio da cozinha, a minha irmã Julieta a correr atrás dos pintos, o filho da costureira era zarolho e quase não falava, e tu nem sequer irritada, Amália, tu nem sequer sentida, tu só triste, descendo para o portão a enxugar as bochechas com o lenço,

– De maneira alguma senhor doutor, tenho aspecto de quem foi maltratado?

e no dia seguinte a Amália voltou com a madrinha, uma mulher que a minha mãe mandou entrar para a sala, e o médico para mim Quando conversa comigo agradeço-lhe que descruze as pernas, meu caro,

e ao darem-me alta da enfermaria não me levaram de regresso à cela mas para um carro à entrada do hospital, de onde se via não apenas o rio mas Lisboa e o Estoril e Cascais, e campos para a banda do Estádio, e o meu pai, Amália, a bater-me com o pingalim, Seu safado,

e levaram-me, Marginal fora, num vagar de passeio,

(pescadores na muralha, veleiros de recreio, gente em fato de banho, toldos, vendedores de barquilhos, É domingo, pensei, aposto que é domingo mas de que mês ao certo?)

e entrámos na cidade pelo Terreiro do Paço e na Rua António Maria Cardoso conduziram-me, Por aqui, senho major, para um gabi-

nete onde não havia o careca nem o doente do bócio mas um inspector de risca ao meio no cabelo gomado, vários telefones numa mesa,
estantes de livros, a madrinha da Amália deu um bofetão na afilhada à
saída da porta, Vais ver o que acontece quando chegarmos a casa, des-
graçada, vais ver a sorte que te espera na Brandoa, e eu Dormi na
minha cama, pai, juro que dormi na minha cama, não me castigue
mais, e nisto apareceu um funcionário com uma pasta de cartão, o
inspector da risca ao meio solicitou-me Dá licença? tirou os óculos de
um estojo e desatou a rubricar, sem os ler, os papéis que lhe estendiam, murmurando Burocracias, burocracias, o tempo que se gasta
com burocracias, e a minha irmã Anita, Pivete, qual pivete? o animal-
zinho não deita pivete nenhum, fica no meu quarto e acabou-se,
esqueça a gaiola dos periquitos, mana,

Monsanto tão verde, Amália, as árvores tão verdes de Monsanto,
lembras-te do verde de Monsanto em França?

e o cavalheiro entregou o último papel ao funcionário, agradeceu
Obrigado Proença, dobrou os óculos com cuidado e guardou-os no
estojo, e preveniu-me a suspirar Se por acaso o meu pessoal se exce-
deu, senhor major, não hesite em contar-me, se há coisa que eu odeie
é a violência gratuita,

– Esteve com a criada, seu bandalho, não minta, gritou o meu
pai, vi-o sair do sótão em pijama,

e o inspector Não é só a violência gratuita que eu detesto, senhor
major, a simples ideia da violência repugna-me, na escola da Polícia
não me canso de insistir neste ponto, não tolero torcionários connosco,

e o meu pai Poucas vergonhas nesta casa não, poucas vergonhas
nesta casa nem sonhe,

e eu para o cavalheiro Tenho sido tratado com a maior correcção,
senhor,

– Se a mana acha que a raposa não deita pivete, é que ficou sem
olfacto, concluiu a minha irmã Maria Teresa, mas não é só o pivete,

são os tapetes, os sofás, as cortinas que ela estraga, o que a gente devia era oferecer o bicho, de modo que pediram ao meu irmão Fernando que a pusesse na gaiola dos pássaros, e durante os primeiros dias a raposa recusou alimentar-se e não parava de latir e de abanar as grades, eu, que na época estava em Cavalaria Sete, acordava com os gemidos dela,

a madrinha da Amália pregava-lhe com a carteira nas costas,

e o inspector Infelizmente a violência é intrínseca ao homem, o senhor major já reparou na crueldade por esse mundo fora apesar dos apelos do Papa, apesar dos avisos da Igreja, o que os alemães fizeram aos judeus, por exemplo, aquelas fotografias terríveis de esqueletos, e a Inquisição, caramba, o que foi a Inquisição, diga-me lá?

a minha irmã Julieta só falava comigo, recusava obedecer aos outros, chamava-me a um canto e segredava Quero a mãe,

e eu quero a minha mãe agora, Margarida, quero a minha mãe aqui em Tavira a pegar-me ao colo, a explicar-me as cores do céu, a exigir Abram a porta que eu vou com o meu filho para casa,

e o meu pai, a largar o pingalim numa cadeira, Para a semana segue para um colégio em Santo Tirso, até às férias grandes não o quero nem ver,

– A História, senhor major, é um cortejo de selvajarias tremendas, entristeceu-se o inspector, o genocídio da revolução russa petrifica-me, o czar e a família fuzilados, milhares de mortos, milhões de deportados sem contar com a fome e a miséria, onde é que já se viram atrocidades assim?

Santo Tirso era longe, horas e horas de comboio à chuva, uma chuva sempre igual sobre os pinheiros, padres de batina num casarão gelado, alunos de calções, Se calhar deitaram-se todos com as criadas, pensei,

e o meu pai para o reitor, a sacudir-se da chuva, Não tem visitas, não tem licença de sair do colégio, não tem autorização de receber cartas nem de escrever à família, e o reitor Descanse, senhor tenente-coronel, há mais de setenta anos que lidamos com rapazes difíceis,

Querido jorje tenho saudades tuas a mãe dexpediu a cusinheira

– E portanto, continuou o inspector, surpreende-me e magoa-me que existam inconscientes a pretender instaurar em Portugal um bolchevismo construído sobre cadáveres e sangue, não foi isto, senhor major, que eu sonhei para os meus filhos,

Querido jorje us páçaros murreram todos

– Este não é difícil, asseverou o meu pai, é impossível, mentiu-me, desrespeitou-me, desrespeitou uma empregada,

Querido jorje a teresinha é má não me deicha brincar com as bunecas dela

corredores, salas, dormitórios, passos de prefeitos no ginásio, os ciprestes do recreio, uma serra na distância, charcos de água, cigarros clandestinos, o professor de geografia, de ponteiro, a enumerar afluentes num mapa,

– Com fé e pedagogia adequada mesmo o espírito mais rebelde se submete, senhor tenente-coronel,

Nada, nem o quartel de Tavira, é tão triste como Santo Tirso, Margarida,

e o meu pai Olhe que ele engana, senhor reitor, ele é falinhas mansas, ele engana muito,

Querido jorje pedi à custureira que te mandace este pustal

– E então, senhor major, prosseguiu o inspector, terminado o curso de Direito a Polícia surgiu-me naturalmente como a carreira ideal, embora ingrata, para combater a violência,

– E tu, perguntei ao da carteira à frente, também vieste para Santo Tirso por causa da criada?

e na Rua António Maria Cardoso não há pombos, há o chiar dos eléctricos e um teatro, Margarida,

e a raposa trotava rente às grades, nunca a vi parar, nunca a vi deitada na gaiola, e o reitor Com os nossos métodos dentro de cinco meses nem o reconhece,

– O Valadas, comandou o padre Correia, escreve quinhentas vezes no quadro Prometo que não torno a fumar no urinol,

Querido jorje a anita dis que em agosto vens a caza

– E é em nome dessa luta, concluiu o inspector, a luta dos que desejam o melhor para o País, que o intimo de homem para homem, senhor major, a descrever-me as suas actividades subversivas,

e eu para o padre Correia Não escrevo, e o padre Correia Como? e eu Não escrevo, e o padre Correia, a brandir a régua, Estenda a mão, Valadas,

não vim nesse agosto, não vim no outro agosto, fiquei o verão inteiro em Santo Tirso a passear no casarão vazio,

– Não sou subversivo, não sou bolchevique, a única coisa que me interessa é a legalidade democrática,

– Queixo-me à minha mãe e ela chama a tua madrinha e manda--te embora, disse o democrata à Amália,

Querido jorje não gostu du fernandu não gosto da anita não gosto da teresa da custureira gostu acim acim

e o inspector O senhor major atreve-se a sustentar que no corpo-rativismo não há democracia, que o corporativismo não é a forma mais perfeita de governação?

e eu, a pensar na Amália e no padre Correia, Atrevo,

e ele, de dedo no ar, a atender o telefone, Um momento, não, não falava consigo, diga, Portas,

e o meu pai, a oferecer-me cigarrilhas, Espero que Santo Tirso te tenha feito bem, se pretendes concorrer à Escola do Exército não me oponho, há cinco gerações que existem militares na família e o Fer-nando, pela amostra, não vai passar da cepa torta,

e o inspector para o bocal Se o tipo recusa assinar a confissão a bem assina a mal, não percebo a sua dúvida,

e o meu pai, a servir-me conhaque, A arma de Cavalaria é a nossa arma, filho, não conheço nada mais idiota do que um oficial desmontado,

e o inspector ao telefone Advogado? que me interessam a mim os advogados, Portas, dê-lhe uns choques eléctricos e o gajo, se for preciso, até jura que matou a tia,

e o meu pai Não te preocupes com as provas físicas que tenho amigos lá dentro e se fores o primeiro do curso dou-te um carro,

Querido jorje a mãe xora o dia inteiro nu quarto não çei u que se paça com ela

e o inspector Não se incomode com os advogados, Portas, em que mundo vive você, aplique-lhe os choques que temos os juízes connosco, isso é que conta,

– O pingalim já era do teu avô e acompanhou-me em Monsanto, insistiu o meu pai, era o que faltava que não ficasses com ele,

(os talassas entrincheirados e os republicanos a subirem a colina aos tiros, fumo, canhões, caixotes de culatras, o capitão Ramalho ferido na barriga, os reforços que tardavam, o meu pai tropeçando no tojo, um corvo a grasnar de terror por cima dele)

e o inspector, a desligar o telefone e a premir uma campainha, Com que então a legalidade democrática, com que então o socialismo, e eu Nunca fui socialista, senhor,

Nunca fui socialista, Amália, desculpa, nem sequer dos pobres gosto, envelhecem tão depressa, vestem-se tão mal, são tão feios,

– E por causa de Monsanto, sussurrou o meu pai, comi o pão que o diabo amassou,

e se melhoram na vida, Amália, compram mobílias tenebrosas, automóveis sinistros, bibelots horrendos, enfarpelam os filhos como cachorrinhos amestrados, e continuam de palito nos dentes, e continuam a arrotar à mesa,

– Eu não lhe dizia, orgulhou-se o reitor, que o seu rapaz mudava, a pedagogia, a fé e umas palmatoadas transformam as pessoas,

Se eu caísse na asneira de casar contigo, Amália, enchias-me as

paredes de quadros de gatinhos, enchias-me as prateleiras de palhacinhos de loiça, Nunca fui socialista, teimei eu,

Querido jorje u médicu dis que a mãe está duente e perciza de
injessões

– Obrigado pelo pingalim, pai, o cabedal é óptimo, agradeci eu a
vergastar a minha perna,

e entraram dois homens no gabinete da Rua António Maria Cardoso, empurrando um aparelho sobre rodas com vários mostradores e
um par de eléctrodos, o inspector para eles Há uma ficha por detrás
do sofá e eu pensei O que é isto?

Querido jorje a mãe piurou a anita contoume que vão internala
numa quelínica

um dos homens ligou o aparelho à corrente, uma ampola acen-
deu-se, uma agulha vibrava, um segundo homem acercou-se de mim
com os eléctrodos e o inspector A identificação dos revolucionários já,

– Nunca fui socialista,

Um pingalim maravilhoso, concordou o meu pai, bem manejado
decepa uma orelha de golpe, é uma pena que hoje em dia não se fabri-
que disto,

o primeiro homem carregou num botão e o corpo esticou-se-me,
os dentes estralejaram, a cabeça voou para longe do pescoço, o coração, repleto de hélio, suspendeu-se antes de recomeçar a trabalhar,

Socialista, senhor, socialista, Monsanto tão verde, o quarto da
Amália, nunca fui socialista,

– Claro que não foste, assentiu o inspector, claro que não foste,
outra vez,

e de novo o corpo a pular, de novo o estralejar dos dentes, de
novo a cabeça solta do pescoço, de novo o coração vogando e o sangue
parado, à espera,

– Outra vez, pediu o inimigo da violência,

Monsanto tão verde, a gaiola dos periquitos, o meu irmão Fernando a brincar no pátio da cozinha, o careca, a Alice, o indiano do

bócio, o médico, o gordo, o outro, a torneira de Caxias, gaivotas não, os pingalins são uma miséria agora, Amália, não decepam orelhas, o casarão de Santo Tirso à chuva, quinhentas vezes no quadro, estenda a mão, Valadas, os republicanos escalando a encosta, o corvo sobre as azinheiras, cigarros clandestinos, palhacinhos de loiça, se eu casasse contigo, Amália, era feliz?

feliz, Amália, era feliz em França e tu rodeada de filhos, nunca fui socialista, palitando, nunca fui socialista, as gengivas, nunca fui socialista, nunca fui socialista, nunca fui socialista,

– Outra vez, solicitou o inspector, e o coração

(sulcado de veias, o resto de mim não interessa)

a vogar eternidades,

– Dêem mais força à corrente,

Querido jorje a mãe murreu

mais força à corrente,

Querido jorje a mãe murreu

à corrente,

e então, no gabinete dos telefones e das estantes de livros da Rua António Maria Cardoso gritei-lhes na cara o que desejavam conhecer, isto é, que o meu pai escondia a minha irmã Julieta com raiva e vergonha de não ser dele, o meu pai não queria que se soubesse que a mãe dos seus quatro filhos parira de outro macho, o meu pai não queria que sonhassem que depois de o meu irmão Fernando nascer se tornara impotente, o meu pai queria que pensassem que era homem ainda, que foi homem, senhores, até ao fim da vida, e eu, a pouco e pouco, estou a ficar como o velho, eu não consigo, eu não posso, eu não aguento, eu diante de uma mulher, por mais que disfarce, sou um cão capado.

4

Ao fim da tarde, Conceição, quando os pombos do Largo do Camões partem para as cornijas do Loreto e me sinto sozinho sozinho sozinho neste quarto andar da Rua Ivens, oprimido pelo peso da infância e pela angina de peito,

quando as vozes do passado, as vozes das minhas irmãs, as vozes das criadas, me rodeiam da sua crepitação enternecida, do seu vapor de palavras que não há,

quando apenas existem estes telhados que anoitecem, o castelo a navegar lá ao fundo e as pastilhas para a gota, para o reumático, para o coração, para a bexiga, para o fígado, para a espinha, para a tosse, para a azia, de que me alimento,

ao fim da tarde, Conceição, quando me apetece gritar como gritam os galos da manhã, acontece-me perguntar por que motivo o meu sobrinho, o que nasceu na Guarda, o que morou na Ericeira, o filho da minha irmã Julieta, a pessoa de família que me sobra, não sobe o Chiado e as escadas do prédio a visitar-me, para falarmos da Calçada do Tojal, para falarmos de Benfica, para falarmos do tempo onde fui novo,

como em mil novecentos e cinquenta, tinha eu trinta e nove anos, no domingo em que um civil e três tropas prenderam o meu irmão Jorge e os tangos da grafonola e a cadeira de baloiço e os berros não cessavam no sótão,

e eu saí para comprar brometos, tomei o eléctrico dos Restauradores acompanhado pelo empregado da capelista, e depois das Portas de Santo Antão, dos acrobatas e dos trapezistas reformados e da tão quadrada e triste Praça da Figueira, a do rei D. João amortalhado em sombras e sótãos de viúvas, desembocámos no Intendente pelo Martim Moniz,

Rua do Benformoso, Largo do Benformoso, camionetas de carga nas trevas, nenhuma farmácia,

e entrámos no bar Ninfa do Tejo a fim de ganhar coragem para a travessia das lojas de calçado da Almirante Reis,

e havia um cego, sobrinho,

(é pena que não viajasses comigo, o estúpido da família, nesse dia)

a tocar piano num estrado debaixo de uma sereia, de cabelos ruivos como a tua mãe, num medalhão com cercadura de búzios, um balcão corrido, paliçadas de garrafas, mesas de fórmica,

e uma clientela de antigos artistas de circo a transbordarem do estabelecimento, domadores de tigres, de alamares, chicote e botas de cano, contorcionistas segurando os cigarros entre as unhas dos pés, a trupe dos anões da pirâmide humana, já sem forças, tombando dos ombros uns dos outros, o casal das bicicletas pernaltas junto ao tecto, e sobretudo

(escuta)

palhaços,

palhaços,

palhaços soprando clarinetes e saxofones incapazes de uma nota certa, anhucas preparando o salto mortal que não dariam nunca, o grupo dos augustos de soirée às cambalhotas perto do guarda-vento da retrete que dizia Cavalheiros sob uma silhuetazinha de chapéu, caras brancas leves como anjos, de sapatilhas de toireiro e acordeão ao peito, e eu a lembrar-me desse tempo aqui à tua espera, sobrinho, na saleta da Rua Ivens na qual nenhum retrato move os olhos para me censurar nem os cucos dos relógios piam horas desalmadas,

eu aqui à tua espera depois do xarope para os intestinos, entre a cápsula para a vesícula das sete e o comprimido para a tensão das oito, sabendo que virás porque não é justo, mesmo aos oitenta e um anos, estar só, porque alguém há-de vir antes de me transportarem para baixo, num caixote mal pregado de gare, a anunciar Frágil no tampo,

alguém há-de vir escutar comigo o silêncio desta casa, tal como o empregado da capelista e eu escutávamos os pasodobles do piano do cego no bar do Benformoso, e os funâmbulos que esfregavam as solas na resina conversavam daquela ocasião em que fomos, lembras-te?, dar um espectáculo a Abrantes, nunca rapei tanto frio na minha vida, não me estatelei no soalho por um triz, sempre que penso nisso sinto um arrepio aqui,

o empregado da capelista pediu um gin para ele, um gin para mim e um gin para a mulher barbuda que afinal não era russa, era do Porto, capaz de dobrar barras de ferro e de rasgar dicionários e listas telefónicas, que nos tentava explicar que o meu mal é a artrite, rapazes, farto-me de consultar doutores e nada, a artrite é que me impede de aceitar os convites que recebo de Barcelona, de Nova Iorque e de Paris, de modo que me vejo à brocha, imaginem a injustiça do destino, para pagar o quartinho do Poço do Borratém aonde moro com o meu marido, a quem a rede do trapézio faltou, inválido sem sequer o mindinho conseguir mexer para agradecer os aplausos, e o empregado da capelista, a encomendar mais gin, Coitado, e eu, distraído pela vidente cigana que já só futurava o passado, a aceitar mais gin, Coitado, a trupe da pirâmide humana aceitou um copinho, um dos anões da base tossiu, o domador de tigres aliviou-o com uma palmada nas costas e uns quinze gnomos de tanga despenharam-se-nos em cima a gritar Ai Jesus enquanto o domador sacudia a piparotes, como se fossem moscardos, os que se lhe suspendiam das lapelas, os augustos apertavam a mão de toda a gente com as luvas compridíssimas, o casal que pedalava junto ao tecto, trocando bolas e arcos, desesperava-se de não poder descer para aceitar um cálice, cãezinhos vestidos de sevilhanas cambaleavam nas patas traseiras a latir de angústia, Onde haverá uma farmácia de serviço?, perguntei ao maestro que dirigira a orquestra do Coliseu e agora agitava em vão a batuta sem que músico algum lhe obedecesse, cada qual entretido a tocar para seu lado uma marcha diferente, preciso de brometos para a minha irmã Julieta, o chinês das focas, com o seu sorriso de aurora boreal, extraiu um carapau do bolso e engoliu-o, o meu pai surgiu no bar e lamentou-se aos faquires, a designar-me numa careta, Que mal fiz eu a Deus para ter um filho tão estúpido, senhores?, Brometos, você disse brometos?, perguntou um mágico entretido a dividir a esposa a golpes de serrote, extraindo da algibeira uma infinidade de lenços coloridos, não quer antes um ramo de flores, olhe, não quer antes a bandeira nacional, tome lá, Grosso, que horror, estás grosso, desgostou-se o meu irmão Jorge, não te aproximes de mim que tresandas a vinho, Apareceram-me peladas na barba, repare, disse a das listas telefónicas a puxar-me o braço, qualquer dia não tenho um pêlo no queixo, Grosso o tanas, respondi eu, ando à procura de uma farmácia por aqui,

e tudo isto com dois copinhos se tanto, Conceição, palavra de honra que não foram mais de dois copinhos, estive dezanove anos casado contigo e fora das refeições, és testemunha, nem um martini enfiei no bucho, dezanove anos a caminhar à tarde para o jardim do Príncipe Real a assistir à sueca dos reformados, dezanove anos até o médico sair do quarto para me anunciar Morreu, e eu encontrar a tua prima a tirar-te a dentadura da boca e a guardá-la na gaveta,

a dentadura que ainda lá se encontra, Conceição, de coroas apertadas numa obstinação zangada,

dezanove anos a ver a noite escurecer os ases e as manilhas, dezanove anos a jantar biscoitos e chá sem açúcar na mesa encostada à janela, pensando, desculpa, que me aborrecia, pensando que nunca me aborrecera tanto na vida, nem mesmo na Escola Comercial em que acabaram por me matricular na esperança de que eu aprendesse ao menos os rudimentos necessários a um emprego de escritório ou a um trabalho de segundo oficial numa repartição de Finanças, um instituto a São Domingos, Conceição, onde as raízes quadradas se me confundiam com os logaritmos e o Deve e o Haver se misturavam na minha cabeça atordoada, perdoe pai,

– Que mal fiz eu a Deus para ter um filho tão estúpido, senhores?,

não fez nada, sou eu que não consigo, eu que não sou capaz, eu que não tive miolos para oficial de Cavalaria ou engenheiro e acabei, sem cheta nem maneiras, amigado com uma criada de servir como todos previam porque me puxa o pé para o chinelo,

– Sempre lhe puxou o pé para o chinelo, é uma tristeza mas é verdade, infelizmente sou lúcido acerca dos meus filhos, na melhor das hipóteses hei-de vê-lo num bairro de renda económica a levar os domingos em pijama, não tem preocupações, não tem interesses, não tem vontade própria, não luta,

não luto, pai, tem razão, ensine-me, como é que o pai lutou quando a mãe ficou grávida da Julieta?,

– Custa-me admiti-lo por ser do meu sangue, mas confesso que o Fernando, por mais que se doire a pílula, é um inútil,

lembro-me dos cochichos pela casa, de portas a baterem, de um clima de enxofre de conspiração, do meu pai, trancado no escritório com o meu avô, a gritar Eu não suporto vê-la, eu divorcio-me dela, eu peço que me coloquem em Luanda, lembro-me dos almoços pesados, dos telefonemas de meias palavras, das minhas tias a pedirem Então Álvaro, não abandones as crianças, que culpa têm os pequenos do que se passou?, do meu avô a participar A tua mulher aceita o que quiseres, ninguém há-de ver a miúda, se alguém chegar aferrolha-se a garota num quarto e acabou-se,

– Eu, por mim, já desisti de fazer dele um homem, habituei-me à ideia que vai ser manga de alpaca, paciência, e o que é certo é que até morrer o meu pai nunca mais dirigiu uma palavra à minha mãe, e não só não lhe dirigiu uma palavra como não a olhava, procedendo como se nem ela nem a minha irmã Julieta existissem, e dormia ou fingia dormir no divã do escritório e digo fingia, Conceição, porque, ao chegar da pastelaria ou do cinema, o topava acordado, mirando o papel da parede com um livro nos joelhos,

– Que mal fiz eu a Deus para ter um filho tão estúpido, senhores, já não bastava a desenvergonhada da mãe para me amargar a existência, para me estragar a vida,

e só voltou à cama dias antes de finar-se, rodeado de medicamentos e de panelas onde ferviam bagas de eucalipto, o vapor embaciava os caixilhos e ele encarava-nos da almofada com a inveja dos doentes,

– Que mal fiz eu a Deus para ter um filho tão estúpido, senhores?,

mas eu gostava de si, pai, eu queria que se orgulhasse de mim, eu tentava agradar-lhe, alistei-me na Legião para ter uma farda como a sua, comprava as cigarrilhas venezuelanas que o pai gastava, usava o seu monograma nas minhas camisas, imitava-lhe as expressões e os tiques, tentei odiar a mãe, tentei não lhe responder quando ela me perguntava Mudaste de emprego, Fernando?, e a minha irmã Anita A mãe falou contigo, mano, e eu, sem a olhar, Ai sim?, e a minha irmã Teresinha Perdeste a língua ou quê?, e eu Não me maces, a minha mãe aproximava-se sem entender, Houve algum problema no trabalho, filho?, e eu Deixe-me, a minha irmã Julieta, que não embarrigara ainda, espantava-se na outra ponta da mesa, por cima dos talheres e dos copos,

como a mulher de barba se espantava para mim, Repara na quantidade de cabelos grisalhos que me nascem no bigode, repara como as patilhas me embranquecem, e eu, a aceitar outro cálice, Não acho nada disso, cá por mim nem trinta anos lhe dava,

e ela, a procurar o lenço na manga, Se eu fosse ao Porto os meus primos não me reconheciam, emagreci oito quilos em dois meses, e eu pensei em si, pai, com as têmporas cavadas e o pescoço reduzido a pregas e tendões, pensei em lhe ter pedido Não morra, como te pedi a ti Não morras,

– Não morra, pai, não morra,

Que mal fiz eu a Deus para ter um filho tão estúpido, senhores, que se põe a chorar à minha frente como se eu fosse passar-me, que ideia a dele, eu que em vinte e dois de Janeiro de mil novecentos e dezanove estive em Monsanto, a lutar pelo Rei, com os camaradas do segundo grupo de esquadrões de Cavalaria Quatro, eu que estive na Luneta dos Quartéis sofrendo sem balas, sem comida, sem esperança de reforços, o fogo da artilharia, o fogo dos marinheiros, o fogo dos civis, eu, que não morri às balas dos carbonários, não vou morrer agora por muito que aquela que ali está deseje ver-me no caixão para telefonar ao amante Morreu agora mesmo, e o imbecil do meu filho Fernando, que até a voz me copia, a fitá-la aparvalhado,

centenas de soldados no meio do fumo e dos estrondos, do trem regimental, das culatras das peças que não pudemos levar, e ele, o tonto, à cata de brometos para a irmã nas algibeiras dos feridos,

Não estava bêbado, Conceição, não estou bêbado, pai, não é o álcool, é o piano do cego, são estes pasodobles, esta gente, o artista do Poço da Morte a roncar a motorizada, o que realmente me agonia,

Chego ao Porto e a família O que te sucedeu, Lucinda, o teu marido bate-te, o teu marido caiu do trapézio, o teu marido enganou-te outra vez com a índia que atira machados aos voluntários da estimada assistência?,

e senti um formigueiro, um ímpeto, uma força, uma onda por mim acima, agarrei-me ao balcão, desatei a vomitar e as figuras do circo desapareceram substituídas por uma clientela de camionistas, de sapateiros, de aprendizes de canalizador, de funcionários da Câmara, de empregados das lojecas vizinhas,

o cego, que terminava o pasodoble, mirava o fumo que se coagulava junto ao tecto numa expressão de náufrago, e ao voltar-me para responder à mulher de barba que afinal era um cauteleiro pedinte conversando com meio litro de tinto, tocaram-mc na omoplata, Olá, e dei com o filho da costureira a cumprimentar-me rente a uma caneca de cerveja,

e posso ser estúpido, pai, mas nunca disse a ninguém que o vi sair do quarto da Julieta, quando a minha mãe e as minhas irmãs estavam na missa e o meu irmão na Costa da Caparica a conspirar contra o Estado,

nunca disse a ninguém que ele rodeava a casa para entrar pela cozinha, subia as escadas e se enfiava no sótão, pensando que, por ser domingo, eu ressonava no primeiro sono, impermeável ao barulho como sempre que durmo, depois de uma noite na pastelaria com o dono da garagem e o empregado da capelista, a piscar o olho às damas que segredavam risinhos por cima das tortas de creme e das colheres de chá,

pensando que eu só acordaria com o cheiro do peixe do almoço, muito tempo depois de a minha mãe e de as minhas irmãs regressarem da missa, para descer as escadas sem ter tomado banho, e me sentar a abrir a boca, estendendo o braço para o azeite e o vinagre,

de forma que nem sequer se escondia, nem sequer apequenava a voz, nem sequer se esforçava por não fazer ruído, dava corda ao gramofone de campânula e inundava a Calçada do Tojal de uma ária de ópera, indiferente à indignação dos retratos,

e eu a sentir-lhe os passos e a escutar o eco das conversas deles e o som de qualquer coisa que caía e se quebrava,

como anos antes escutei as conversas da minha mãe e do que a visitava nas tardes em que o meu pai ficava no quartel, cochichando, muito juntos, na sala, e espreitei pela cortina e vi-os beijarem-se, vi a minha mãe inclinada para o ruivo a beijá-lo,

ruivo como a minha irmã Julieta era ruiva, de cara povoada de sardas até nos lábios e nas pálpebras, e no pescoço e na nuca, e nas orelhas, e quando o sino da igreja tocava à comunhão o filho da costureira passava diante do meu quarto a assobiar a ária do gramofone apesar dos gemidos da raposa, a mãe trazia-o quando passava o dia debruçada sobre a máquina, a pregar botões e a consertar bainhas, e ele entretinha-se comigo no quintal das traseiras a sujarmo-nos ambos, Ai o estado em que o menino ficou, que porcaria,

nós a sujarmo-nos de terra e a minha mãe na sala, correndo os dedos no cabelo do ruivo que lhe cercava a cintura com o braço, eu nunca contei a ninguém, nunca haveria de contar a ninguém nem mesmo quando o meu pai me chamou ao escritório e perguntou, diante do pai dele, O que viste tu, Fernando?,

e depois de outubro, ao principiar a chover, e choveu imenso nesse outono, já os periquitos tinham morrido há séculos, o filho da costureira deixou de ir aos domingos lá a casa e a cadeira de baloiço dançava, no sótão, fazendo estalar e estalar e estalar as tábuas do soalho,

a água batia nos vidros e a cadeira gemia e durante a missa, após os sinos, uma ária de ópera guinchava lá em cima,

– Não vi nada, pai, disse eu, não vi ninguém,

a minha irmã Anita deixava a sombrinha a pingar e trepava ao sótão a calar a grafonola, e chovia o dia inteiro, e acendiam-se os candeeiros às duas horas da tarde e a minha irmã Julieta passeava sobre as nossas cabeças, Que terá ela hoje?, e isto todos os domingos desse inverno, todos os chuvosos domingos desse inverno,

– O que terá ela, Fernando?, Sei lá, mãe, o costume,

a costureira vinha às terças e quintas, comia num tabuleiro junto ao cesto da roupa e a minha irmã Julieta, de tornozelos inchados, a segurar o ventre com as mãos, rondava-a a fungar, um inverno que empardecia a relva, depenava os arbustos e alargava manchas de bolor nas paredes, a minha mãe telefonou ao médico e ouvi-o explicar Já vai no terceiro mês, minha senhora, nem pensar num aborto, e a minha mãe, Mas como é que isto sucedeu, meu Deus?, e o médico, a vestir a gabardine, No melhor pano cai a nódoa, é a vida, dê-lhe estas cápsulas de ferro e estas vitaminas uns quinze minutos antes das refeições, e a minha mãe para mim Viste quem era, Fernando?,

– Deixa-o, Álvaro, acalma-te, não o atormentes, aconselhou o meu avô, se o catraio tivesse reparado falava, as crianças despejam tudo pela boca fora, basta olhar para ele e percebe-se logo que o rapaz anda a leste, Andou sempre a leste, respondeu o meu pai, há-de morrer a leste e casado com uma sopeira, até com os herdeiros tive azar, desaparece-me da frente, Fernando,

e a minha mãe, com a chuva a bater nos caixilhos, Não faço a mínima ideia de quem possa ter sido, para evitar problemas e tentações nem os amigos dos meus filhos cá entram, para evitar problemas e tentações não recebemos visitas,

e o médico Quando as desgraças têm de acontecer acontecem, o que é um milagre para mim é como ainda não me engripei com um tempo destes,

– Desampara-me a loja, Fernando, ordenou o meu pai, o que eu devia fazer era agarrar na pistola, esquecer a família e matar aquela cabra,

e em mil novecentos e cinquenta, sete anos depois, ali estava ele, Conceição, o pai do meu sobrinho, o filho da costureira, a cumprimentar-me Olá, rente à espuma da cerveja, sem saber que eu sabia, sem saber que eu desconfiava dele por ser a única pessoa na Calçada do Tojal aos domingos de manhã e podia ter acordado e ouvido vozes, podia tê-lo topado a entrar ou a sair o portão, e eu, ainda tonto dos vómitos, a limpar a boca com a manga e a pensar na chuva desse inverno, Olá,

– Vou mandá-la para a Guarda, decidiu a minha mãe, e depois de o bebé nascer esperamos um mês ou dois e trazêmo-la de volta,

e a minha irmã Julieta, que nunca falava, que recusava falar a não ser com o Jorge, Não,

ainda não se notava o ventre mas emagrecera, estava pálida, com olheiras, e fechava-se no sótão, de cabelo escovado e saia nova, como se aguardasse alguém,

fechava-se no sótão, colocava uma ária de ópera no gramofone de manivela e a cadeira estalava para trás e para a frente no sobrado, enquanto o bolor de novembro alastrava nas paredes e a minha irmã Teresinha suspirava Qualquer dia manda-se um pedreiro arranjar isto, o tecto abre rachas acolá,

de maneira que apesar dos protestos e das recusas dela a meteram no comboio para a Guarda, e ao tornar passadas semanas, Conceição, nem com o Jorge conversava, a passear-se como um espectro pela sala,

nunca mais escovou o cabelo, nunca mais pôs uma saia nova, dava corda à grafonola e escutava a mesma ária até o disco emitir apenas uma sucessão de guinchos e de fragmentos de violinos e a minha mãe pedir Calem a música antes que eu endoideça de todo,

a minha irmã Teresinha trepava as escadas a conversar com ela, a ária interrompia-se, a minha mãe tomava infusões de tília, Vocês querem matar-me, tragam-na para ao pé de nós, e ela Não, que era a única palavra que acedia agora a dizer, Não, perguntava-se-lhe qualquer coisa, fosse o que fosse, Não,

e em mil novecentos e cinquenta, no dia em que prenderam o meu irmão Jorge, o filho da costureira pouco mudara em relação à época em que nos conhecemos, os mesmos dedos de pardal segurando a cerveja, a mesma voz que tropeçava nas sílabas, Olá, e eu, o estúpido,

(Que mal fiz eu a Deus para ter um filho tão estúpido, senhores?)

a aproximar-me dele, atropelando o cauteleiro pedinte, Olá,

a sereia movia-se para trás e para a frente, Olá, o empregado da capelista oferecia uma rodada de gin a um velho de cachecol não tão velho como eu sou hoje, rodeado pela crepitação do passado, pela tua ausência de sopeira, por um vapor de palavras que não existem mais,

Olá, disse eu, o estúpido, o que não tem cabeça, o que não luta, olá, a ária de ópera recomeçava no sótão, a minha irmã Teresinha Pára com isso, Julieta, e ela Não, a minha irmã Anita Não queres ouvir uma valsa?, e ela Não, o meu irmão Jorge Nunca mais te falo, e ela Não não não não não,

– O que vieste aqui fazer, Fernando?, interessou-se o filho da costureira, acabado de sair do sótão da Calçada do Tojal, a ajustar o cinto, a compor a gravata, a poisar a cerveja no zinco do balcão, ao mesmo tempo que o cego se inclinava para o piano e a minha irmã Julieta gritava no sótão Não, e a minha mãe O que terá ela, Fernando?, e o meu pai O que viste tu, Fernando?, e eu, o estúpido, a avançar um passo, a empurrar o cauteleiro, a pegar numa garrafa, O que devia ter feito há oito anos, pá, dar-te cabo do focinho: nada de especial, como vês.

5

Devo ter dito o que esperavam que eu dissesse porque logo que recuperei os sentidos e a noção do tempo me transferiram da Rua António Maria Cardoso para a prisão de Peniche, quase tão escura como o colégio dos padres cm Santo Tirso onde o dia provinha dos ornatos da capela que envolviam as imagens dos santos numa luz de naufrágio. Em Peniche era sempre inverno também mas sob um céu de pedra sem nuvens, as ondas quebravam nas paredes da cadeia, cobrindo as sentinelas de espuma, o amanuense que me recebeu sugeriu Nada de espertezas, Valadas, que não gostamos de hóspedes que se portam mal, e ao olhá-lo compreendi que se sentia tão desamparado quanto eu naquele cubo de muralhas desossadas pelo vento, com ervinhas a crescerem nos intervalos das lajes. Desamparados, Margarida, desamparado ele, desamparados os guardas que nos vigiavam os almoços e o recreio, desamparados os que se sentavam à mesa comigo e dormiam junto a mim, desamparado o que mandava e aos domingos discursava para nós no refeitório, ao lado do padre que abençoava a sopa e do enfermeiro que brocava os dentes sãos sem anestesia para facilitar as confissões. Aliás no que respeita a confissões não havia problemas com a minha visto que durante três meses nunca me chamaram para interrogatórios, e isto até à manhã em que me conduziram à sala onde se falava com as visitas, um compartimento com uma vedação ao meio, o retrato do presidente do Conselho e um homem que me informou, extraindo documentos de uma pasta, Sou o seu advogado, senhor major, preciso de uns dadozinhos para completar a defesa, Defesa contra quê?, perguntei, e ele, Contra o crime de conspirar para entregar a Pátria aos comunistas, senhor major, que eu saiba não raptou crianças para agravar a sua pena, pois não?, e eu Não conspirei coisa nenhuma, doutor, e ele, separando um dossier, Infelizmente está aqui uma cópia da confissão que rubricou, não me quer convencer que a assinatura é forjada.

O mar batia nos muros, a sereia do salva-vidas desenrolava o seu grito desde o fundo da praia, escutavam-se as vozes dos pescadores do pontão, escutava-se o sino da fábrica de conservas a convocar os operários, e o advogado, folheando o processo, O senhor major entregou à Polícia um relatório completíssimo, nome e patente de oficiais envolvidos, senhas, contra-senhas, chaves de códigos, data e locais de encontro, relação das unidades aliciadas, um plano provisório de levantamento militar que inclui a neutralização de dezenas de figuras do Regime, a sereia do salva-vidas passou por nós a uivar, e eu, Que brincadeira é essa?, e ele Que brincadeira como, senhor major?, e eu Só pode ser brincadeira, não contei nada a ninguém e muito menos à Polícia, e ele Pois se resolveu brincar garanto-lhe que foi uma reinação de mau gosto, com base no seu depoimento engavetaram uma dúzia de fulanos e eu, O quê?, e ele Trago comigo a lista, quer ver?, publicaram as fotografias nos jornais, e eu Espere aí, espere aí, a tentar lembrar-me do que ocorrera com o inspector dos choques eléctricos no gabinete dos telefones e das estantes dos livros, a recordar-me, como se recorda um sonho, que dissera não sei o quê do meu pai, e o advogado O que foi, senhor major?, e eu Deixe lá, meu amigo, não interessa.

O sino da fábrica continuou a convocar os operários depois de eu regressar ao recreio, e pelas vozes dos pescadores do pontão deduzi que uma traineira procurava alcançar a praia sem sucesso, de forma que imaginei o mestre a esbracejar para terra, um ou dois tripulantes jogando carga fora e o salva-vidas a baloiçar no gume de uma onda, e decorridos três dias fui de novo ao gabinete das visitas e o advogado Como o senhor major colaborou o juiz dispõe-se a aligeirar a pena, e eu Colaborei como, doutor?, eu não colaborei com ninguém, e o advogado Esse paleio é óptimo para os seus colegas de cadeia que lhe devem andar com uma raiva dos diabos, eu vou agarrar a oferta do juiz, e eu a interrompê-lo O que é que disse dos meus colegas de cadeia, doutor?, e ele As pessoas não gostam de bufos, temos de compreendê-las, é normal, se eu fosse a si tomava cuidado, nunca se sabe, e eu Cuidado?, e ele Cuidado, não seria a primeira vez que acontecem acidentes desagradáveis a um preso, e eu Ora que gaita esta, eu não abri o bico, doutor, e ele Claro que não abriu, se afirma que não abriu é porque não abriu, explique-lhes isso a eles que enquanto explica e não explica concentro-me no julgamento, só não quero que me deite tudo a perder no tribunal, e eu Deitar tudo a perder no tribunal?, e ele Pretendo-o educado, arrependido, disposto a fornecer mais pormenores ao juiz, e eu Você endoideceu de certeza, doutor, e ele O senhor major foi-se abaixo e bufou, descanse que não é o primeiro que fraqueja, e eu Proibo-o de ser meu advogado, doutor, e ele Se cuida que me agrada defendê-lo engana-se, graças a si as bestas da Polícia deitaram a luva a homens que eu respeito, e eu Há aí um engano, há aí um equívoco, só pode ser um equívoco, e ele Não seja cobarde, senhor major, equívoco uma ova, aguente-se nas canetas que é tarde para se borrar de medo, e quanto a ser seu advogado tomara eu que me libertassem do caso, tomara eu recusar a nomeação, ajudar um pulha enoja-me, e eu Que dia é hoje, doutor?, e ele Terça-feira, e eu Pois fique sabendo que é a pior terça-feira que já tive na vida.

Quando cheguei ao pátio estava o recreio no fim e o recreio, Margarida, era a autorização de passear uma hora vigiado por guardas armados, os mesmos que nos observavam no refeitório, nos vistoriavam as celas, Sai daí, e nos conduziam a seguir ao café às oficinas da cadeia, ordenando que acertássemos o passo pelo companheiro da frente. O recreio findava, o céu afastava-se para receber a noite, o mar movia-se debaixo de nós erguendo os penedos da falésia, e os presos fitavam-me, numa repreensão indignada, culpando-me dos interrogatórios da Polícia, culpando-me de se encontrarem ali, a tossirem de frio, a defecarem em baldes, a almoçarem restos, a adoecerem dos pulmões e das tripas, os presos fitavam-me, Margarida, e eu a gritar É mentira, juro que é mentira, aguentei quase um ano de pancada e de estátua e não entreguei ninguém.

Mas não confiaram em mim porque a partir desse dia principiei a senti-los à minha volta como esses pássaros de que não recordo o nome que esperam para nos lacerarem o ventre a golpes de unhas, para nos devorarem o fígado em puxões sacudidos, principiei a senti-los à minha volta, nas formaturas, na oficina, no recreio, na camarata, na pia, espiando-me, conversando sobre mim, envenenando-me as batatas e as couves na cozinha, de maneira que pedi para ser recebido pelo que mandava e participei-lhe Querem matar-me, senhor, e ele Querem matar-te, Valadas?, e eu Arranje-me uma cela sozinho, e ele Com casa de banho privativa e serviço de quartos?, e eu Arranje-me uma cela sozinho, livre-me deles, ponha-me de castigo no segredo, e ele Tu estás maluco e eu tenho mais que fazer, Valadas, e então compreendi que ele se aliara aos outros, compreendi que ele era um pássaro também, um desses pássaros que não recordo o nome, e ele O que sucedeu agora, Valadas, ficaste aí especado, não me ouviste?, e eu Se quer dar-me um tiro dê-me um tiro mas não me faça andar nisto, e ele Mau Maria, Valadas, a sereia do salva-vidas desenrolou um grito que era uma mensagem e eu Dispara, malandro, e ele Raios parta se não te ponho fora a pontapé, e veio um guarda e enxotou-me para o corredor, e eu Acabem comigo depressa, cachorros, e o advogado Que história vem a ser essa de lhe chuparem o sangue com seringas, senhor major?, e eu, a exibir o braço, Não nota a marca das agulhas, doutor?, e ele, a negar de propósito as cinco ou seis picadas da minha pele, Não noto absolutamente nada, que fantasia a sua, e eu, mostrando-lhe uma nódoa já rosa, Fantasia, doutor, então isto o que é?, e ele, a palpar com o dedo, Um sinal, o que pensava que fosse?, e eu Vocês juntaram-se, quero dar parte aos jornais, e ele Não seja histérico, senhor major, vou pedir um calmante, e eu, tirando-lhe a pasta do colo e jogando-a contra a parede, Isso é que era bom, se julga que me destrói com cianetos engana-se, e ele para a porta, à medida que eu lhe destruía os papéis, Depressa, guarda, depressa, e chibataram-me os rins, e tombei de borco no chão, e o frio da pedra era doce na boca, calmo e doce, e o mar corria ao longo do meu corpo para se perder na praia onde os pés jaziam, brancos e nus como os dos pombos defuntos.

Ainda hoje oiço as ondas de Peniche, Margarida, ainda oiço o sino da fábrica de conservas (seria uma fábrica, seria mesmo uma fábrica?) a convocar os operários, oiço a água sob as lajes, não a água de Tavira, não o mar do Algarve, mas vagas que rasgavam a muralha do forte como uma faca, ainda oiço as ondas de Peniche e o advogado a elucidar o que mandava Deu-lhe o amoque, senhor tenente, isto foi um amoque que lhe deu, sinto as mãos que me empurravam a cara contra a pedra e o advogado Não, não me aleijou, estragou-me umas páginas, mais nada, e o que mandava Entrou-me no gabinete com um falatório estranho, a exigir que o enfiasse no segredo, e um dos guardas Foge dos outros, desconfia do comer, tem receio que lhe toquem, e o que mandava O mais certo é ser fita, Azevedo, você conhece as manhas destes melros, e o advogado Mesmo que seja, senhor tenente, mesmo que seja, este tipo, para mim, não joga com o baralho inteiro, o salva-vidas apitou e calou-se, Deixem-me ficar deitado, solicitei eu, larguem-me que não tenho sangue nas veias, e o que mandava Com amoque ou sem amoque não faço a vontade ao prisioneiro, se ele pretende o segredo por algum motivo é, existe um subterrâneo que vai dar à falésia, e o guarda Vamos lá endireitar-nos devagar e com juizinho, Valadas, vamos lá pôr-nos de pé como um menino bonito, e o advogado Um subterrâneo, senhor tenente, não sabia, e o que mandava Espertalhões topo-os à légua, senhor doutor, há quinze anos que o meu ofício é este, por que bulas se quer ir para o segredo sem razão nenhuma?, e o advogado Aí tem a razão, senhor tenente, o fulano saiu-me mais mariola do que eu esperava, e o que mandava Pois mas eu não ando nisto por ver andar os outros, sou muito compreensivo etc e tal porém fazerem farinha comigo não fazem, e o guarda Muito bem, Valadas, em sentido, e o que mandava, a deslocar-me o queixo com um estalo, Apanha os papelinhos que atiraste fora, Valadas, aprende a não morderes a quem te estende a mão.

Ainda hoje oiço as ondas de Peniche em Tavira, Margarida, as ondas desse inverno, ainda hoje oiço o sino da fábrica de conservas a convocar os operários e a espuma sob as lajes, como me lembro da forma como os presos me anulavam as energias misturando-me barbitúricos na sopa, chamando-me, quando eu estava sozinho, a imitarem a voz do director de Santo Tirso, a voz da Alice, a voz do meu pai, obrigando-me a regressar ao passado a fim de me impedirem o presente, e não apenas os presos mas o que mandava, e os guardas, e o advogado a espalhar páginas sobre a mesa do compartimento das visitas, Hoje acho-o com melhor aspecto, senhor major, talvez possamos trabalhar no processo, e não apenas o advogado mas a minha família, e tu, Margarida, que te escutava a conversar com eles, e eu, que recusava adormecer com medo que me despejassem um carregador no coração, eu concordando Realmente tenho óptimo aspecto, doutor, vocês não me conseguem abater, e ele Antes de começar com as patetices, senhor major, queria pedir-lhe se aceitava confrontar-se com o coronel Gomes e o advogado dele, e eu O coronel Gomes?, e ele Deu ontem entrada na cadeia, o senhor tenente permitiu que nos reuníssemos para falar, e eu, juntando os fragmentos do puzzle O coronel Gomes é quem orienta a cabala, doutor?, e o salva-vidas calado, e o sino calado, e até as vagas caladas contra os muros do forte, e o coronel

Gomes a estender a palma para mim, de calças de sarja, a tiritar num sobretudo velho, Bom dia, Valadas, já não se cumprimentam os amigos?, e eu Cumprimentam sim, meu coronel, o problema é que o meu coronel não é amigo, e o advogado dele Por amor de Deus, senhor major, o senhor coronel Gomes tem grande estima por si, e o coronel Gomes Fui eu quem o avisou de que a Polícia o procurava, e eu Mandou-a a minha casa, diga antes que lhe telefonou e a mandou a minha casa, e o coronel Gomes Eu não estou para insinuações ordinárias, eu não estou para insultos, e o meu advogado Peço-lhe desculpa, senhor coronel, o senhor major não o quis ofender, quase um ano de cadeia deixa os nervos em franja, e o coronel Gomes, mais sereno, Ele que se retrate e eu esqueço este episódio, e o advogado dele para mim O que nos interessa é estabelecermos uma estratégia comum, decidirmos o que se diz e o que não se diz que o delegado do Ministério Público é duro de roer, e eu, No julgamento nem vou dar um pio, e não dei, condenaram o coronel Gomes a onze anos e demitiram-no do Exército, o comodoro Capelo, promovido a almirante, testemunhou, pareceu-me ver a Alice na assistência, numa das filas traseiras, entre a mãe e o marido, mas quando olhei com atenção eram outros espectadores por eles ou os lugares estavam vagos, o juiz adiou a minha sentença a conselho dos médicos, regressámos a Peniche numa furgoneta blindada, e o coronel Gomes, para mim, Onze anos, Valadas, eu não duro onze anos, ao sairmos do tribunal reparei na mulher dele, uma senhora a chorar, e eu Espero que não dure, meu coronel, que adversários de sobra já eu tenho, e ao alcançarmos Peniche trovejava, o céu fendia-se em feridas de relâmpagos que retalhavam a vila, que retalhavam o mar, tornando as sombras fosforescentes antes de se esconderem nas suas pregas de trevas, um barco, quase na linha do horizonte, flutuava sobre nuvens que supuravam lágrimas vermelhas, as casas desmoronavam-se, os armazéns dos pescadores e as traineiras ancoradas escorregavam para o largo, a falésia, amputada, mostrando as vísceras de ardósia, libertava enxames de aves aterradas, e na manhã seguinte o coronel Gomes enforcou-se na cela e quando o vi, antes de o cobrirem com o sobretudo e uma serapilheira de ensacar, não o achei roxo nem de língua de fora, mas de pupilas apagadas numa expressão amável, de modo que pensei Adormeceu, não se enforcou nem meia, adormeceu, e isto apesar do vergão no pescoço e dos ombros torcidos, pensei Adormeceu, fingiu que se enforcou para tentar enganar-me, e então aproximei-me dele, pus-lhe o polegar na testa e estava fria e com manchas cor de vinho na raiz do cabelo, e as botas na extremidade das pernas, Margarida, afiguraram-se-me vazias como os sapatos dos mendigos.

6

Quando o tempo melhorava, Conceição, e íamos ao médico ou saíamos para almoçar, aos domingos, no restaurantezinho da Calçada do Combro, punhas o único vestido que tinhas, aquele que levaste ao morrer, penduravas o meu retrato, num coração de esmalte, ao pescoço, e trocavas os chinelos por um par de sapatos que eu deixara de usar por me apertarem os dedos,

e visto que não laçavas os atacadores caminhavas através da sala como os escafandristas no convés dos barcos, fazendo tombar as solas no sobrado num ruído de chumbo,

e intrigava-me que não houvesse bolhinhas de ar desprendendo-se da tua boca de cada vez que respiravas, nem lulas flutuando à nossa roda entre as cortinas e os móveis.

Já era assim ao conhecer-te, ao deixar a Calçada do Tojal e as minhas irmãs para morar contigo, agradecido por seres a primeira e última mulher que se interessou por mim, que me achou bonito, que me acompanhou, de braço dado, às matinées do Condes, que aceitou dormir comigo numa pensão da Rua dos Doiradores, escalando três andares, sem um protesto, sugando-me as derradeiras energias com beijos que cheiravam a potassa e a refogado, não a cereais, não a pó de limpar pratas, mas a potassa e a refogado,

o cubículo sem janelas da Rua dos Doiradores, a vinte escudos por hora, onde te prometi que sim, que te tirava ao teu patrão, te comprava uma aliança e ia contigo ao Registo, tu que me chamaste até ao fim senhor Valadas como chamavas ao outro senhor Esteves,

tu que cessaste de te deitar com o senhor Esteves desde que a trombose o atacou e se tornou imóvel e sem poder falar, sentado no sofá,

o senhor Esteves que te trouxera de Beja quando enviuvou

(o frio de Beja no inverno, as searas queimadas da geada, o vento a rebolar como um comboio, aos gritos, na planície)

para trabalhares para ele, lhe aqueceres o jantar, lhe limpares o apartamento da Conde de Valbom e ocupares o lado do colchão que a defunta trocara por uma lápide num talhão dos Prazeres,

o senhor Esteves que eu conheci ao escoltar-te a buscar a tua mala ao rés-do-chão que habitavas, com a fotografia da finada num oval de crochet,

o senhor Esteves, de barba por fazer, que não possuía ninguém senão tu, apertando nos punhos a franja da manta,

um homem mais idoso do que eu sou agora, e cujo pescoço eram roscas de pele sumidas no casaco como um cágado se encolhe na sua carapaça,

o senhor Esteves com as metades mal ajustadas da face idênticas a peças de um puzzle encaixadas à força,

e nós a enchermos um baú de açucareiros, de salvas e de colheres de prata, a enchermos um baú de toalhas, de brincos, de colares, de pulseiras, a enchermos um baú de estatuetas de marfim, de terrinas, dos papéis que existiam no cofre, de um retrato teu e dele numa esplanada em Badajoz,

nós a pilharmos-lhe o andar e o senhor Esteves calado, imenso na sua quietude de gesso, desprendendo um relento de chichi, eu a quase tropeçar nele com uma taça nos braços, eu a empurrá-lo enquanto te afagava no sofá, eu a aplicar-lhe uma palmadinha na bochecha ao levantarmo-nos para nos irmos embora,

e ele sem reagir, Conceição, ele de pernas unidas sob a manta, com o bico das pantufas de xadrez a emergirem lá em baixo, ele a emitir um borborigmo que foi o ruído que lhe ouvi ao despedir-me, Obrigado pelo dote, senhor Esteves,

e tu, de pálpebra húmida, Apesar de tudo é boa pessoa, senhor Valadas, não troce, apesar de tudo gosto um bocadinho dele,

mas o dono da loja de penhores em Alverca, um bem falante, não nos ofereceu quase nada por aquilo, São cacos, não se usam, argumentou ele, não há aqui uma prata que não esteja riscada, não há aqui um bibelot que se salve,

e nós, que mesmo o aparelho de rádio do inválido furtáramos, a telefonia que colocavas aos berros na ideia de entreter o viúvo perdido nos seus limbos sem memória, acabámos por conseguir apenas o suficiente para mobilar de trastes este sótão da Rua Ivens onde haverias, Conceição, de morrer, e onde este ano ou para o ano a seguir eu morrerei também, como o senhor Esteves no apartamento da Conde de Valbom, com a fotografia da esposa no oval de crochet,

o senhor Esteves sem colheres, sem açucareiros, sem cristais, sem música, fitando as trevas e a luz com as feições desconjuntadas,

o senhor Esteves que talvez ainda lá more, no meio das consolas de qualquer tio comerciante falecido há séculos,

o senhor Esteves ainda vivo mas sem parentes, sem quem cuide dele, a amanhecer e a entardecer na carapaça de tartaruga do casaco,

o senhor Esteves de quem sinto ciúmes mesmo hoje, ciúmes daquele destroço, daquele cadáver, daquele cágado que te arrancou a Beja

(o frio de Beja, as searas queimadas da geada, o vento a rebolar como um comboio, aos gritos, na planície)

a fim de trabalhares para ele, lhe aqueceres o jantar, lhe limpares e

encerares e aspirares o rés-do-chão, lhe bateres os tapetes, lhe engoma-
res os lençóis, lhe passajares as camisas e ocupares o lado do colchão
que a defunta desertou,

sinto ciúmes que ele te tenha tocado, ciúmes que te abraçasse, te
instalasse ao colo, te corresse a mão, te despisse,

de maneira que se calhava falares dele eu respondia Cala-te, de
maneira que se dizias O que será do senhor Esteves, pobrezinho? eu
perguntava Queres uma bofetada ou quê?, de maneira que quando me
pediste Deixe-me visitá-lo, senhor Valadas, eu preveni Se vais nem um
ossinho se te aproveita agora escolhe,

e nunca mais o mencionaste, e nunca o foste ver, e se sucedia cala-
res-te eu investigava, desconfiado, Andas a matutar no alentejano,
Conceição? e tu, muito depressa, afastando a cadeira da minha, Não,
senhor Valadas, estava a pensar que podíamos ir ao Politeama no
domingo,

e chegados a domingo substituías os chinelos pelos sapatos que
me apertavam os dedos e seguias Chiado adiante, com o meu sorriso
ao peito, para uma sala às escuras onde ao cabo de cinco minutos fun-
gavas no lenço, solidária com as desditas da actriz, soltando a cada respiração uma nuvem de bolhinhas que dançavam um momento para
se evaporarem no feixe da máquina de projectar, provindo de um pos-
tiguinho no topo, a única labareda do Espírito Santo em que acredito.

E quando acabámos de semear meia dúzia de trastes no sótão da
Rua Ivens (uma cama, uma mesa, um fogão, duas cadeiras, um espelho), quando pagámos a renda ao engenheiro que nos alugou a casa a
suspirar de desconfiança, e mudei as minhas peúgas desemparelhadas
para o baú do senhor Esteves, informei Amanhã apresento-te à minha
família, Conceição, e tu Apresenta-me, senhor Valadas? e eu Penteia-
-te, compra um vestido na retrosaria e não fales demais para eu não
ficar mal visto,

e depois de te examinar o carrapito e a toilete telefonei para a Calçada do Tojal e disse à minha irmã Teresinha Almoço aí com a minha

noiva, e ela A tua noiva? e eu A minha noiva, pois então, não posso ter uma noiva, por acaso? e ela, a seguir a um silêncio em que se adivinhava o silêncio dos meus pais e se escutavam os cucos dos relógios, É alguém que eu conheça, Fernando? e eu, a olhar-te o vestido e a pensar Que feio, Não sejas curiosa, mana, não adoras surpresas?

e abri o portão de Benfica recomendando Mastiga de boca fechada e não ponhas os cotovelos na toalha, e era março, lembro-me, porque não chegara ainda o mau tempo e as trovoadas de abril, a raposa cirandava na gaiola e nasciam florinhas na erva do quintal,

(as mesmas de eu criança, Conceição, as mesmas de quando mudámos de Queluz para Benfica, o jardineiro regava os canteiros e o aroma da terra era macio no meu nariz)

e em lugar de meter a chave toquei a campainha e a minha irmã Anita veio abrir, e viu-te, e espantou-se Só esperávamos a criada nova amanhã, entre, entre, a viagem foi boa, não trouxe a sua mala?

e eu surgi de trás do teu ombro e a Anita, a pôr e a tirar os óculos como sempre que se atrapalhava, Ai desculpem, que vergonha, tinha-me esquecido, que cabeça a minha,

e seguimos para a sala de estar com o sol parado nas cortinas e uma mancha de luz no tapete que a raposa estragara, e eu reparava nos quadros, nas mesinhas com jarras e castiçais e cinzeiros,

eu reparava como um estranho na casa onde crescera, nos seus silêncios, nos seus odores, nos seus ecos,

eu escutava os passos da minha irmã Julieta e interrogava-me Quem será? escutava o chiar da cadeira de baloiço e admirava-me O que é isto? escutava os tangos da grafonola e comentava dentro de mim De onde virá a charanga?

e a minha irmã Teresinha veio a enxugar as mãos no avental e eu A Conceição, Teresinha, cumprimenta a tua futura cunhada, e tu sem saberes o que fazer e ela a examinar-te e a abanar a cabeça sem palavras,

e eu, que posso ser estúpido mas não tanto quanto a família me pinta, eu a topar à légua o que a minha irmã pensava e que era Uma sopeira como o nosso pai previu, se a mãe fosse viva não aguentava isto, primeiro a prisão do Jorge e agora o Fernando com uma noiva que podia vender leitões na feira de Viseu, e o filho da minha irmã Julieta desceu as escadas e eu Fala à tua tia, miúdo,

e tu de pernas afastadas no vestíbulo, e a minha irmã Anita, a apontar-te uma cadeira, Não se quer sentar, não lhe apetece uma bebida? e tu Um bagacinho que tenho a língua como a dos papagaios, minha senhora, e a minha irmã Anita, a remexer garrafas, Bagaço não sei se há, vou ver, mas arranjo-lhe um sumo de laranja com gelo, e tu, assentando a pontinha das nádegas num ângulo de cadeira e a procurares-me com os olhos, para que te guiasse no estranho mundo de salamaleques dos ricos, tu perdida num labirinto de fórmulas de educação que te excediam, O sumo de laranja dá-me disenteria, minha senhora, um copo de vinho tinto não têm?

mas lá te entendeste com o garfo, lá te entendeste com o guarda-napo, lá mastigaste de boca fechada e sem os cotovelos na toalha,

respondendo, a chupar os dentes, às frases da minha irmã Anita, Sim minha senhora, Não minha senhora, Ai é minha senhora?

perturbada com o silêncio da minha irmã Teresinha que te media de alto a baixo, perturbada com o silêncio do meu sobrinho, que começava a engordar e a perder cabelo, de nariz no prato, perturbada com as fotografias, os pêndulos e as vénias dos cucos e sobressaltando-te a cada badalada de relógio, desejando que viesse o café para nos irmos embora, e já arrependida de haveres abandonado o senhor Esteves que te trouxera de Beja depois de se entender com o teu padrinho, os dois trancados no barraco longe do centro da cidade, voltado às oliveiras e à extensão dos campos, a fim de trabalhares para ele,

e o teu padrinho Faz o saco, rapariga,

e tu, O saco?

e o senhor Esteves no automóvel, a espalmar-te a mão no joelho, Preciso de alguém para me cuidar da casa, nunca saíste de Beja, Conceição, nunca saíste das searas queimadas da geada, do vento a rebolar como um comboio, aos uivos, na planície?

e tu a encolher a coxa Não senhor,

e nessa noite o senhor Esteves foi ao teu quarto sem acender a luz, cochichando Não tenhas medo, garota, não tenhas medo, ganapa, tira a camisa que não te faço mal,

e estendeu-se sobre mim a tossir e apertou-me o peito e alarguei os braços em cruz e doeu-me e apertei os dentes para não chorar mas não me apetecia chorar apetecia-me voltar para Beja,

e o senhor Esteves, a acender um cigarro, Bravo, gaiata, se souberes de cozinha não te mando embora,

e no Natal desse ano ofereceu-me um anel que só me serviu depois de lhe enrolar uma linha e mudou-me para a cama dele, De hoje em diante dormes aqui, de hoje em diante o teu lugar é este,

e eu habituei-me ao ressonar do velho, habituei-me ao tabaco, habituei-me a ouvi-lo falar durante o sono, habituei-me à campainha do despertador que me furava as orelhas como um arame a arder,

o senhor Esteves, que não possuía amigos nem parentes, nunca recebia ninguém, nunca conversava com ninguém, nunca lia o jornal, colocava o ponteiro da telefonia na estação da ópera e explicava-me É Verdi, Conceição, repara,

mas para mim eram berros, para mim eram uma mulher e um cavalheiro a ralharem um com o outro, como a minha madrinha e o meu padrinho no barraco de Beja,

e uma quinta-feira pôs a telefonia mais alto que o costume, A Tosca, Conceição, olha-me este tenor, tão alto que o vizinho da cave, um médico da pele, desatou a bater no tecto com um pau, e eu assustei-me com a fúria do doutor e quis diminuir o som e ao aproximar-me do rádio dei com o senhor Esteves a tremer, a amontoar-se no soalho, a babar-se,

– Deu-lhe o tranglomanglo, disse o médico da pele a aplicar-lhe marteladinhas nas juntas, ainda com a vassoira com que batera no tecto no sovaco, pelo menos da ópera estou safo, e o meu patrão a querer comunicar qualquer coisa, e eu a colar a minha cara à dele, eu a sacudir-lhe a lapela O que foi, senhor Esteves?

e ele A Tosca, Conceição, que maravilha de música, e onze meses depois conheci o senhor Valadas no restaurante e gostei da papada dele, não era tão bonito como o médico da pele, o que detestava Verdi, mas a sua solidão, sempre sem ninguém à mesa, enterneceu-me,

e a minha irmã Teresinha, que não parava de te olhar e de abanar a cabeça como se lhe tivesse sucedido a pior desgraça do mundo, Quando é o casamento, Fernando?

e a minha irmã Anita para ti, a levantar os pratos, Quando é o casamento, dona Conceição?

e tu, depositando um caroço de azeitona na faca, O senhor Valadas é que conhece a data, o senhor Valadas é que tratou de tudo porque eu não sei ler,

de modo que à tarde lhe punha ópera na telefonia para o distrair e mal girava o botão a mulher e o cavalheiro saltavam lá de dentro aos urros, e o senhor Esteves impassível, e o médico da pele a dar com a vassoira no tecto, e só o meu sobrinho não comentou nada, a descascar uma pêra de nariz no prato, sem sequer parecer ouvir a grafonola da minha irmã Julieta, a grafonola da mãe dele, a espirrar tangos no sótão, e já na rua perguntaste-me Fui bem, senhor Valadas? e eu Lindamente, Conceição,

a lembrar-me da minha irmã Teresinha, que acabado o almoço não se despediu sequer, refugiada na cozinha a puxar o lenço da manga e a repetir Ai se o pai sonhasse com isto, Santo António,

a pensar na minha irmã Anita a estender-te a mão, a suspendê-la, a retirá-la, a desenhar um aceno difícil, Muito gosto,

de forma que não adivinhava se ele continuava a apreciar ópera ou não, tão quietinho no sofá, a cheirar tanto a urina, o senhor Esteves que nasceu em Beja e não tinha filhos, nem primos, nem um amigo ou colega do emprego que se interessasse pela sua vida, a minha madrinha escrevia-me pela Páscoa, mandava-me um chouriço, e a porteira lia-me as cartas Todos temos a nossa cruz, rapariga,

a pensar no meu sobrinho que se foi embora a correr Boa tarde, atrasado para o trabalho na Secretaria de Estado, o meu sobrinho quase tão estúpido como eu, quase tão sem vontade como eu,

a pensar na fúria dos mortos, a pensar na raiva inútil dos mortos,

e no sábado tomei o eléctrico e fui à Calçada do Tojal buscar os meus três fatos, o de riscas, o azul e o castanho, com uma nódoa incompreensível, que a lavandaria recusava, no colete, os meus pulôveres, o estojo das navalhas da barba e o assentador de cabedal, lustroso de tão gasto, de que me esquecera,

e as florinhas da relva cresciam sob o sol, havia folhas recentes nos arbustos, sob o sol, a rampa de cascalho faiscava, cor de leite, ao sol, o algeroz trepava ao longo da parede, verde, ao sol, dois limpa-chaminés gatinhavam no telhado e a raposa latia na gaiola,

e atravessei o pórtico com uma gravura com Pilatos, na varanda do templo, a condenar Jesus perante uma multidão de túnicas, e no limiar da sala verifiquei que tinham retirado os meus retratos da parede e das cómodas, e naqueles em que figurava com os meus irmãos e os meus pais haviam coberto a minha cara com rodelas de papel de seda, de modo que eu só era eu, Conceição, até à altura do peito, como essas silhuetas a guache nos telões dos fotógrafos, e a quem emprestamos, salvo seja, a cabeça,

quer dizer, estava tudo na mesma excepto que a minha pessoa cessara de existir para elas, e a minha irmã Teresinha veio com uma lata de feijão encarnado, que tinha escrito Arroz por fora e disse Vai-te embora, Fernando, que não te queremos cá, e eu, atacado pelos soluços dos cucos, Esta casa é tão minha como tua, quem é que me tapou nas molduras?, e ela Ofendeste a memória dos nossos pais, ofendeste a família, és um insensível, Fernando, vai-te embora depressa, o pai sempre teve razão a teu respeito, e eu Estava a pensar convidar-te para levares as alianças, a Conceição faz finca-pé quanto a isso, e ela Vai-te embora Fernando, se o Jorge aqui estivesse corria-te à estalada, e eu O Jorge já não corre com ninguém à estalada, o Jorge suicidou-se em Tavira, maninha, e a minha irmã Julieta parou a cadeira e principiou a gritar no sótão,

e subi ao meu quarto, e arrebanhei os fatos e os pulôveres e o estojo das navalhas e o assentador de cabedal, o morro de Monsanto brilhava na janela com os mastros de electricidade e o edifício da cadeia no topo, e eu pensei sem tristeza É a última vez que vejo isto na vida, tenho sessenta e um anos e é a última vez que vejo isto na vida, até que o médico da pele se queixou à polícia e daí em diante eu pus o som do rádio mais fraco, e a minha irmã Teresinha Não fales no Jorge, não te atrevas a falar no Jorge,

o Jorge que se suicidou no mar, em Tavira, que fugiu da prisão para se suicidar no mar segundo o comandante do quartel nos disse, encontraram o corpo preso numa arriba e inchado da água, e trouxemo-lo para Lisboa num caixão de chumbo, a suarmos na carreta no meio dos malmequeres, o Jorge,

os limpa-chaminés recolhiam escovões amparando-se às empenas do telhado,

e a minha irmã Anita Se o Jorge cá estivesse não te casavas, Fernando, e eu, de mala na mão, Mando-vos as participações e vocês aparecem se quiserem,

mas aparecemos apenas tu e eu, Conceição, a senhora da Conservatória e o empregado da capelista a servir de testemunha, de maneira que não tornei à Calçada do Tojal e não sei o que é feito da minha irmã Teresinha, da minha irmã Anita, da minha irmã Julieta, do meu sobrinho,

e o copo d'água foi lancharmos uma imperial e um cachorro ao balcão de uma leitaria do Camões, onde os queques e os rissóis se cobriam de moscas como as que te friccionavam as patas nas bochechas quando morreste e deixaste de escutar o vento de Beja a rebolar como um comboio, aos gritos, na planície, e eu e o senhor Esteves cada qual na sua ponta da cidade, igualmente imóveis, igualmente ido-sos, igualmente calados, igualmente sem música, ele à tua espera, Conceição, e eu à espera do meu sobrinho que não chegará nunca,

e ao terminarmos a imperial e o cachorro na leitaria dos queques, dos rissóis e das varejeiras, tu com o vestido da retrosaria e eu com o fato das riscas, limpámos a mostarda dos dedos e alcançámos à noiti-nha o sótão da Rua Ivens, quatro lanços de escadas que protestavam sob as solas,

e parávamos em cada patamar para acalmar o sangue e a respira-ção que nos fugia, como talvez o Jorge tenha parado à beira da água antes de avançar mar dentro, Que mal fiz eu a Deus para ter um irmão tão estúpido, um irmão que casou com uma sopeira, senhores?

e ao chegar lá acima olhei os trastes que compráramos e os teus chinelos sob a cama, e pensei em voltar atrás, em regressar à Calçada do Tojal, e às minhas irmãs, e à raposa, e aos tangos, e aos feriados na pastelaria a sorrir às damas loiras que cochichavam umas com as outras indiferentes a mim, e tu, preocupada com o meu silêncio, Sente--se mal, senhor Valadas?

sacudi-o pelo cachaço como fiz ao senhor Esteves, durante a ópera da telefonia, com receio que lhe desse um ataque, com receio de ter outro patrão a babar-se, sentado no sofá, com um cobertor nas pernas,

e eu longe de Beja, longe do frio de Beja no inverno, longe das searas queimadas da geada, longe do vento a rebolar como um com-boio, aos gritos, na planície, a cuidar dele, a alimentá-lo, a limpar-lhe fezes, a vesti-lo e a despi-lo, a deitá-lo na cama,

– Sente-se mal, senhor Valadas?

e eu, com saudades de Benfica, Não é nada, Conceição, não faças caso, são os degraus que me custam a galgar,

e tu, aliviada, Safa, senhor Valadas, que me pregou um susto,

e eu a espiar pela janela a noite de Lisboa como quando, em criança, despertava antes da manhã, chegava ao parapeito, e me assus-tava com as árvores que cresciam a caminho do céu.

7

Quando, depois de me prenderem, me meteram pela primeira vez na ambulância e perguntei onde íamos, responderam-me Isto é a viagem à China, rapaz, demora-se uma porção de tempo a chegar, e desde então naveguei de um lado para o outro até ancorar em Tavira, no quartel junto ao mar onde não vejo o mar, onde oiço as ondas e não vejo as ondas, onde oiço os pássaros e não vejo os pássaros, de forma que compreendi que me mentiram, que não estou em Tavira, que não estou num quartel, que não estou no Algarve, que atravessaram comigo, sem que eu desse por isso, uma porção de países e de rios, uma porção de continentes, e me largaram aqui, não em Portugal mas perto da fronteira com a China, num País semelhante aos pratos orientais da minha avó, com mulheres de leque, pagodes parecidos com quiosques de jornais, e arbustos debruçados para lagos de íbis que pontes delicadas como sobrancelhas unem de margem a margem numa expressão de surpresa. Compreendi que não habito uma prisão mas uma terrina de loiça, guardada no armário entre colheres de porcelana com dragões que espetavam a língua ao comprido do cabo. A minha irmã Anita pasmava para os mandarins que sorriam nas chávenas, a minha irmã Maria Teresa arreceava-se dos budas de terracota adejando o pescoço para trás e para a frente, e escutávamos a bengala da criada velha, arrastando-se, como um gondoleiro, pelo corredor fora, para nos proibir de mexermos nos bules e nos pires, decorados por amendoeiras anãs, em que se enrolavam cobras providas de asas como anjos de missal.

Compreendi que me deixaram de propósito na fronteira da China para que eu a cruze sozinho como à noite, em criança, pesado de chichi, cruzava os quartos às escuras a caminho da retrete, atormentado por uma conspiração de sombras e de ruídos minúsculos (sussurros de móveis, suspiros de relógios, o galope dos ratos no forro das paredes, a respiração do frigorífico a mudar de posição no seu sono). Compreendi que uma manhã qualquer me ordenariam Vai, e eu sairia do que chamam quartel para o que chamam Tavira, ouvindo as ondas sem ver as ondas, ouvindo as gaivotas sem ver as gaivotas, ouvindo as vozes das pessoas sem atentar nelas, a caminho das silhuetas dos pratos, que me esperavam em silêncio nas paisagens de loiça, como os defuntos nos aguardam por detrás de uma porta derradeira que só tarde demais entendemos que é a derradeira por se fechar sobre nós como a tampa de um túmulo.

E então parei de ter receio de que me perseguissem dado que só eu me poderia perseguir, de ter receio de que me espiassem dado que só eu me poderia espiar, de ter receio de que me matassem dado que só eu me poderia matar, e aceitei a comida deles, e a água deles, e o copo de vinho dos domingos deles, e as visitas do que fingia de comandante deles a fingir que se preocupava comigo, Anda com mais apetite, nosso major? e eu, como se não soubesse de nada, Estou óptimo, meu tenente-coronel, e ele Já lhe passaram aquelas ideias dos miolos? e eu Completamente, meu tenente-coronel, e ele, a rodar a maçaneta, Sente-se, sente-se, Valadas, esteja à vontade, folgo em vê-lo melhor, e eu, colocando o guardanapo ao pescoço e encetando a sopa, enquanto o clarim tocava a oficiais, Agradecido pelo interesse, meu tenente-coronel, é servido? e ele, já na parada, Bom proveito, Valadas, se continuar assim telefono à sua família a comunicar que lhe podem falar, e nessa tarde, Margarida, consentiram que me passeasse no meio das casernas até à hora do rancho, construções de tijolo que imitavam casernas com homens, que imitavam soldados, a manejarem espingardas, e um falso capitão pagou-me um uísque na messc, onde falsos tenentes e alferes jogavam às cartas ou giravam em torno de uma mesa de bilhar.

As ondas, essas, só na semana seguinte me achei diante delas, das ondas, dos navios, dos pescadores a bordarem as redes, só na semana seguinte desci cidade abaixo, a caminho da China, e encontrei o mar, quando o que fingia de comandante me alcançou perto dos balneários dos sargentos, extraiu uma caixa do bolso e me ofereceu Um cigarro, Valadas? e ao acender o fósforo na concha das mãos me preveniu, comigo inclinado para a tremura da chama, Escrevi às suas irmãs a contar-lhes de si, espero que apanhem o comboio do Algarve ao receberem a carta, e eu pensei Julieta, e ele O quê, nosso major? e eu pensei Tirarão a Julieta do sótão, arrancá-la-ão aos tangos para a trazerem aqui? e ele Pareceu-me que você disse qualquer coisa, Valadas, e eu, a aspirar o fumo e a entender que me ordenava Vai, Fico-lhe obrigado por se ter lembrado delas, meu tenente-coronel, fui sempre muito agarrado à família, e o comandante, a fechar a caixa, Eu não sou carcereiro, Valadas, sou militar, a política não me interessa nem isto, e eu pensei Trazem a Julieta para exporem a nossa vergonha aos olhos de todos, trazem a Julieta para me humilharem com a minha impotência, para nos humilharem com a impotência do meu pai, para troçarem de nós, Não são homens, não são homens, nem sequer homens são, que desgraça, a Julieta, que nunca saiu da Calçada do Tojal, a bramar, cingida à grafonola, na estação do Barreiro, e o comandante Não aprovo que você conspirasse, Valadas, mas o caso é que uma unidade, pelo menos enquanto eu cá estiver, não é uma masmorra, e a minha irmã Maria Teresa Cala-te Julieta, e a minha irmã Anita E se voltássemos para Benfica, maninha?, e a minha irmã Maria Teresa

Se nos escrevem para vermos o Jorge vamos ver o Jorge, e a minha irmã Julieta Não não não não não, e os bagageiros a mirarem três criaturas perdidas à beira da linha dos comboios, uma de gramofone ao colo e as outras duas tentando puxar-lhe a campânula das mãos e então, mal o comandante se afastou, zangado com o ordenança que não regava os canteiros para namorar as criadas da cidade, impedi as minhas irmãs de abandonarem Benfica ao dirigir-me, sem acelerar o passo, à porta de armas do quartel, caminhando para a cidade ao mesmo tempo que a sentinela se aprumava em movimentos sacudidos de boneco mecânico.

O que os sujeitos disfarçados de tropas designavam por Tavira aparentava-se a Tavira sem ser de facto Tavira: o mesmo sol, a mesma disposição das ruas e das casas, os mesmos edifícios antigos e o largo e a ponte romana de que eu gostava tanto, as mesmas esplanadas com os mesmos viúvos sentados nas mesmas cadeiras diante dos mesmos capilés intactos, os mesmos cães, o mesmo odor de pescado, as mesmas gaivotas, e inclusive a mesma pensãozinha por cima da garagem, Residencial Rabat, lembras-te? quartos ao longo de um corredor caiado, o chuveiro ao fundo, nós os dois, a seguir ao almoço, a somarmos as melgas do tecto que à noite, mal apagássemos a luz, haveriam de nos roncar aeroplanos nas orelhas, e tu Amanhã a primeira coisa que faço é comprar uma bomba insecticida, e eu, a ligar o candeeiro e a espalmar a mão na minha própria cara, Vou pôr o fato de banho e dormir para a praia que não aguento mais estes bichos.

Não era Tavira porque a empregada da pensão era outra, a lavar a tijoleira com um esfregão e um balde, e não era Tavira porque a drogaria onde comprámos a bomba para as melgas dera lugar a uma loja de vestidos de noiva com manequins na montra, enfarpelados de cetim, com gazes no toitiço, noivos de jaquetão e luvas petrificados em abraços que não completariam nunca. Recordo-me que ao chegar de Santo Tirso, antes de entrar na Escola do Exército, assisti uma ocasião à chegada desses bonecos, ainda sem roupa, a um estabelecimento de moda, transportados por empregados que os retiravam de uma camioneta no passeio, na qual se amontoavam como um pelotão desprovido de sexo, recordo-me do seu aspecto de extraterrestres andróginos, colocados por aqui e por ali, nas avenidas de Lisboa, no intuito de espiarem os ingénuos como eu com os seus sorrisos tenebrosos. E todavia só tarde demais entendi que era a mim que vigiavam ao encontrar no alfaiate um casaco que encomendara, coberto de traços a giz, envergado por um manequim de tripé decepado de membros e pescoço.

Não era Tavira, e o facto de os manequins me haverem seguido (mas como, mas utilizando que meio, mas obedecendo a quem?) até à fronteira com a China, fez-me entrar na loja dos vestidos de noiva em busca de pistas que me elucidassem acerca das intenções das criaturas da montra, que permaneciam viradas para a rua numa indiferença simulada, oferecendo as toucas de renda ao cartório de notário da travessa, visitado por formigas de rolo de papel almaço em busca de uma bênção de carimbos, e dei com dezenas de bochechas lustrosas que me contemplavam numa simpatia enganadora, munidas de nardos de feltro que saturavam o compartimento de corolas postiças. Estátuas de fraque dir-se-iam prestes a levantar voo nos sapatos de verniz, damas de honor de madeixas de estopa afogavam-se nas farripas, padrinhos de calças de fantasia presidiam a grupos de smokings inclinados em posturas diversas e que recuavam para lá do balcão, protegendo-se e defendendo-se, no sentido de uma porta que anunciava Escritório, além da qual se adivinhavam mais bochechas lustrosas, mais nardos, mais cetins crescendo, da cave da loja, num fragor de marchas nupciais. Abandonei o estabelecimento a correr na altura em que um manequim inquiria Em que posso servi-lo, senhor oficial? e trotei por ruelas e becos para desembocar no largo junto à ponte romana e do largo prossegui, na direcção do mar, pelo trajecto que fazíamos à noite para fugir às melgas da Residencial Rabat que sibilavam no escuro, ambos estendidos na areia de agosto, a contarmos estrelas que se confundiam com as candeias dos barcos, como se nos encontrássemos entre dois céus paralelos, com morcegos a agitarem-se por baixo e por cima de nós, e Tavira a escorregar para África com as suas esplanadas e os seus viúvos diante dos capilés intactos.

Do largo de Tavira que não era Tavira visto que os manequins me vigiavam, e se os manequins me vigiavam era a fronteira da China, cheguei à praia, Margarida, não a que tu conheceste mas uma praia exactamente igual e no entanto diversa, com menos gaivotas e com o mar mais claro, onde os pescadores fiavam as redes num vagar de lagartas, e lá estavam os cães, vindos das serras do interior do Algarve, a cheirarem a figo e a limão, chamados pelo odor da lota, lá estava o cego de outrora no seu banquinho de lona, contemplando a espuma com os óculos de mica, lá estavam as vagas de junho idênticas a gran-des guelras pausadas, e a China, igual aos pratos e às terrinas da minha avó, logo a seguir ao mar, a China guardada pela criada velha, de ben-gala, arrastando-se como um gondoleiro pelo corredor fora, que fecha-va à chave, no armário da sala, os dragões, as cobras e os budas de terracota adejando que sim, a minha irmã Anita pasmava para os mandarins que sorriam nas chávenas, o Fernando segurou numa colher de porcelana e a criada, furiosa, Largue já isso, Fernandinho, a China que se demorava uma porção de meses a alcançar e as flores estranhas e as sobrancelhas das pontes, e ao voltarmos para casa per-guntei à minha mãe É muito longe, a China? e a minha irmã Maria Teresa, que usava tranças nesse tempo, É em casa da avó, viemos de lá agora mesmo, de maneira que o Oriente, Margarida, ficava num segundo andar da Rua Braancamp e eram saletas e saletas, com camas trabalhadas, pianos verticais e maples cobertos por lençóis, e a minha avó, minúscula numa poltrona imensa, a dar-nos caramelos com recheio de anis, até que com a sua morte venderam a China ao Con-sulado do Peru e a Rua Braancamp se transferiu para a América sem mudar de lugar, com diplomatas de poncho a tocarem guitarra no fundo das terrinas. A China não é em parte alguma, decidiu o meu pai a guiar o automóvel de regresso a casa, a China não existe, e eu, de queixo no assento da frente, confuso por ter acabado de vê-la nas prateleiras do armário, Então e os pagodes, então e as senhoras de leque? e o meu irmão Fernando, que muitos anos depois viria a casar-se com uma sopeira horrível, Existe sim, papá, até lhe quebrei um pires, Vou queixar-me à sua avó, ameaçou a criada da bengala num balido trémulo, vou queixar-me à sua avó que anda a partir-lhe o serviço, e a minha avó para mim, no fundo da poltrona, Tu és o Fernando ou o Jorge, menino? e eu, ofendido por me confundirem com aquele pateta, Sou o Jorge, avozinha, e ela Bem me queria parecer, sempre tens as unhas mais limpas, e a minha irmã Maria Teresa, que não reparara que a velha dormia, O Fernando deu-lhe cabo de um pratinho, avó, Então agora que quebraste um pires, disse o meu pai a ultrapassar um eléctrico, é que a China não existe mesmo, e a minha mãe Ó Álvaro, e o meu irmão Fernando Existe sim senhor que ainda lá ficou uma pilha, e o meu pai para a minha mãe, a buzinar contra os vagares de uma carroça, Ó Álvaro o quê? e a minha irmã Maria Teresa O Fernando deu-lhe cabo de um pratinho, avó, e ela nada, e a minha mãe para o meu pai Se lhe achas graça e o entusiasmas o miúdo desata a escacar tudo, e a minha irmã Maria Teresa, aos berros, Avó, está a ouvir, avó, o Fernando deu-lhe cabo de um pratinho, E se escacar o que tem? respondeu o meu pai, a insultar a carroça, eu não quero aquela bodega para nada, e a minha avó não se mexia, não falava, roncava de boca aberta com a dentadura a descolar-se, e eu, assustado, Avó, o que lhe aconteceu, avó? e o meu pai para a minha mãe Tu não compreendes o que te vou dizer mas desde criança que tenho o sonho de desfazer o armário à paulada, e a minha mãe Bravo, Álvaro, bravo, lindo exemplo que estás a dar aos teus filhos, e eu imaginei o meu pai de calções, vestido à maruja como eu nessa época, a rebentar as porcelanas com uma vara, e vai daí ao entrarmos no segundo andar da Rua Braancamp atirei logo um pote ao chão e o meu tio Eduardo deu-me um estalo, e a minha mãe Era isto que tu querias, Álvaro? e o meu pai para o meu tio Se voltas a bater no Jorge prego-te uma sova, e a minha avó, com um punhado de caramelos na mão, Alguém pediu mais rebuçados, meninos? e o meu tio, que não era militar, era advogado, Experimenta, e o meu pai Ai experimento, experimento, larga--me Madalena, e a minha irmã Anita, agarrando-se-lhe às calças, Pai pai pai pai pai pai pai, e o meu pai Mostra lá essa valentia, mostra lá essa coragem, e o meu tio Eduardo, a inchar para ele, Mostro pois, é já, julgas que tenho medo de ti? e havia um retrato antigo, cor de tintura para os arranhões, onde figuravam os dois a segurarem uma bicicleta sem pneus, e o meu tio José, que era solteiro e trabalhava numa companhia de navegação, surgiu de repente Venham depressa que deu uma pataleta à mãe, e alcançámos o quarto no instante em que a mão da minha avó se abria e lhe tombava dos dedos uma chuva de caramelos com recheio de anis.

Deviam ser dez ou onze horas da manhã quando cheguei à praia na fronteira com a China, o cego, de boné de pala no seu banquinho de lona, rodou as lentes de mica para mim, e não era o cego de outrora, Margarida, porque este, apesar da semelhança das feições, era mais magro e possuía uma cara lavrada de reentrâncias e de pregas como um penedo erodido, não era o mesmo cego, era uma criatura gasta pelo vento e pelas ondas para trás e para a frente como guelras pausadas, um cego descalço, de tornozelos de gaivota, que me observou numa severidade de estátua, que rosnou Uma esmolinha, vizinho, o cego e os cães que cheiravam a figo e a limão, vindos das serras do Algarve chamados pelo odor da lota, os pescadores que fiavam as redes num vagar de lagartas, barcos de quilha para cima a aguardarem a noite e eu a aguardar a noite com eles, acocorado num caixote, para seguir, mar fora, a caminho da China.

Ao poente o clarim do quartel tocou para o rancho e eu pensei Tenho fome. Pensei Talvez me fizesse bem comer antes de atravessar a fronteira, mas pensei Não tem importância, é uma questão de minutos, como do outro lado assim que lá chegar. Já não havia pescadores, já não havia gaivotas, abrigadas sob o arco da ponte, apenas o cego, os cães a ladrarem, saudosos das tripas dos polvos, e os candeeiros acesos de Tavira (mas não era Tavira, posso jurar-te que era uma cidade inventada) cavavam as fachadas como, ao aproximarmos uma labareda de petróleo de um rosto, nos apercebemos das suas cordilheiras, dos seus vales, dos rios das artérias, dos poros que se abrem e fecham, da disposição dos pêlos. Apenas os cães, o cego e eu, a lua despontando do mar e o ruído das vagas, até que o negrume engoliu o cego e os cães, e ao deixar de ver o caixote em que me acocorava levantei-me, compus o dólman e caminhei para as ondas. Ainda hesitei em descalçar os sapatos que me dificultavam a marcha sobre a água, mas não se me afigurou sensato desembarcar em peúgas num País desconhecido: suponho que concordas, Margarida, que os meus pais não haveriam de gostar.

Livro quarto
A vida contigo

1

Não gosto de morar em Alcântara por ser longe do Liceu: dois autocarros mais o tempo que se espera entre eles faz uma hora no mínimo. E à tarde torna-se pior ainda, mesmo quando não chove, com as pessoas que voltam dos empregos a empurrarem-se nas paragens. Depois não existe um cinema: só casas e cervejarias e oficinas e vagabundos nos armazéns desertos. Nenhum cinema, nenhum café, nenhum snooker para nos entretermos, nada. É o fim do mundo, isto: miséria e muros aos pedaços. Talvez que não devêssemos ter saído de Lourenço Marques: a minha mãe vivia com o pai dela numa ilha com macacos e coqueiros na praia, de modo que se estou aborrecida imagino os macacos sentados na areia, a fitarem o mar. No Jardim Zoológico os macacos não fitam o mar: fitam-nos a nós numa tristeza dorida como faz o que dorme comigo, a mendigar o amendoim de um beijo. Quando nos juntamos à mesa os dedinhos dele extraem as espinhas do peixe na delicadeza com que os mandris catam os filhos, e a seguir ao jantar cruza a faca e o garfo no prato e desaparece no quintal das traseiras para chorar sem ruído como os bichos. Não o vejo e sinto-o ali, no banco de pedra, a suar lágrimas debaixo da nogueira. Ou a rir-se. Ou a escutar os comboios em baixo, perto do rio, e o farol que muge no nevoeiro. Na altura em que nos conhecemos contou-me que em pequeno ouvia o farol mugir o dia inteiro a gritar por socorro, um feixe varria sem cessar o quarto a procurá-lo, e ele encolhia-se na cama com medo que a luz o descobrisse e o levasse. Então a madrinha morreu-lhe, trouxeram-no para Lisboa e o farol calou-se.

A nossa vivenda da Quinta do Jacinto tem o meu quarto, o quarto da minha tia e o quarto do meu pai, a cozinha, a sala da televisão e a mesa de comer. As mãos lavam-se no telheiro com um espelho, as escovas de dentes e uma bacia para os banhos. Odeio aquele espelho porque a minha cara não sorri no estanho, como os retratos das fotomatons contraídos numa expressão que me assusta. Eu de boca a transbordar Colgate e o meu rosto a examinar-me: não a julgar-me, não a condenar-me, a examinar-me apenas, esperando que eu murche para tingir a sua idade como os plátanos esperam o vento de outubro para se assemelharem a si próprios, reduzidos ao azebre dos membros.

A vivenda da Quinta do Jacinto fica na Rua Oito, onde se alcança o Tejo e para além do Tejo os barcos e a ponte de maneira que se o meu pai não acender o televisor, os vizinhos de cima se calarem e nenhuma caçarola rechinar no fogão, o búzio da ponte estremece a lâmpada do tecto e as locomotivas respondem com os seus gritos de pressa. Como prefiro o silêncio mudava-me para uma zona de Lisboa onde houvesse cinemas, pastelarias e snookers em lugar do rio, e o que dorme comigo não dispusesse de um banco amparado à nogueira. Para Alvalade, por exemplo, como os meus primos que não nasceram em África nem se preocupam em furar o soalho para voar sob a terra, os meus primos que tratam a minha tia e o meu pai por tu e que o meu pai e a minha tia tratam por meninos sem se atreverem a sentar-se, Alvalade ou Campo de Ourique onde a avó da Laura habita, ao lado do teatro, e se podem espiar da janela os artistas a entrarem à hora dos ensaios. Mas moramos aqui por falta de dinheiro para um apartamento em que não chova no inverno, batendo o queixo em dezembro e janeiro, quando a rampa da Quinta se transforma num atoleiro e os cachorros não galopam pelas ruas, moramos aqui a torrar em agosto e a demorar séculos de Alcântara para o Liceu e do Liceu para Alcântara, séculos e séculos no trânsito da manhã, no trânsito da tarde. Moramos aqui, e antes de o que dorme comigo satisfazer o aluguer e a mercearia e o talho, havia meses em que não pagávamos a electricidade e o meu pai acendia a lanterna do capacete e declarava Até parece que voltámos a Joanesburgo, pequenas, passem-me a picareta que me cheira que há oiro nas paredes, e a minha tia Não há oiro nenhum, Domingos, pára quietinho que o senhorio despeja-nos, e o meu pai, a estimular-se com um trago de cerveja, Ai não que não há, Orquídea, ai não que não há, olha as vagonetas de minério a aproximarem-se da gente, e eu, preocupada que ele rebentasse um dos tabiques, Não são vagonetas de minério, é o comboio de Cascais, o trovão do comboio crescia, rebentava e afastava-se e o meu pai, desiludido, a poisar a picareta e a sentar-se na cadeira onde gastava os dias, Os malandros dos pretos foram-se embora e nem repararam em nós, amanhã de manhã dou parte ao capataz. A minha tia, esquecida da doença dos rins, pedia emprestado a uma vizinha para o recibo da luz, e o meu pai, danado por os interruptores funcionarem, afundava-se na cadeira a garantir Da próxima ocasião em que descermos no elevador apareço-vos com um carrinho de mão atulhado de areia e de pedras e ficamos ricos. E foi por essa época que conheci o que dorme comigo na pastelaria à esquina do Liceu.

Para ser sincera de início nem reparei nele, foi a Laura que me cutucou, mal descobrimos uma mesa livre, Anda acolá um velho que se apaixonou por ti, e a Ana e eu começámos a rir porque à força de espiar os artistas de teatro os dramas lhe subiram à cabeça e a Laura inventava paixões por toda a parte quando o que de facto os rapazes querem é roçarem-se por nós, palparem-nos o peito e adeusinho, dado que depois de saberem que eu era diabética e não podia beber batidos nem mastigar pastilha elástica por causa do açúcar do sangue deixavam de me cumprimentar e me evitavam, e eu a perceber o receio deles de que a minha doença se pegasse como dizem que a minha mãe ma pegou, ela que também tomava injecções de insulina, ela que não conheci e ignoro se está viva ou morta em Moçambique, ela que se recusou a regressar de barco a Portugal, e eu não a censuro por isso visto que se possuísse uma ilha com macacos e coqueiros na praia e soubesse da Quinta do Jacinto faria o mesmo de certeza. Não existe pior sítio do mundo para se morar.

Não liguei à Laura e às excitações dela, mas recordo-me que chovia, as pessoas sacudiam os guarda-chuvas como os patos ao saírem da água, e nisto a Ana puxou-me pela manga Não olhes que o velho largou o balcão e vem direito a nós, e a Laura Vocês não acreditaram em mim, eu bem dizia, e eu Se calhar é avô de uma da turma, desencontrou-se com a neta e vem perguntar por ela, e senti o peso de uma sombra sobre mim, senti um sorriso a procurar-me, escutei uma vozita inquirir Dão-me licença?, a Laura e a Ana afastaram-se, perdidas de riso, para o lado, um chá de limão deslizou no sentido da minha água mineral

(o médico proibiu-me os sumos, a Coca Cola, o leite com chocolate, os iogurtes)

e um sujeito calvo e baixinho e feio, da idade do meu pai, surgiu aos piparotes a um pacotinho de açúcar e a dizer Desculpem incomodar, julguei que não se ralassem de conversar comigo, as senhoras da mesa próxima olharam para ele, escandalizadas, dois fulanos que liam o jornal apontaram-no num trejeito de piedade, e ele, sem se dar conta do ridículo, a entornar o açúcar fora da chávena, com os grãozinhos pegajosos a brilharem na mesa, ele a pedir perdão, a retirar o lenço do bolso, Não me levem a mal mas quando me constipo dá-me sempre vontade de falar com alguém, e a Ana E constipa-se todas as semanas, não? e uma das senhoras Há cada tarado francamente, e ele Por acaso não e ainda bem porque padeço dos brônquios, é a segunda carraspana deste inverno, e embora fossem só quatro horas o gerente do snack-bar ligou os tubos do tecto, nos quais o flúor aumentava antes de se fixar num jorro que despia de pele as feições e os gestos, e o velho, a mexer o chá de limão com a colherinha Autoriza-me que a acompanhe a casa? a menina mora em Alcântara não é? e a Laura Apaixonou-se, coitado, e a Ana Aceita que pode ser que ele tenha carro, e eu Acompanhar-me a casa? e o velho É um pretexto para passear em Lisboa, um pretexto para ver os comboios e o rio, gosto imenso do Tejo, e a senhora da mesa próxima Ai que gana de pintar a cara de preto, se eu não fosse mulher já lhe tinha dado um estalo, e um dos do jornal Faz a vontade ao xexé, miúda, e a Laura Aceita minha parva que pode ser que ele tenha carro, e o empregado, a observar o fato e os modos do que dorme comigo, Este cavalheiro está a aborrecê-las? e a Laura O que a gente se vai rir a contar isto no Liceu, e eu Não, não está a aborrecer, é um amigo do meu pai, trabalharam na África do Sul, a água das Pedras quanto é?

Ao chegarmos a Alcântara continuava a chover, uma chuva parda como os armazéns e as garagens e os muros da Avenida de Ceuta, e o baldio onde os ciganos ancoram as rulotes, cravando na lama as tendas remendadas, e eu pensei Aposto que já chove lá em casa, aposto que há mais de dez panelas com água a tocar tambor no alumínio, a minha tia a trotar com um balde e um esfregão, e o meu pai, de garrafinha de cerveja ao colo e capacete na cabeça, a garantir Isto não é nada comparado com Joanesburgo, isto nem é chuva, é cacimba, não há relâmpagos, não há trovões, um dia, ao desembarcar cá em cima no elevador da mina, o bairro operário tinha desaparecido com o temporal, sobrava uma parede aqui, uma parede ali, e as pretas defronte da mobília naufragada, e a minha tia Não é Joanesburgo, é Lisboa, o que me interessa a mim Joanesburgo, Domingos, e ao saltarmos do autocarro não se via o Tejo, não se viam canoas, o que dorme comigo convidou-me para um chá de limão na cervejaria da rotunda, em que os camionistas que partiam a atravessar o Alentejo ganhavam coragem para os sobreiros depenando bitoques e cálices de vinho, e como não me apetecia ajudar a distribuir caçarolas na alcatifa enquanto o meu pai dissertava acerca dos tufões dos trópicos, acompanhei-o a patinhar nas valetas, e ele, a escorrer água do casaco e a espirrar, Que bela noite não acha? que maravilha de tempo, e eu pensei Passou-se, fica--se assim com a idade, a água deslizava ao comprido do canal das costas, Amanhã acordo com quarenta graus de febre e uma pneumonia, previ eu, e este a falar-me na beleza da tarde e na maravilha do tempo, a insígnia da cervejaria reflectia-se no passeio, um riacho precipitava-se pela ladeira da Quinta do Jacinto e não havia uma silhueta na rua nem os ciganos a quem a chuva não molha, protegidos pelas suas redomas de mistério, só o alinhamento das fachadas, os ramos das árvores e pontinhos de gotas no halo dos candeeiros, nenhum camionista se voltou para olhar-nos, o dono deixou de gritar ordens para a cozinha em que rosnava um vulto e veio a enxugar as mãos a um pano, e o velho, a entornar o pacotinho de açúcar na chávena e a limpar os grãos com a manga, Não fica zangada se eu lhe propuser casar consigo, pois não?

Há momentos em que penso que se o meu pai não me trouxesse para Lisboa eu seria feliz, e por ser feliz quero dizer não me achar tão sozinha com a minha doença como aqui, a adivinhá-la, a medi-la no interior do corpo, a calcular-lhe os progressos no fígado, no coração, nos rins, a injectar-me duas vezes ao dia, se me sinto tonta, na retrete do Liceu, de modo a que as minhas colegas não desconfiem de nada, porque aquelas a quem contei imaginam que transporto uma morte contagiosa comigo e mesmo à minha tia não relato nada, volto do médico e ela, a fingir que não sabe aonde fui, Boa noite, filha, a minha tia que nunca gostou que o meu pai se casasse em África com uma desconhecida, com uma mulata se calhar, sem prevenir a família, sem a trazer primeiro a Portugal para a mostrar em Esposende à aprovação dos meus avós, e a única vez que vieram desembarcaram sem avisar no Porto, fizeram o resto da viagem de autocarro, com a minha mãe à procura de Moçambique nas janelas, e surgiram em casa dos meus avós, à hora do almoço, com uma mala cheia de estatuetas e de

máscaras de madeira, e o meu avô, que vendia fazendas num estabelecimento chamado Pérola do Terilene, O que é isto? e a minha avó a
benzer-se Tira-me daí a carantonha do Demónio, Domingos, que sinto o cheiro do inferno em casa, e era o odor da diabetes, e a minha
mãe para o meu pai, sem lhes ligar, sem conversar com eles, encostada
ao peitoril em busca das traineiras da ilha, a minha mãe, intrigada
com as grazinas, Que pássaros são estes, Domingos? e o meu avô, a
pegar numa girafa de marfim, Repara no bicho, Orquídea, no sítio
em que vocês vivem há elefantes? e o meu pai São grazinas, engolem
navios até não existir nenhuma espuma atrás das hélices, e a minha
avó, agarrada ao terço, Cheira a inferno, já vos disse que cheira a inferno, que cheira às flores dos mortos, passa-me o xaile que vou buscar o
padre, e o meu avô, a servir-se da aguardente, Dava dez metros de fla
nela para topar com elefantes a galoparem na floresta, e a minha tia
E hipopótamos, Domingos, como é que fazem com os hipopótamos?
e o meu pai Às grazinas nem o nevoeiro nem o vento lhes escapam,
devoram o que podem, mesmo um cinema ambulante que por aí esteve se lhes sumiu no estômago, não é verdade, Orquídea, não é verdade que nunca se soube do que mexia na máquina? e a minha tia
O cinema foi para a Póvoa, Domingos, onde é que já se viram grazinas às bicadas aos filmes? e o meu avô, a repetir a aguardente, Só dei
com uma no calendário da taberna, e o meu pai Não bicam filmes
mas bicaram o teu amigo que vendia os bilhetes, o que não tornou a
namorar-te, e o meu avô O quê? e o meu pai A Orquídea que responda, a Orquídea que lhe fale dos chorões, e a minha tia Mentiroso,
oxalá se te tolham as pernas, mentiroso, e o meu avô Nos chorões, sua
ordinária?, e a minha mãe Grazinas, dizes tu, é grazinas que lhes chamam, Domingos? e a minha tia Sei cá, pai, é invenção do Domingos,
os ares de Moçambique deram-lhe volta ao miolo, e o meu pai para o
meu avô Não quer vir daí voar comigo para debaixo da terra? e o
padre, atarefado a benzer o baú e os cantos da loja, e a cobrir a minha
mãe com um crucifixo enorme, Realmente cheira a inferno e às flores

de Satanás mas não é das estátuas é daquela pecadora ali, e o meu avô
para o meu pai Tu voas por debaixo da terra, rapaz? e a minha avó
para o meu pai Ai que trouxeste o mafarrico contigo, Domingos, e o
padre, a jogar água benta à minha mãe, Em nome de Jesus Cristo
vade retro, imperador das trevas, ordeno-te que libertes a tua serva e
regresses ao teu reino, e a minha avó E se ela parir um lobisomem,
hã? e o meu pai para o meu avô Voei na mina de Joanesburgo, pai, se
vossemecê tiver uma picareta e quiser experimentar eu ensino-lhe,
abrimos uma cova no chão e pronto, e o padre Vade retro, e a minha
mãe Devoram navios mas agora andam por cima de nós a piar, se
calhar vão-nos meter no bucho, e a minha avó, a lançar crocodilos e
araras de madeira pela janela fora, Um bebé escuro, cheio de pêlos,
que horror, um bebé a saltar do berço para galopar pela casa, há anos,
vinha eu no comboio de Lamego, descobri dois ao longe, às gargalhadas num pinhal, o padre segurou a minha mãe pelo braço, Vade retro,
e o meu pai Alto aí, seu maroto, largue a minha mulher da mão, e o
meu avô Picareta não tenho, não serve um ancinho, filho? e a minha
tia Eu não me deitei com nenhum homem na lona depois dos espec-
táculos, eu não quis perder o que só se sabe que se tem quando se perde, o que só é importante quando deixa de ser porque quando se
tinha não existia e o que eu tinha ficou na areia de Esposende e é parte das marés e dos arbustos da praia, e a minha mãe Eu não pretendo
acabar aos gritos, como elas, por cima desta casa, e o meu pai para o
padre Se torna a tocar-lhe rebento-lhe o focinho, vá chover a sua água
noutro lado, e a minha avó E o incenso, senhor prior, se trouxe o turí-
bulo consigo bote uns fumozinhos nela e pronto, e o meu avô Quem
diz ancinho diz qualquer coisa que fure, uma pá, uma poia, uma tesou-
ra, o que é preciso é cavar um buraco, não é? e a minha tia Nunca o vi
de cabeça descoberta, nunca o vi nu, mas falta-me o sopro dele nos
ouvidos, faltam-me os dedos dele, falta-me a paz de a seguir e o mar
que bate os meus ossos nos penedos e eu não queria, pai, eu não que-
ria, eu queria e não queria, eu queria, eu não queria querer e queria,

eu fui à Póvoa visitá-lo e o empregado Está aqui uma moça para ti, Claudino, e ele para o empregado Eu a essa nem a vi mais gorda, diz--lhe que é engano, pá, e o empregado para mim Ele nem a viu mais gorda, e eu sem coragem de falar, eu a prender os ganchos do cabelo sem reparar que prendia os ganchos do cabelo, e o padre, a borrifar água benta no meu pai, Eu não toquei na sua esposa, senhor, eu vim esconjurar o Príncipe do Mal, e o meu avô, à martelada no soalho, É preciso ir muito abaixo para se voar, Domingos? e a minha tia Mas fiquei até ao fim do filme, e quando as pessoas saíram e o empregado apagou as luzes lá dentro, fechou a porta a cadeado, trancou a guarita dos bilhetes e desapareceu nas ruas da vila, quando o dono do cinema pulou os degraus da cabine ali estava eu, a que era engano, a que ele nem viu mais gorda, a fitá-lo, não a recriminá-lo, não a bater-lhe, não a chorar, a fitá-lo, e ele O que é? e eu Queria apenas que me devolvesses o que me tiraste em Esposende para me poder ir embora, e a minha mãe, acostumada aos coqueiros praia fora, As grazinas comeram as traineiras, que pena, e o meu pai para o meu avô, Aí uns dez ou quinze metros bastam que depois apanhamos o elevador da mina, e o velho para mim, na cervejaria dos camionistas que ganhavam balanço para o Alentejo, a assoar-se, a pedir outro chá de limão, a poisar a palma sobre a minha, a retirá-la, a poisá-la outra vez, o velho a compor as farripas com a mão livre, A menina ainda não respondeu à minha pergunta, afinal de contas casa comigo ou quê?

E então levei-o à Rua Oito na ideia de que a vivenda da Quinta do Jacinto o desiludisse, na ideia de que o bairro, e as dálias murchas, e o lodaçal dos passeios, o assustassem, na ideia de que ele pensasse, como cuidava que toda a gente pensasse, que era horrível habitar um quarteirão que os comboios atravessam a destroçarem paredes, mas o velho, a refogar ardores, cada vez mais ensopado, cada vez mais náufrago extraído com um gancho do rio, Nada mau, nada mau, tem aqui um bairrozinho residencial que é um espanto, moradias sossegadas, jardins catitas, o Tejo, e eu Acha que sim, um bairro residencial, diz o senhor?, e nem sequer os candeeiros das travessas funcionavam e nós a palparmos o escuro como quem experimenta degraus num corredor desconhecido, e no vestíbulo, sem electricidade como o resto da casa, e o resto da Quinta, e uma parte de Alcântara, da Avenida de Ceuta à passagem de nível, no vestíbulo, ou seja, um cubículo do tamanho de um armário, a lanterna do meu pai cegou-nos com a sua luz verde como o sol numa parreira, e a minha tia Quem é que está contigo, Iolanda? e o velho, a espirrar e a tropeçar no bengaleiro, Suponho que é a tia da menina, muito prazer minha senhora, peço imensa desculpa de lhe invadir a intimidade desta forma, e eu a pensar Quando descrever isto no Liceu a Ana desmaia, e a minha tia, alheia às cortesias do velho, Quem é que está contigo, Iolanda?, e a electricidade voltou revelando os móveis de salvados da sala, as cadeiras, a mesa com a lista dos telefones debaixo por ter uma das pernas mais curta, as garrafas, o papel a descolar-se dos tabiques, o sobrado que a picareta esfacelara, e o que dorme comigo Permita que me apresente, minha senhora, vim solicitar a mão desta menina, o televisor recomeçou a funcionar aos berros e a minha tia, torcendo o esfregão apesar do médico dos rins lhe desaconselhar que trabalhasse, Casamento, isto anda tudo doido, apetece-te casar com esse liru, Iolanda? e eu, atordoada pelo barulho da televisão, a sentir a falta da insulina, eu a pensar Tenho de injectar-me e a responder Sei lá, porque não sabia mesmo, porque não pensara nisso, porque o corpo se me tornara fraco e a esvair-se, porque por debaixo do frio me achava quente, porque os jacintos do hálito se me multiplicavam na língua, porque ia morrer, morrer com aquele velho a participar à minha tia o casamento dele comigo, porque me ausentava num desmaio, eu a amparar-me à cómoda enquanto a sala se desfocava, eu a ver o meu pai apagar o foco da testa, abrir a décima, ou centésima, ou milésima, ou milionésima garrafa de cerveja dessa noite, eu a vê-lo exibir a picareta e perguntar, como quem se informa de uma fortuna, ou de um dote, ou de uma prenda Você sabe voar dentro da terra, amigo?

2

Por mim nunca teria ido à Quinta do Jacinto se ela me não dissesse Vem. É longe demais, não existem autocarros à noite nem sequer uma paragem de táxis na rotunda, e torna-se necessário caminhar até ao Cais do Sodré para encontrar transporte na estação dos comboios, onde as máquinas de vender Coca Colas e cigarros zumbem no átrio deserto. Quando cheguei à Rua Oito e senti um odor funerário, um odor de almíscar e jazigo, compreendi, mesmo antes de ver os canteiros de dálias murchas à entrada das casas, que o perfume dela, que nos ficava nos dedos se lhe apertávamos a mão, não provinha da pele mas dos caules tombados uns sobre os outros como enguias de que o Tejo se esquecera ao retirar-se, e que voltaria um dia, para as guardar consigo, ao dar-lhes pela falta se apalpasse os bolsos de limos do casaco. De modo que sempre que a visitava tinha medo de encontrar o rio à procura das dálias nas travessas de Alcântara, remexendo as capoeiras dos quintais como os vagabundos remexem os caixotes do lixo, e ao contar-lhe o meu pavor ela respondeu, desfolhando uma corola que espreitava da grade do portão:

– O rio não precisa de se incomodar porque as locomotivas lhe levam as dálias lá abaixo.

E de facto assim que nós começávamos a estudar geografia ou matemática ou inglês, e o cheiro se me debruçava do ombro como essas pessoas que se inclinam, soprando-nos no pescoço, para o nosso jornal no eléctrico, uma locomotiva cruzava a Quinta do Jacinto, transportando para o mar braçadas de flores que esperneavam, a enco-lherem e a dilatarem as pétalas numa sofreguidão de água.

E então compreendi os comboios. Cresci nas traseiras de Santa Apolónia, num edifício que o fumo das carruagens escurecera e onde a vibração das rodas cavara fendas no estuque das paredes. Os silvos das partidas aravam o meu sono, as camas soltavam penas dos col-chões, e nós viajávamos para Castelo Branco ou Santarém ou Águeda, com Lisboa deslizando connosco, ao comprido de serras e pinhais, ao comprido de pontes, ao comprido de pequenas aldeias na falda das colinas. Cresci nas traseiras de Santa Apolónia debruçado para malas e despedidas de emigrantes, e o que entendia dos comboios era um aquário de lágrimas com cestos e olhos à deriva lá dentro, perdidos nas caves de França, nas caves da Alemanha, vendo cair a neve na moldura da janela. E só em Alcântara compreendi que afinal os com-boios não carregam pessoas, carregam as dálias murchas de regresso ao Tejo, devolvendo enguias aos bolsos do rio, de maneira que informei os meus pais, ao entrar em casa à hora do jantar,

– Descobri que os habitantes das carruagens são o que cresce nos canteiros de Alcântara

e a minha mãe, a pôr a mesa,

– Aposto que estiveste com aqueles lunáticos que voam, o teu pai já te proibiu mil vezes de frequentares africanistas.

Por conseguinte nunca teria ido à Quinta do Jacinto se me não dissesses Vem. O andar em que moro é mais pequeno do que a viven-dinha de Alcântara, com o quarto dos meus pais, o quarto do meu tio e eu a dormir no divã da sala quando os da minha família fecham as portas e me deixam sozinho, com os restos do jantar na mesa e a san-tinha a impedir-me que me toque no escuro, logo que apago o candeeiro do tecto e a toalha e os guardanapos flutuam à minha volta como pássaros amarrotados, dependurando das trevas as suas asas de pano. O meu pai que não consegue trabalhar em consequência da úlcera do estômago, a beber leite, a comer papas de farinha e a chupar comprimidos para a azia, a minha mãe, que ajuda na limpeza do Hospital de Arroios, a queixar-se do prolapso do útero, e o meu tio, das nove da manhã às seis da tarde, de patamar em patamar, com a Bíblia em riste, a pregar aos vizinhos a palavra de Deus, e que largou o emprego nos Seguros para oferecer a vida eterna ao quarteirão, aconselhando temperança e castidade à indiferença das ruas, a minha mãe, o meu pai e o meu tio encafuados nos seus buracos de estuque, e eu com a santa e a brancura dos naperons a noite inteira, escutando o comboio de Paris a gemer no meu corpo. Noites e noites de pernas a sobrarem do divã e a almofada a fugir-me da cabeça, e de tempos a tempos o meu tio rompia na sala a anunciar o Fim do Mundo e a Ressurreição da Carne, e ordenando-me que me ajoelhasse a pedir ao mártir Estêvão que se compadecesse de mim, até a minha mãe o ameaçar com um internamento na Mitra, e o apóstolo se trancar no quarto, abençoando o universo com a palma magríssima.

Nunca teria ido à Rua Oito da Quinta do Jacinto, no extremo oposto da cidade, porque as dálias me amedrontavam quase tanto como me amedronta o velhote que se deita contigo, à espera que me vá embora para se desgrudar do banco e dirigir a casa, e que se levanto os olhos do livro de geografia, de matemática ou de inglês, encontro a inchar entre as couves como um vegetal que me fita como nos fita o mar, e eu com ganas de sair do teu quarto e contornar a vivenda a garantir-lhe que não estou apaixonado da mesma forma que não estás apaixonada por mim, que te não amo como me não amas, que nunca te abracei, que nunca te afaguei, que nunca te beijei sequer, que apenas tenho pena de ti, reduzida à companhia de duas idiotas que se vestem como bonecas espanholas porque os outros alunos se apavoram com a tua doença, se apavoram com o teu odor de leite-creme e caramelo, se apavoram com uma colega a dieta de grelos e pescada que se enche de tremuras e se injecta no sanitário do Liceu, uma colega que não há ano em que a ambulância a não transporte, de maca, a São José, como se fosse morrer. Chegava-me ao velhote e perguntava-lhe, a instalar-me ao seu lado no banquinho de pedra,

– Porque não vai lá para dentro, senhor?

e talvez que ele me ouvisse entre o suspiro das couves e as castanholas das nozes, talvez que se endireitasse no assento, talvez que sorrisse, talvez que me dissesse

– Obrigado miúdo

e eu ocupasse o seu lugar observando a ponte que atravessa o Tejo para parte nenhuma como as veredas de silvas da aldeia da minha mãe, em Trás-os-Montes, apertadas por muros de currais. Dir-lhe-ia

– Não a namoro, senhor

dir-lhe-ia

– Ninguém a namora, ninguém a quer namorar por causa da diabetes e do cheiro e dos desmaios e dos remédios que toma

dir-lhe-ia

– Não se preocupe que a Iolanda necessita de si

dir-lhe-ia

– Ela é assim, não se ofenda, responde torto porque a doença que arranjou em África a apodrece por dentro

e o velhote, sem abrir a boca, a pegar na pasta, a levantar-se, a olhar a janela do quarto, a sentar-se outra vez, e eu

– Então não vai?

e ele, despenteando as couves com o guarda-chuva,

– A Iolanda não necessita de mim, a Iolanda não se interessa se lhe falo

e a minha mãe

– Afasta-te desses lunáticos, Alfredo

e o meu tio, a consultar a Bíblia e a repetir a sopa,

– Jesus Cristo foi o único a caminhar sobre as águas

e eu para o velhote

– E de que é que lhe fala, senhor?

e os comboios a viajarem da Quinta do Jacinto para o rio, cheios das dálias dos canteiros, e a noite que nasce da água para o céu e não do céu para a água, e o velhote, numa voz de glicerina, com a pasta nos joelhos,

– Da minha infância, das minhas tias, da Ericeira, da Calçada do Tojal, dos passos no sótão, sei lá

ao contrário da aldeia da minha mãe em que a noite principia no céu e nos salgueiros junto aos tanques de lavar a roupa desviados do largo, e escorrega até nós pelo cemitério e pela casa do regedor, uma noite que estrangula os insectos, as vozes e os chocalhos do gado por debaixo dos pés, e a minha avó inclinada para a lareira com um copinho de moscatel, e o meu tio

– Ite missa est

a noite desce dos salgueiros onde durante o dia se reduz a sementinhas de sombra como se as árvores a incubassem, tal um filho, nos úteros de ardósia, e o velhote, num soprozinho intrigado,

– Nunca me explicaram de quem eram os passos no sótão, nunca me explicaram o que é feito do Senhor Jorge em Tavira, a Dona Maria Teresa mandava-me calar, Cale-se, e eu ficava a escutar os passos e a ópera, a tremer, no meu quarto

como eu, em Santa Apolónia, escuto o religioso que obrigou a minha mãe a arrancar um pedaço de reposteiro das argolas e a coser-lhe uma túnica, bradando à vizinhança Salvem as vossas almas, pecadores, e quase me esqueci da aldeia e dos tentilhões, de manhã, nas olaias, de mergulhar no tanque e das mulheres a queixarem-se ao meu pai e o meu pai

– Não te pusemos a estudar para isto

não me batia, não ralhava, não engrossava a voz, ajoelhava-se no pomar a montar armadilhas para os pintarroxos, como o senhor, percebe?, diria eu ao velhote, igual ao senhor que mesmo nos gestos se parecem, e a Iolanda

– Enganaste-te na solução do problema, não são onze vírgula três são doze vírgula sete, paspalho

e eu sem a ouvir, eu no tanque da aldeia, sob as olaias, e ela

– Para onde estás a olhar, Alfredo?

e um comboio levando a toda a pressa, como uma oferenda, braçadas de dálias de regresso ao rio, e o teu pai a bater com a picareta no soalho, e eu

– Lá para fora, para o velhote no banco da nogueira, à espera que eu siga para Santa Apolónia para entrar em casa

e como a minha mãe repete ainda hoje não devia ter ido a Alcântara embora ela me ordenasse ou me pedisse ou me dissesse Vem, embora vivendo ela sem amigas tirando aquele par de bonecas espanholas, embora sendo doente como era, sempre a caminho do hospital com os seus suores e desmaios, embora sendo ela a pessoa mais triste do mundo consoante parecia ser, mais triste do que a minha avó, de casaco no pino de setembro, inclinada para a lareira com o copinho de moscatel, devia comportar-me como os restantes colegas que se afastavam de ti e te evitavam, e frequentavam outro snack-bar a fim de não correrem o risco de beber do teu copo, e tu

– Tomara eu que o velhote não me entrasse em casa, passa a noite acordado a soprar-me histórias idiotas nas orelhas

e eu pensei Como o meu tio de quem as pessoas se riem ao vê-lo na rua, embrulhado no reposteiro, a apregoar o Dilúvio, o meu tio que se a minha mãe lhe ralhava Devias tomar banho, Artur, que tresandas a texugo, respondia, a escapar-se às torneiras, Só no Jordão, Ausenda, na semana que vem tomo um táxi para lá, de modo, afirmo eu, que não é apenas na Quinta do Jacinto que há lunáticos e a minha família não morou em África nem o meu tio embarcou para a guerra devido à miopia, e a minha mãe Faz de conta que o Jordão é aqui, Artur, comprei um sabão óptimo e encho-te a tina de água quente, e eu, a emendar a solução do problema,

– Conheces alguma história que não seja idiota, Iolanda?

e o meu tio

– Só tomo banho no Jordão, Ausenda

já que na minha opinião as histórias são tão tolas quanto a vida, tão tolas como eu estudar matemática e inglês e geografia, e quando aprender as soluções de todos os problemas, os tempos de todos os verbos e as capitais de todos os países, deito-me como a minha avó se deitou, peço um calicezinho de moscatel numa voz fraca e morro, e depois do funeral a minha mãe não quis voltar à aldeia de forma que esqueci a pouco e pouco os tanques da roupa, as olaias e os tentilhões,

– As histórias são sempre tolas

disse-te eu, e disse

– Porque não abres a janela e o chamas e ele levanta-se do banco do quintal e vem, porque o deixas ali, de mão no queixo, no escuro

e a minha mãe

– Se isto não é a Palestina o que é então, Artur? despe a túnica que fedes

e acabaram por o aceitar numa clínica de monges, a recitar o Evangelho aos outros internados que por seu turno lho recitavam também, e os frades enxotavam-nos como se enxotam galinhas para uma espécie de bunkers onde as suas mangas continuavam a gesticular discursos, e o meu tio, em sapatilhas, ao ver-nos,

– Deo gratias, irmãos

e a minha mãe, a entregar-lhe um saquinho de amêndoas,

– Como te sentes, Artur?

e eu, para a Iolanda,

– Chama-o

e o meu tio conduziu-me para além das enfermarias e sentámo--nos nos arbustos perto das lanças da cerca, a comermos amêndoas, vendo as operárias de touca e bata azul da fábrica de bolachas surgirem do portão e os carros passarem na estrada no sentido da igreja da Luz, à ilharga da praça pequenina com um colégio e um quartel, em que montavam uma feira de pobres em julho, e eu para o meu tio

– Gosta de estar aqui, tio?

e ele, de perfil, a mastigar,

– Deo gratias

mas não se aparentava a um profeta, aparentava-se a um mendigo recolhido por caridade num asilo, a um desses que se arrastam na Avenida e dormem, cobertos de jornais, dentro de embalagens de cartão, Este não é o meu tio, pensei eu, o que terá acontecido à Bíblia, o que terá acontecido à sua ânsia de converter o planeta, agora sossegado, sem fitar ninguém excepto os automóveis na estrada e as operárias da fábrica, a mastigar amêndoas e a resmungar Deo gratias, e eu para a Iolanda

– Chama-o que me dá pena vê-lo ali fora no escuro

e não sei se lhe pedia que chamasse o que dorme com ela ou se pedia que chamasse o meu tio, alheado de mim, a insistir Deo gratias, se lhe pedia que nos chamasse a nós, à minha mãe, ao meu pai, ao pai dela, a mim que não teria ido à Quinta do Jacinto se ela me não dissesse Vem, à Quinta do Jacinto onde nem existe uma paragem de táxis na rotunda para não termos de palmilhar até ao Cais do Sodré, debaixo dos plátanos, para encontrar transporte na estação dos comboios, a mim que faria melhor em ir ao cinema dos filmes policiais com os colegas em vez de correr o risco de apanhar a doença das dálias murchas dos canteiros e o seu aroma de putrefacção e almíscar, e acompanhá-los, a seguir ao cinema, à cave de mulheres na Graça na qual se bebe cerveja e se dança numa sala com espelhos, e onde nos podemos observar em todas as paredes, em todos os ângulos e posições, como se cada um de nós cessasse de ser um para se tornar uma ninhada de si próprio agarrada a uma ninhada de mulheres que cobram cinquenta escudos por tango e trinta escudos por valsa, e o meu pai, a farejar-me,

– Compraste um garrafão de cinco litros de perfume de puta, Alfredo?

e eu,

– Que ideia, pai, detesto perfumes, é capaz de ser um reagente qualquer do laboratório de Química

e a minha mãe, a enxugar a loiça,

– O meu irmão cheira a texugo e o meu filho a galdéria, aqui há coisa

e depois de me emprestarem dinheiro para mais uma cerveja e mais um tango, tornar a Santa Apolónia como os cães tornam aos jardins de que fugiram a fungar a sua própria ausência nas esquinas, subir as escadas e ocupar a cama vazia do meu tio enquanto um comboio definitivo parte, e a minha mãe

– Os teus lençóis suam água de colónia, Alfredo, onde é que andaste?

porque já não durmo na sala com a virgem da moldura a impedir-me de me tocar às escondidas, tenho um cubículo com uma varanda para as locomotivas, um cubículo como o dos meus pais, com um colchão, uma mesa de cabeceira, uma cómoda de gavetas atulhadas de Evangelhos e o retrato do meu tio com os compinchas, antes de se tornar apóstolo, antes de Deus o eleger para avisar do Apocalipse e antes de os frades lhe raparem o cabelo e a barba e lhe consentirem sentar-se comigo ao pé da cerca, a mastigar amêndoas e a rezar

– Deo gratias

tenho um quarto e a minha família não quer que me aproxime de ti por teres vindo doente de Moçambique e temerem que eu apodreça de diabetes também, temerem que eu me case contigo e o teu pai lhes apareça no bairro, acompanhado da irmã, de picareta ao ombro, a despir as pessoas com a lanterna da testa, e a Iolanda, a abrir a janela,

– Eu chamo-o e tu aturas-lhe as histórias, Alfredo

mas ele não deu ideia de a ouvir quando ela lhe gritou Chega cá, dado que nada, nem uma sombra, oscilou no quintal, não deu ideia de ouvir quando ela gritou mais forte Chega cá, e somente um cadelo lhe respondeu com um latido, a nogueira permaneceu quieta porque eu lhe distinguia os ramos, as couves continuavam direitas nos canteiros, e então pensei Morreu e ergui-me da secretária e zarpei do quarto e atravessei a saleta da televisão e contornei a casa embalsamada pelo hálito das dálias ou das enguias do rio que as carruagens transportavam para a água de que haviam saído e avancei às cegas, a esmagar hortaliças, no sentido do banco, a janela prolongava-se num losango de claridade torta, um segundo cadelo uivou ao longe, de Alcântara, ou da Ajuda, ou Santo Amaro, embati com o joelho num vértice de pedra e sentei-me como me sentava junto ao meu tio, a mastigar amêndoas, em face da estrada para a igreja da Luz e das operárias da fábrica das bolachas, a silhueta da Iolanda, com um lápis nos dedos, debruçava-se para nós do peitoril a inquirir Então?, e nisto o velhote remexeu-se de leve como os pombos no ninho, e de boca a roçar a minha nuca perguntou, como se falasse contigo, num murmúrio idêntico ao restolhar das dálias,

— Sabes de quem eram os passos no sótão, meu amor?

3

Num domingo a seguir ao almoço, Ana, estava o meu pai a regar as dálias servindo-se da picareta como bengala por causa do joelho doente, parou-nos um táxi diante da vivenda e o que se deita comigo

(eu avisei-o logo que não fazia amor com ele, eu avisei-o que não me beijasse, que não me tocasse, eu preveni-o, quando me quis pegar no braço, Nem sonhes)

saiu de lá de dentro com uma mala atada com correias, um chapelinho tirolês no cocuruto e um guarda-chuva mau grado ser agosto e apesar do céu sem nuvens, e a minha tia disse-me que o ajudasse a arrumar as coisas dele no meu quarto

(e eu Não julgues que me vês nua, se te apanho a espiar-me dou--te um estalo)

ou seja, a empurrar-lhe a bagagem para debaixo da cama por não haver lugar no armário nem nos cabides pendurados numa corda, esticada entre dois pregos de parede a parede. Proibi-o de vasculhar as gavetas, de mexer nos meus livros, de ler o meu diário, de descolar as fotografias de cantores e de actores de cinema que recortei das revistas, dei-lhe a almofada descosida, a que faz asma, a que pinga sumaúma no lençol, mandava-o apagar a luz, fechava os olhos, e escutava-o descalçar-se e tirar a roupa no escuro semelhante aos bichos da seda rompendo o tecido dos casulos. As molas chiavam, um suspiro afogava-se na fronha, o meu pai debatia-se a praguejar com os capatazes de Joanesburgo, e parecia-me ouvir o que dorme comigo conversar de uma casa que deixara de existir, em que uma ária de ópera descia do sótão como a cacimba de outubro. Os vizinhos de cima (os reformados, os que se odeiam, os que se apunhalam com tesoiras de escamar peixe e chaves de parafusos) viram-no no alpendre, de chapéu na mão, parlamentar com a minha tia e entregar-lhe o envelope do vencimento, escutaram a trepadeira de uma tossezinha que se enrolava na estaca, plantada na poltrona, do catarro do meu pai, e deram com ele à espera do último comboio para atravessar a cozinha esbarrando no lava-loiças, nas cadeiras, nos móveis, até encalhar no colchão como num porto errado. De início afigurou-se-me possuir uma condição celeste de querubim distraído, incapaz de acender os bicos do fogão, de descascar uma laranja, de acertar com o dentífrico na escova, e imaginei que se tirasse o casaco e desabotoasse a camisa um par de asinhas se lhe começaria a agitar nas omoplatas e ele subiria tarde fora, a caminho das nuvens, erguendo-se a custo como um avião de museu. Um anjo em Alcântara, a experimentar a brisa a fim de se evaporar aos solavancos para as bandas do rio, onde um cardume de serafins, também de mala com correias e chapelinho tirolês, o aguardava, adejando, como nos painéis das igrejas, em torno dos suplícios dos mártires. Os vizinhos de cima, a quem os seus manejos de ave intrigavam ao ponto de esquecerem de se detestar, encontraram-no no meio das couves, num sábado de Pentecostes, conversando com criaturas invisíveis numa linguagem lunar, e a minha tia topava-o às vezes aos pulinhos na rotunda, perto da cervejaria dos caracóis e das saladas de polvo, indiferente ao trânsito, a esbarrar nas fachadas em fugas de perdiz que o obrigavam a regressar a casa, coberto de tintura e de adesivo, para cair no banco do quintal na resignação dos anjos falhados, de forma que à segunda-feira de manhã colocava o chapéu tirolês, munia-se do guarda-chuva e da pasta e tomava o autocarro para a Secretaria de Estado como tomou o comboio nesse julho fatídico do ano passado em que a minha tia decidiu que fôssemos a Esposende, Ana, visitar os meus avós, de modo que viajámos horas e horas ao longo de uma paisagem de pinheiros e dunas, e só na madrugada seguinte desembarcámos numa vila à beira-mar, de nuvens a roçarem as vagas, os chorões e as estevas da margem, e demos com a loja de fazendas do meu avô, de taipais ainda cerrados, num dos extremos do largo,

(Estevas, repetia a minha tia na cozinha, sem que eu entendesse porquê, despindo para o alguidar o frango do almoço, estevas estevas estevas estevas)

a loja de fazendas, a estação das camionetas, cafés adormecidos, casas, comigo a pensar que se o meu pai não houvesse emigrado para África era ali, naquela cinzentura de gaivotas, que eu teria nascido, não da minha mãe mas de outra mãe qualquer, sem diabetes, sem hálito de flores, sem injecções de insulina, sem a vergonha da doença que me isola dos outros, que me proíbe batidos, que me proíbe rebuçados de morango e leite com chocolate, que me proíbe tortas de maçã e chupa-chupas e filhos, ninguém despertara na vila excepto os albatrozes que gritavam na praia

(que se calhar gritavam no seu sono na praia)

e o meu pai bateu à porta com a picareta da mina, o que se deita comigo aproximou-se com a pasta do emprego na mão, e uma sereia desatou a uivar

(aguda e rouca, aguda e rouca, aguda e rouca)

para os lados da água, uma tranca soltou-se com um estalo, o meu avô apareceu no limiar de caçadeira, uma espingarda de dois canos maior do que um canhão, e o meu pai Olá pai, e o meu avô, para dentro, Chega-me aí os óculos, Isaltina, que parece o Domingos, um velho de arma apontada a nós numa dúvida zangada, e eu Olá avô, e ele Quem é que tu trouxeste, Domingos? e o que se deita comigo

(mas que não faz amor comigo, mas que nunca me viu nua, mas que não me toca, Ana)

– Como está, senhor Oliveira? permita que me apresente, e o meu avô, a desviar o bacamarte para ele, E o de chapelinho, Domingos? e a minha tia É o genro do Domingos, pai, e a minha avó Entrem, e o sol prendeu-se no galo do catavento da igreja, que mudava de posição num gemido custoso, e dei com prateleiras de flanelas, cheviotes, algodões, veludos, feltros, e uma caixa registadora que tilintava num canto a conversar moedas, e para além do estabelecimento um quarto com uma cama, uma mesa, um fogareiro de petróleo, um aparador e garrafas de vinho, o meu avô colocou os óculos, sentou-se a procurar-nos com a caçadeira, como se o viéssemos roubar, e nisto engasgou-se com a placa, tossiu, o dedo escorregou-lhe no gatilho, e o quarto estremeceu com o estampido, uma das vidraças sumiu-se, as persianas de madeira estilhaçaram-se, e quando o odor de pólvora diminuiu o comerciante pediu com um sorriso Desculpem, tirou da algibeira um cartucho e introduziu-o na arma, e a minha tia Se não larga a espingarda ainda nos mata, pai, e ele Tenho de andar preparado por via dos gatunos, quem me garante que vocês são mesmo os meus filhos, e a minha avó Há séculos que te pedi que mudasses as lentes, a única coisa que consegues enxergar são as garrafas de vinho, e o meu avô É mentira, anteontem, por exemplo, abati o milhafre que nos rondava as galinhas, e a minha avó Não era milhafre nenhum, era um desses sujeitos de turbante que pairam sobre a vila, o desgraçado a esvair-se em sangue no quintal e tu a chamares o farmacêutico para lhe tirar as tripas e o empalhar, e o que se deita comigo E o farmacêutico empalhou-o? e a minha tia Estevas, e o meu avô Tanto era um milhafre que o empalharam sim senhor, puseram-lhe dois olhos de vidro e está numa peanha no átrio da Câmara, em posição de ataque, e eu a imaginar o médium a tombar nos tomateiros, a imaginar os colegas a procurá-lo, grasnando, lá no alto, a embaterem as mangas contra os caixilhos e a verem-no, de braços abertos, congelado numa atitude de rapina, e o meu avô Até já nos pediram de Lisboa para lhes mandar o pássaro, vieram-me com a conversa que era uma espécie em extinção quando existem por aí dúzias e dúzias deles a roubarem galinhas, alcança-me a garrafa, Orquídea, e eu a pensar Se ele descobre que o que se deita comigo passa as noites no galho da nogueira despeja-lhe um zagalote no bucho, e a minha tia Estevas, e a minha avó O que faz o teu genro, Domingos?, e o sol desprendeu-se do catavento e escutavam-se as ondas da enchente nos penedos e nos flancos das traineiras, escutavam-se as gaivotas,

(na ilha da minha mãe não existiam gaivotas, Ana, existiam macacos acocorados na areia e a minha mãe inclinada para o horizonte a contar os barcos com o indicador espetado)

escutavam-se os soluços dos caranguejos nas rochas e um som de vozes na rua e eu a pensar Afinal Esposende é isto, e o meu avô, de espingarda ao colo, observando-nos com as pupilas míopes, e eu saudosa da Quinta do Jacinto, dos comboios e do búzio da ponte, e o que se deita comigo

(mas não faz amor comigo, mas nunca me viu nua, mas não me toca porque nenhum homem me há-de tocar, beijam-nos e no dia imediato ignoram quem somos, e no dia imediato não existimos nunca)

– Trabalho numa repartição pública, minha senhora, e o meu avô Foi você que escreveu de Lisboa a mandar ir o pássaro?, e à tarde fomos à Câmara e vimos o de turbante fitando as ondas com órbitas de vidro, e o meu pai Eu conheço-o, e a minha tia Estevas, e a minha avó O quê? e o meu avô Deu-te para ser amigo dos milhafres, Domingos?, e as nuvens abriram uma fenda onde as gaivotas chiavam, e o meu pai Era professor de hipnotismo por correspondência e costumava ir a Alcântara beber cerveja e perguntar-me pelo que dorme com a minha filha, e o meu avô Que raio de bichos, Domingos, logo chegamos ao quintal com a caçadeira e apanhamos dois ou três, e o meu pai Mora numa Residencial da Praça da Alegria, apaixonado por uma mulata da Avenida, e a minha tia Estevas, e eu a pensar Quero voltar para Lisboa, eu a propor Agora que visitámos os avós podemos regressar no comboio da noite, mas não regressámos, Ana, mas ficámos em Esposende, a minha tia saiu na direcção da praia,

(e eu sei para onde, eu sei perfeitamente para onde e não lhes disse, para o local em que plantaram o cinema ambulante, anos atrás, para o local onde ela se encontrava com o dono da máquina)

o meu avô e o meu pai levaram o bacamarte do quintal na esperança de milhafres e o que se deita comigo

(mas que não me viu nua, Ana)

ficou a mirá-los encostado a um tronco de acácia, calado e insignificante como sempre, tão calado como eu no meu quarto ao comprido dos dias, tão calado como eu, encerrada no perfume de flores da diabetes, encostado à acácia a assoar-se, a olhar para mim e a farejar as brisas, e de repente percebi que se ia embora, percebi que não ficaria mais comigo na vivenda da Quinta do Jacinto esboroada pelo roldão dos comboios, percebi que não me falaria mais, durante a noite, de episódios antigos numa casa que cessara de existir, onde uma ária de ópera descia do sótão como a cacimba de outubro, quis chamá-lo pelo nome, quis dizer-lhe Espera, a minha tia procurava o próprio sangue nas dunas, os pinheiros ciciavam ao vento, o que se deita comigo abandonou o tronco da acácia e correu uns passos agitando as mangas para cima e para baixo,

(O que será feito do Senhor Jorge em Tavira, o que será feito do Senhor Fernando, e da Dona Anita, e da Dona Maria Teresa, e da costureira, e do filho da costureira, e da outra, eles cuidam que não vi a outra mas vi, a que talvez fosse minha mãe, a dar corda à grafonola)

e tropeçou numa calha de rega, e caiu, e levantou-se, e recomeçou a trotar,

(e eu para ele Não vás, dado que me habituara ao seu silêncio, dado que me habituara a tê-lo, a gostar de mim, no banco da nogueira, dado que se calhar gostava dele, Ana, mau grado o impedir de me afagar)

e ergueu-se uns centímetros, de chapéu tirolês, acima das cebolas, do trevo, do aipo, das batatas, e eu Fica, e a minha tia, a passear-se nos chorões, Estevas, e tresandava a pescado e as gaivotas iam e vinham do largo para o mar e do mar para o largo,

(e eu a pedir-lhe Beija-me, e eu a convidá-lo Toca-me, estou aqui, toca-me)

e elevou-se mais, e principiou a subir, e ultrapassou o copado da acácia, e eu a lembrar-me do snack-bar, a lembrar-me dos chás de limão contra a gripe, a lembrar-me do sorriso, a lembrar-me sobretudo do sorriso, Não me deixes, fala-me da Ericeira, fala-me de Benfica, fala-me, abraçado a mim, de como era a tua vida antes de me conhe-ceres, e o meu pai e o meu avô nos tomateiros à cata de milhafres, e a minha avó a fritar peixe na cozinha, e a minha tia em busca de si pró-pria nas dunas,

(Estevas)

e ele distanciou-se da árvore e continuou a subir, já mal lhe distin-guia as feições, já mal lhe distinguia o chapéu tirolês, já mal lhe distin-guia a gabardine, a sereia calava-se e recomeçava e ele era uma gotinha acima da vila, acima de Esposende que detesto, detesto Esposende, Volta, eu pedi Volta, Ana, pedi Volta, não me incomoda que vocês trocem de mim, Volta, conversa comigo, volta, prometo que não te sentas mais no banco de pedra das traseiras, acocorado na cintilação das couves, perdoa,

e nisto o meu avô apontou-o com o dedo, Olha um acolá a esca-par-se, Domingos, o meu pai levantou a caçadeira, tudo se imobilizou com o estampido, as hortaliças, a acácia, as galinhas, os edifícios do largo, as gaivotas, e eu entrei muito depressa em casa para o não ver despenhar-se, sangrando, no quintal.

4

E uma sexta-feira, Iolanda, tinha o que dorme contigo desaparecido há três meses nas névoas de Esposende,

(e tu capaz de jurar que havia um anjo, de chapéu tirolês e olhos
de vidro, empalhado no átrio da Câmara, ao lado de um milhafre de
turbante)

não fui estudar inglês ou geografia ou matemática à Rua Oito da
Quinta do Jacinto porque os frades nos deixaram sair com o meu tio
de passeio à Cruz Quebrada, a amaciar os nervos com a bromídia das
ondas. Encontrámo-lo não por detrás dos bunkers, sentado nos arbustos junto à cerca, falando latim e observando as operárias da fábrica de
bolachas e os automóveis a caminho da igreja da Luz, pegada ao largo
em que montavam a feira de pobres de julho, mas de fato, gravata e
barba rapada, acompanhado por um enfermeiro, à entrada do asilo, e
a minha mãe, de vestido de ramagens e com um broche de coral ao
peito,

– Estás mais gordo, Artur

naquela voz que se destina aos polícias, aos doentes e às crianças, e
o meu tio, normalíssimo, a beijá-la como antes dos anos da túnica de
reposteiro e dos anúncios do Dilúvio,

– Sinto-me esplêndido, Ausenda

(e tu, distraída das equações do segundo grau, Faz-me impressão que lhe tenham enchido a barriga de palha, faz-me impressão que lhe tenham envernizado a cara)

e eu notei que os frades haviam engraxado os sapatos do profeta, domado a brilhantina as farripas de apóstolo e coberto as canelas com calças engomadas, enquanto o enfermeiro, chamando o meu pai, lhe entregava um pacotinho de comprimidos,

– Duas pastilhas a seguir ao almoço e duas a meio da tarde que ser Deus é mais forte que os remédios e o seu cunhado não se aguenta no balanço

e passavam monges batendo sandálias num corredor, a segurarem internados pela arreata da manga, e a minha mãe, a afagar o broche de coral,

– Queres ir às focas do Aquário, Artur? sempre gostaste de focas

um desses broches baratos, de cercadura cromada, que representam um perfil de mulher de vaso grego, e eu a pensar, Iolanda, que detesto o Aquário, que detesto aquelas salas de peixes beiçudos, que preferia ir ver o mar a Caxias ou a Algés onde os esgotos vomitam a cidade no rio, becos inteiros, casinhas, esplanadas, senhoras à janela, carvoarias e tabernas, até não sobrar de Lisboa senão o grito dos pavões nas colinas desertas. De cotovelos na muralha, Iolanda,

(e tu Agora já não conversa de Benfica com ninguém, já não poisa à noite no galho da nogueira)

espero que o prédio de Santa Apolónia deslize para a foz, espero escutar o apito das locomotivas no meio das garoupas, a confundir as canoas e a assustar as gaivotas, e o enfermeiro para o meu pai

– Com menos de quatro pastilhas desata para aí a apregoar os Evangelhos

e o meu tio, a descer de braço dado com a minha mãe as escadas para a rua,

– Hoje não estou para focas, Ausenda, o que me apetece é um bitoque com ovo a cavalo num restaurante da Cruz Quebrada e eu para ti, a corrigir-te um verbo,

– O que há mais são velhotes, estuda

e o meu pai, palpando o cartuchinho dos remédios,

– Duas ao almoço e duas pelo meio da tarde, descanse que ele as toma, senhor

os emigrantes nas areias do fundo, de mistura com os pregados, e o meu tio para mim, com uma festinha na nuca,

– E as notas do Liceu, Alfredo?

e atravessámos o pátio que nos separava do portão, loureiros e amoreiras e um plátano amparado às grades, e a minha mãe para o meu tio, na jovialidade com que se animam os cancerosos,

– Apanhamos o eléctrico no Cais do Sodré e vais desfrutando a paisagem

e o enfermeiro para o meu pai,

– Só não quero complicações, amigo, só não quero ter de ir buscar o infeliz a cascos de rolha com uma camisola de forças

e o meu tio para a minha mãe, muito composto, a abençoar discretamente os loureiros, tão discretamente que só eu notei

– Não me parece nada má ideia, Ausenda, há que tempos que não vejo guindastes

de forma que nos metemos no autocarro para a Baixa enquanto os pintassilgos desciam por engano nos ombros dos doentes e o enfermeiro a despedir-se de nós no passeio, insistindo nas cápsulas,

– Olhe que se não se põem a pau o seu cunhado avaria

e tu

– Não consigo decorar nada, Alfredo, tenho dó dele empalhado em Esposende, numa coluna de contraplacado com um letreiro em latim

e eu

– Não empreendas no velhote, Iolanda, qual é a capital da Noruega?

e ela, de olhos nas couves do quintal,

– Paris

e passámos Santos, e passámos Alcântara, e passámos Belém, e o meu tio para a minha mãe, a designar com o queixo o céu azul,

– Só é pena esta chuva

e a minha mãe

– Qual chuva, Artur?

e o meu pai, muito depressa,

– Chuva, pois claro, chuva, tu nunca reparas na chuva, Ausenda

e eu para a Iolanda

– Paris?

e tu de olho nas couves, de palavras embalsamadas em pétalas de açúcar,

– Paris ou Budapeste, quero lá saber, por acaso achavas piada se o farmacêutico de Esposende te empalhasse?

e passámos Algés e Pedrouços e o Aquário das focas onde o professor de ciências nos levava no segundo período, com um feto de cachalote num caixão de vidro, e eu desiludido por não haver sereias, tão desiludido como me desilude a noite, em Santa Apolónia, quando a minha mãe liga o candeeiro da sala e os móveis, as cortinas e a minha vida se tornam tristes, tudo se me afigura irremediável como uma leucemia e me apetece, não sei porquê, chorar, de maneira que me tranco no quarto e não digo nada, Iolanda, e o meu pai

– O que tens tu, Alfredo?

e eu

– Dói-me a barriga, pai

por não poder explicar-lhe que é a noite que me dói, e o meu tio para o meu pai, irónico,

– Achas mesmo que está a chover, Teodoro?

e então no inverno custa-me mais ainda, com aquelas nuvens, e o asfalto molhado, e eu a tremer nos lençóis, e os rostos sem esperança sob as lâmpadas, talvez que se não existisse a noite fosse mais fácil crescer, e o meu pai,

– Tu é que falaste na chuva, Artur

e a Cruz Quebrada era um cabeço até ao Estádio e aos esgotos que se prolongavam rio adentro, avançando pelos limos, e eu recuso ser como eles, Iolanda, e vou ser, e um dia chego ao espelho e observo a minha cara e vivo do passado como de uma reforma e tenho pena de mim, e o meu tio a solicitar a opinião da minha mãe,

– Eu falei na chuva, Ausenda?

e tu, chupando a ponta do lápis sempre a olhar as couves,

– Conheces Benfica, Alfredo?

e a minha mãe, a arredondar as órbitas para o meu pai,

– Está visto que não, Artur, são as distracções do Teodoro, não te rales

e eu não conheço Benfica mas aposto que é igual a Santa Apolónia ou à Quinta do Jacinto porque existem locomotivas e candeeiros e noite por todo o lado nesta terra, aposto que é igual a Algés ou a Pedrouços ou à Cruz Quebrada, as mesmas ruas, os mesmos muros, o mesmo sol por cima das mesmas trevas por mais fotografias de militares e relógios e passos no sótão que lá haja, e o meu pai, arrependido de haver saído com o meu tio do asilo dos frades,

– As minhas distracções, evidentemente, a minha cabeça de alho chocho, andas fartinho de saber como eu sou

e eu a reparar-lhe no colarinho roto e a pensar por que motivo nunca tivemos automóvel, por que motivo nunca tivemos dinheiro, a pensar como a tua família se arranja sem o que dorme contigo para pagar a renda e a conta da luz, e a imaginar o teu pai, de capacete, a cavar o sobrado com a picareta a fim de descobrir oiro a trezentos metros de profundidade para a prestação do frigorífico e o recibo do gás, e apeámo-nos no termo da linha e antes de descer os degraus da carruagem o meu tio estendeu o braço com a palma para cima e informou

– Afinal tinhas razão, Teodoro, chove

e isto apesar do céu sem nuvens e do calor e da praia da Cruz

Quebrada cheia de gente e de veleiros, e o meu pai a abrir as mãos para a minha mãe, e a minha mãe a responder em silêncio O que é que queres que eu faça?, e o meu pai, por gestos, Telefona ao enfermeiro para vir depressa, e a minha mãe a acenar que não, e o meu tio, de mãos nos bolsos e nariz no ar,

– Mas que grande carga de água, meninos, isto para mim não oferece dúvidas, é o Dilúvio

e o meu pai a exibir o cartuchinho das pastilhas, preocupado com as pessoas que começavam a interessar-se por nós,

– E se bebesses umas vitaminas que me entregaram para ti, Artur?

e o meu tio, sacudindo a proposta com um gesto desdenhoso,

– Temos é de construir uma Arca depressa e enfiar-lhe no porão a bicharada inteira

e eu

– Já agora porque é que não comemos o bitoque primeiro?

e a minha mãe a agarrar a sugestão, esperançada,

– Com o bitoque fazes a Arca num instante, Artur

enquanto Lisboa se vomitava para o Tejo, com os pássaros sobre os desperdícios, o entulho, as sobras de comida e as vísceras de animais mortos, talvez que os pássaros engulam o apelo das locomotivas e a tristeza das cortinas e do abajur de folhos da sala, engulam Santa Apolónia e as dálias da Quinta do Jacinto e Benfica e o halo das lâmpadas e a minha vontade de chorar, engulam as nossas vozes e a lembrança de nós, e os meus pais a tangerem o meu tio para uma casa de pasto de operários sobranceira à praia, com uma telefonia aos gritos e tu, soprando corolas, a procurar o que dorme contigo no banco vazio sob a nogueira, e a baía de Cascais na distância, e o meu tio, recusando a ementa, a declarar ao empregado de avental

– Só me alimento de gafanhotos e mel silvestre, meu filho

e o meu pai, capaz de se ajoelhar no chão,

– Faz-me a vontade, Artur, bebe o remédio

e uma voz de mulher a debitar notícias no rádio, e um rafeiro a

espreguiçar-se, de lombo em alfange, na cozinha, e a minha mãe para
o meu pai, a levantar-se da mesa,

– Tens o número de telefone do hospital, Teodoro?

e eu a imaginar frades desembarcados de uma sereia de ambulância, trotando direitos ao meu tio e a seguirem com ele para o asilo
junto da igreja da Luz e da feira de pobres de julho, e o empregado

– Perdão?

e o meu tio

– Gafanhotos e mel silvestre como o meu discípulo João Baptista
que te purificou no Jordão

e o meu pai

– Não faça caso, senhor, não se ofenda, é uma brincadeira, traga-
-nos quatro bitoques mal passados

os timorenses das barracas do Vale do Jamor vinham à muralha
olhar o Tejo numa saudade de monções, e as suas camisolas de rebotalho trouxeram-me à ideia a minha avó vestida de noiva no seu féretro,
em Trás-os-Montes, o vestido de noiva, guardado entre rocas de alfazema, que usara sessenta anos antes numa época em que a noite e os
comboios e Santa Apolónia não tinham nascido ainda, e era dezembro e nevava na aldeia e os pés deixavam no sobrado longas marcas
negras, esvaziávamos calicezinhos de moscatel e comíamos bolachas,
os cadelos do pastor uivavam à morte, e o meu tio girava em torno da
cama aspergindo a defunta com um ramo de oliveira embebido em
aguardente, e o frio e o escuro provinham não do inverno mas da
boca da finada, com um dente solitário a erguer-se do lábio como um
espargo, do mesmo modo que os timorenses provinham não das cabanas do Jamor mas dos limos dos esgotos, do mesmo modo que o teu
odor, Iolanda, provinha não de ti mas das dálias da Quinta do
Jacinto, das dálias da Rua Dois, da Rua Quatro, da Rua Seis, da Rua
Oito da Quinta do Jacinto, que impregnavam o quarteirão do seu
perfume de almíscar, e o meu tio, a olhar a tigela do bitoque,

– Não vejo gafanhotos neste prato

e o empregado

– Perdão?

e a minha mãe, a afagar o broche de coral,

– O senhor não tem uma lista dos telefones por aí?

e o meu pai

– Toma as pastilhas, Artur

e tu, fechando o livro,

– Custa-me não o ver debaixo da nogueira

e era como se as couves, e o banco de pedra, e as sombras, e o sol no muro desaparecessem do quintal e mais nada existisse para além da saudade dele, uma gaivota equilibrou-se na muralha a fixar-nos com a órbita escarlate,

(um dia, pensei eu a molhar o pão no ovo, vou-me embora para um lugar em que não haja a noite, para um lugar sem comboios onde a luz dos candeeiros não me assuste)

e mesmo na Cruz Quebrada as locomotivas zuniam como os papagaios do mar, e os de Timor à espera que a sua ilha se aproximasse como uma nau, e o meu tio para os operários das mesas vizinhas

– Quem me ajuda a construir a Arca?

com a gaivota a fixá-lo, a fixar-nos, e o dono da casa de pasto a apagar a telefonia e a perguntar do balcão

– A carne não o satisfaz, amigo?

e a minha mãe à cata do número do hospital na lista, e o meu pai

– Acalma-te, Artur, senta-te, prova o bitoque, acalma-te

e eram cinco gaivotas agora, alinhadas no parapeito da muralha, três fêmeas e dois machos, e o padre abriu a porta trazendo consigo a neve e anunciou

– A paz do Senhor seja convosco

mas não há paz, Iolanda, há esta inquietação, esta ansiedade, como farão os outros para aguentar a vida?, e o meu tio, para o da casa de pasto,

– Cá por mim enfie a sua carne pelo rabo acima

e eu contei doze gaivotas fora as que voavam por cima das canoas, doze gaivotas a fixarem-nos e os operários das mesas próximas a fixarem-nos também, e os timorenses do Jamor, e as carruagens, e as ondas, e a minha avó, de noiva no caixão, a rir para o padre o dente que tinha, a minha mãe não dava com o telefone na lista e o proprietário contornou o balcão com o braço prolongado por uma faca de trinchar

— Repete lá isso, repete lá isso

e o meu tio, inabalável

— Por mim pode enfiar a sua carne pelo rabo acima

e o empregado segurou-o por detrás e o meu pai, a tentar separá--los,

— Ele é doente, senhores, ele não regula, está internado há um ano numa clínica de doidos

e o teu pai para ti, a espreitar a rua da plataforma da estação

— Em que raio de sítio o que dorme contigo se meteu, Esposende não é tão grande que um fulano se perca

e a tua tia

— Pediu que esperássemos um bocadinho que ia tomar um chá de limão ali em frente

e o teu pai

— Se ele perde o comboio só tem o de mercadorias amanhã

e o salva-vidas roncava e calava-se, roncava e calava-se, roncava e calava-se, e o teu pai

— Que raio de ideia, agora é que se foi lembrar de tomar chá

mas o que se deita contigo não apareceu na Quinta do Jacinto, nunca mais atravessou a rotunda com a pasta na mão, nunca mais subiu a encosta no seu passinho moribundo e tu para o teu pai, a tirares a seringa de insulina da carteira,

— Tem a certeza que o avô não lhe pregou um tiro de espingarda, tem a certeza que o avô não o abateu nos tomateiros de Esposende como fez ao do turbante que empalharam na Câmara?

e o teu pai

– Qual turbante, pequena?

e tu

– O professor de hipnotismo por correspondência, o que voava, o que era da Polícia antes da revolução, o que vinha a Alcântara fazer perguntas sobre nós

e o teu pai

– Tu não andas boa da cabeça, rapariga, alguma vez se viu um homem que voasse

e a tua tia

– Turbantes?

e o dono da casa de pasto para a minha mãe

– Doença não é desculpa, madame, eu tenho o fígado em papas e não ofendo ninguém

e tu, numa voz da cor das dálias dos canteiros,

– Os turbantes que passam por aqui a caminho de Marrocos

e o meu tio, que o empregado estrangulava,

– Larga-me, Belzebu

e o enfermeiro, prendendo-lhe a camisola de forças com correias,

– Eu não recomendei que lhe dessem o remédio, caramba, eu não os preveni que se ele não tomasse as pastilhas armava um pé de vento e peras?

de modo que no sábado da semana seguinte, quando o visitámos no asilo, o encontrei de novo no outro lado dos bunkers, sentado nos arbustos junto à cerca, a observar as operárias da fábrica de bolachas e a estrada para a igreja da Luz, e eu

– Como se sente, tio?

e ele

– Deo gratias

e então pensei, aliviado, Como não melhorou não lhe dão alta e posso ficar com o quarto dele e tocar-me, sem que a santinha da page-la me proíba, a pensar nas mulheres a cinquenta escudos por tango e trinta escudos por valsa sem contar os ginger ales e as cervejas, um quarto com uma varanda para os pombos de Alfama, para as escadas e os saguões e as cordas de faquir dos algerozes de Alfama, uma varanda sem comboios nem o rio à minha frente, e então pensei que talvez um quarto só para mim me ajude a atravessar a noite, e então pensei Talvez que se eu abrir as portadas o odor das dálias chegue da Quinta do Jacinto até aqui, comigo sabendo-te, Iolanda, a espreitar o banco sob os frutos da nogueira que chocalham como dentes, na esperança que o que dorme contigo se acomode num galho, aguardando que adormeças para entrar na vivenda a falar-te de Benfica, de árias de ópera e de ecos num sótão, e no entanto asseguro-te que não virá porque nessa tarde, depois do asilo,

(e a minha mãe

– Até sábado, Artur

e o meu pai

– Até sábado, cunhado

e o meu tio

– Deo gratias)

parámos numa pastelaria da Luz, junto ao Liceu, a fim de que a minha mãe tomasse uma italiana por causa das baixas de tensão,

(e o médico para os meus pais

– Vamos ter de o isolar durante um mês ou dois que o ar do rio piorou-o

e a minha mãe, a afagar o broche de coral com uma cercadura cromada, representando um perfil de vaso grego,

– Pôs-se a apregoar o Dilúvio no restaurante, senhor doutor, nem calcula o susto que apanhámos)

e eram cinco ou seis horas e as mesas ferviam de alunos do meu ano ou de anos próximos do meu, a conversarem, a fumarem, a mostrarem-se revistas, a chuparem batidos de baunilha, excepto uma rapariga ao nosso lado, a escrever notas num caderno com o livro de história e um bolo de arroz e uma água mineral,

(e o médico

– Acho melhor que ele não saia daqui, minha senhora, se o enfermeiro não chegasse a tempo imagine a maçada que não era

e o meu pai

– Tem toda a razão, senhor doutor, foi por um triz que não levei um soco

e eu a pensar

– Não torno a dormir na sala, que bom)

e asseguro-te que não merece a pena fingir que dormes sem dormir porque no momento em que trouxeram o café da minha mãe, o galão do meu pai e o meu sumo de ananás, vi a que escrevia notas num caderno erguer os olhos para um sujeito de chapéu tirolês, com a pasta do emprego numa das mãos e um chá na outra, que se inclinava para ela a perguntar, num sorriso envergonhado

(e o médico para o meu pai

– Já vê)

– A menina permite que me apresente? Não leve a mal o atrevimento mas gostava de conversar um bocadinho consigo.

Livro quinto

A Representação Alucinatória do Desejo

1

Tudo isto se passou há muito tempo porque tudo se passou há muito tempo mesmo o que acaba de acontecer agora e que foi ter dado corda à grafonola para ouvir uma ária da Bohème e achar-me sentada na cadeira de baloiço com o morro de Monsanto em frente e o verde das árvores azulado pela refracção da distância como na época em que o meu pai ali combateu em mil novecentos e dezanove durante a revolução monárquica. A minha irmã Maria Teresa e a minha irmã Anita juram que se recordam desse ano porque o telefone tocava sem descanso e foram à Penitenciária visitar o meu pai, e disseram-me que a nossa mãe andava grávida de mim sempre pálida e a vomitar, mas as minhas lembranças mais antigas principiam aqui, na Calçada do Tojal, e não em Queluz onde os meus irmãos nasceram num rés--do-chão perto de um parque com faias e bancos de ripas e a relva dos canteiros suja de papéis e de pontas de cigarros. Talvez eu gostasse de viver nessa casa que me descrevem como sombria e estranha, embora todas as casas sejam sombrias e estranhas quando se é criança e não se cresceu aí o suficiente para nos apercebermos que as sombras e a estranheza existem em nós e não nas coisas, e então desiludimo-nos a pouco e pouco com a aborrecida e estática vulgaridade dos objectos.

As minhas lembranças começam em Benfica e dantes, quando ouvia falar de locais conhecidos delas onde eu nunca estivera, assaltava-me a impressão de entrar numa sala de cinema em que o filme se desenrolava já, obrigando-me a perguntar o que sucedera antes da minha chegada a fim de tentar entender a intriga e as personagens que pareciam representar apenas para os outros, como se a má educação do meu atraso as ofendesse. As minhas lembranças começam em Benfica, não aqui no sótão mas lá em baixo, no pátio da cozinha, do lado oposto à palmeira dos Correios, e vestiram-me um bibe e estou acocorada num degrau a ver as galinhas que debicam no que devia ter sido uma horta por se notarem raízes espreitando da erva, e nisto o meu irmão Jorge aponta os frangos a ordenar-me Mata e eu pego num tijolo e corro atrás dos bichos e o meu irmão Fernando, que brincava perto de mim, levanta-se a chorar aos gritos pela criada, o meu irmão Jorge sacode-o por um braço, e a nossa mãe pergunta, da janela sobre o tanque de lavar a roupa, O que é isso Julieta?, e tem cabelo castanho, e olha-me sem sorrir, e eu paro não pela zanga dela mas pelo medo que se adivinha na sua cara por detrás da zanga, e o medo dos adultos inquietava-me por me tornar desprotegida e nua. Mesmo nisso julgo ser diferente das minhas irmãs, do mesmo modo que nunca me aconteceu sentir nenhuma casa como sombria e estranha, o que cuido ser sinal de não haver tido infância da maneira que elas a tiverem, em parte por o meu pai não me falar como se não gostasse de mim ou eu o incomodasse, e uma ocasião, num domingo de manhã, quando se encontrava já doente e sem sair da cama, entrei no quarto e aproximei-me do seu corpo sem espessura, no qual as pupilas luziam como carvões de salamandra, e ele olhou-me um instante, no silêncio cheio de ruído de quem vai falar, e desviou o queixo para a parede sem abrir a boca e foi a primeira vez, antes da sua morte, que me senti órfã, de modo que no dia em que faleceu de facto eu não tinha pai e em lugar de me sentir triste subi ao sótão, abri a janela para Monsanto e pus-me a observar as árvores longínquas, diversas das árvores menos distantes da mata que ecoavam o brado dos pavões. Escutava as visitas no primeiro andar, conversando como na igreja, escutava passos sobre passos e o meu irmão Jorge a cumprimentar as pessoas e a acompanhá-las à saída, mas não ouvia o badalar dos pêndulos nem os cucos de madeira porque as minhas irmãs, que cobriam de tiras de crepes os caixilhos e as fotografias das cómodas, imobilizaram os relógios a fim de aumentar o silêncio e a dignidade da ausência, e tudo se me afigurava vazio como um rescaldo de incêndio. Quando a campainha da rua desatou a chamar de minuto a minuto chegou mais gente e iniciaram o velório transportando cadeiras para o quarto e arrumando-as em torno do cadáver, os homens vinham para o jardim acender cigarros, as criadas deslocavam-se em bicos de pés com travessas e garrafas, Monsanto reduzia-se aos postes de electricidade que cercavam a prisão, uma coruja ou um morcego passou rente aos prédios que construíam adiante da casa, e eu fechei a janela, coloquei uma valsa no prato do gramofone e rodei o botão do som até à maior intensidade possível, de tal forma que as paredes oscilaram e o prédio inteiro zunia com a música, e o meu irmão Jorge, fardado de tenente, entrou no sótão a apertar as orelhas com as palmas e desligou o maquinismo. Regressei à janela e os vultos que fumavam no quintal olharam para mim, surpreendidos.

Mas isso, como o resto, também se passou há muito tempo, ou então tudo se passou ao mesmo tempo num ano ou num mês ou num minuto da minha vida que não consigo determinar ao certo, onde o antes e o depois possuem uma idêntica textura que me exclui, como o que sucedeu antes do meu nascimento e se prolongará quando eu me for embora, num dia também de inverno como aquele em que enterraram o meu pai, e a seguir ao funeral chamaram-me a almoçar à sala em lugar de me trazerem a comida, a minha irmã Maria Teresa retirou os crepes das fotografias, o meu irmão Fernando acertou os relógios, dúzias de cucos romperam a trabalhar dos postiguinhos e eu pensei Agora é a vez da nossa mãe e depois a dos meus irmãos e depois a minha, e quando for a minha serei a única pessoa que aqui mora e ninguém arrumará cadeiras em torno do cadáver, ninguém irá fumar para o jardim, e como não sabem que existo demolirão a casa com tractores, e um cuco derradeiro ficará a cantar, submergido por um monte de entulho. Acabada a fruta dirigi-me ao pátio da cozinha na ideia de agarrar num tijolo e perseguir os frangos e lembrei-me que já não possuíamos galinhas, o meu irmão Fernando perguntou Onde é que foste, Julieta?, e eu galguei os degraus para o sótão, fechei a persiana, e fiquei que tempos às escuras sem pensar em nada, ouvindo a chuva.

Quando eu era criança gostava de fevereiro. Gostava das gripes de fevereiro e da doçura da febre. A nossa mãe mandava uma das criadas cá acima para dormir comigo, e a respiração dela mantinha-me acordada como se tivesse de defender-me do seu sono. De manhã cedo a mulher vestia-se e desaparecia do quarto mas o calor no colchão impedia-me de serenar, a febre aumentava, os barulhos da casa (torneiras, o leite no fogão, gonzos de armários na copa) adquiriam uma amplidão de estrondos, e eu temia que ela voltasse, na noite seguinte, para me atacar com os seus suspiros de borrego. E todavia isto passou-se há muito tempo mesmo o que acaba de acontecer agora (dar corda à grafonola para ouvir uma ária da Bohème) e ainda gosto de fevereiro e das gripes de fevereiro e já não existe nenhuma criada para dormir comigo porque a partir de certa altura a nossa mãe, ou o meu pai, ou os meus irmãos, ou a família em conjunto impediam os estranhos de me verem nunca entendi porquê, e talvez não quisesse entender dado que nunca me lembrei de perguntar. Empurraram as coisas do sótão para uma zona esconsa, trouxeram a minha cama para aqui, e só aos domingos me chamavam para comer com eles na sala de jantar do rés--do-chão, numa atmosfera tão tensa que me apetecia gritar ou correr para o jardim por sentir que o seu ódio se relacionava comigo. Fosse a que horas fosse parecia-me, segundo os mostradores contraditórios, que vivíamos em simultâneo em todos os momentos do dia, ou então que todos os momentos do dia eram um só, o meu irmão Jorge orde-nava-me Mata e eu levantei-me, fui ao pátio da cozinha buscar um tijolo e lancei-o com força para o centro da mesa onde estava o galhe-teiro e a travessa do peixe cercado de feijão e de cebolas cozidas, com a órbita reflectindo em miniatura o candeeiro de seis braços do tecto. No momento seguinte achava-me aqui em cima no sótão, a oscilar na cadeira, e o ruído do chão dir-se-ia cravado como um osso no silêncio da casa. Julgo que mesmo o som dos meus passos e as árias do gramo-fone são uma forma de silêncio, e que o barulho principia no instante em que as pessoas se calam e ouvimos os pensamentos moverem-se dentro delas como as peças, que tentam ajustar-se, de um motor ava-riado. Um fragmento de tijolo quebrou a cristaleira, tilintando em cascata como uma gargalhada de água. O meu pai veio bater-me com o cinto e foi-se embora, e eu não me importei porque ele já estava morto. Um ano ou vários anos após a sua agonia a nossa mãe quei-xou-se da cabeça e de uma lâmina que lhe retalhava as fontes, e isto na época em que os periquitos deixavam de voar, se encolhiam nos polei-ros com os pêlos eriçados, e caíam no cimento com um baque fofo. Após retirarem o último de uma tigela de grainhas a minha irmã Ani-ta lavou a gaiola com um desinfectante que picava nas narinas, retirou os poleiros e as caixas para os ovos e a gaiola permaneceu deserta até à chegada da raposa, que logo no primeiro dia trotou em círculo no interior das grades, a gemer como um bebé a quem os dentes rompem, em busca de um buraco para poder escapar-se. Mesmo durante a noi-te acordo com os uivos com que interpela a buganvília formulando perguntas a que ninguém responde, tal como ninguém me respondeu quando levaram o Jorge do Tojal para Tavira, junto ao mar. A minha irmã Maria Teresa disse que Tavira é uma cidade sem cegonhas, com gaivotas nos arcos da ponte e nas quilhas dos barcos, e velhos sentados em esplanadas, a beberem o sol por copinhos de anis. Não me recordo se a nossa mãe morreu então ou antes disso visto que tudo se passou há muito tempo e os episódios se confundem, mas sei que um enfermeiro lhe aplicava oxigénio ao fim da tarde, enquanto ela definhava na poltrona e o meu irmão Fernando se trancava no quarto ou passava os serões na pastelaria defronte da igreja, a sorrir para a mulher do veterinário que tomava chá com as amigas. No dia do funeral, momentos antes do enterro, estava eu na janela e um senhor ruivo chegou com um ramo de flores, deixou o ramo no capacho e partiu sem tocar a campainha, e eu pensei que viera fazer um recado ou se enganara na morada. Nessa noite sonhei que a nossa mãe passeava com um homem ruivo, de mãos dadas, no jardim, e o meu pai tornou a falecer como no dia em que desviou a cara do meu rosto e me senti órfã como me senti órfã do meu filho quando mo tiraram na Guarda, e eu preocupada com o que saía aos arrancos, chorando sempre, das minhas nádegas deitadas. Recordo-me de estar estendida na cama e de os pinheiros se erguerem a seguir à casa da minha avó e ao tapume de pranchas que se desprendiam uma a uma, e recordo-me dos pássaros chiando na espuma dos rochedos. Como não existia um sótão para me ocultarem nem uma cadeira de baloiço em que me sentasse, cirandava de compartimento em compartimento espiando os pinheiros e a rua que terminava num armazém abandonado, bolsando trevas na direcção da chuva. A minha avó costurava de sapatos no rebordo da braseira, e deixei de ouvir as árvores no momento em que um quadro representando um homem calvo e de bigode me olhou com uma severidade inexplicável. Então as dores tornaram-se contínuas, os pássaros evaporaram-se e desinteressei-me de mim.

Quando a nossa mãe morreu e o meu irmão Fernando se foi embora ficámos as três sozinhas na Calçada do Tojal diante de Monsanto, as quintas à nossa volta transformavam-se em prédios e as camionetas levavam a vinha-virgem para os depósitos de lixo da cidade. Connosco habitavam a raposa e um garoto que não cheguei a ver, salvo de costas, quando descia o saibro do jardim a caminho da escola, calado como o filho da costureira na época em que brincávamos no pátio da cozinha e eu odiava os seus gestos retraídos e a humildade com que suportava os meus caprichos, de tal forma que um dia peguei no tijolo dos frangos para lhe arremessar à cabeça, mas o facto de ele não se mexer, de não fugir, fez com que eu imobilizasse as mãos sobre a cabeça e permanecesse assim, de braços erguidos, suspensa como num retrato, a desviar a vista para as cegonhas da palmeira dos Correios, de asas abertas sobre as agulhas da copa. O garoto acabou por partir há muito tempo já que tudo na minha vida se passou há muito tempo, como a infância dos outros, como o que acaba de me acontecer agora, ainda que o passado me não pareça sombrio nem estranho como as casas de que me falavam e em que nunca morei e como aquela em que vivo sozinha desde a morte das minhas irmãs, de relógios em horas diversas no andar de baixo como os cadáveres em diferentes posições de um desastre de comboio, os cucos pendurados das portinhas de madeira, fotografias invadidas pelo pó, teias de aranha unindo as volutas do candeeiro da mesa de jantar aos talheres que esperam os finados e as vidraças que tombam como películas de seda, tornando os gemidos da raposa na gaiola tão vizinhos de mim como se a minha garganta os emitisse. Ergo-me da cadeira de baloiço, apoio-me no beiral e as cegonhas de Monsanto, sobre a cadeira, são as mesmas que sobrevoavam a Luneta dos Quartéis em mil novecentos e dezanove, rasgando com o bico a farda dos soldados. Tinha a impressão de escutar tiros distantes, cascos de cavalos, rodas de peças de artilharia nos desníveis da colina, relinchos, gritos, vozes, e quando tudo se calou e a casa imergiu de novo no silêncio habitual principiei a ouvir passos na escada, hesitantes como os de uma criança que se não atrevesse a pronunciar o meu nome. De início senti-me confusa que foi sempre a minha forma de ter medo mas pensei a seguir Não pode ser, é ilusão minha, é impossível, aqueles que me conhecem desapareceram já, e todavia a criança deslocava-se de quarto em quarto, quase sem rumor, chamando-me baixinho, como as ervas de março, numa clareza secreta. Anoitecia, o poente dos ciprestes afogou os pardais, um dos degraus para o sótão estalou, mas não pus nenhum disco no prato da grafonola nem acendi a luz: preferia não ver as minhas mãos lado a lado no colo como caranguejos em sossego, preferia esquecer--me dos traços do meu rosto até me tornar uma surpresa para mim como alguém que se observa pela primeira vez, adulta, na moldura de um espelho. Sentada na cadeira de baloiço, com a luz de Monsanto a iluminar os álamos, esperei que a criança, que sabia mais próxima pelo estalar das escadas, viesse ao pé de mim e me tocasse no ombro. Mais cedo ou mais tarde acabaria por fazê-lo, e eu ia poder, como os outros que me antecederam, abandonar aquela casa. Se junto ao portão, no termo da ladeira de cascalho, voltasse a cabeça para a janela do sótão, encontraria no peitoril pintado de branco e tornado mais branco ainda pela reverberação da noite um braço infantil acenando-me lá de cima como quem se despede, no cais, sem amizade nem remorso, de uma companhia que não voltará a encontrar.

2

Havia já vários meses que não me sentia bem mas de início não me passou pela ideia que pudesse ter um cancro. Começou por uma espécie de tristeza, de lassidão, uma angústia difusa que me impedia de dormir, movendo-me na cama até a madrugada acinzentar os estores, os contornos se distinguirem na penumbra e os vidros do relógio e das fotografias na mesinha de cabeceira se tornarem duros como um olhar que nos despreza. Durante o dia ficava na salinha da televisão e episódios tão remotos que os julgava esquecidos para sempre surgiam-me de repente na memória: uma bala perdida que furou o guarda--vestidos da minha irmã, andava eu pelos dois ou três anos, na época em que morávamos na Rua Ernesto da Silva, o odor da fábrica de conservas de peixe em Argel, o mês de agosto em São Martinho do Porto a construir muralhas de areia contra o mar, braços que me transportavam ao colo para o andar de cima, e também o verão em que conheci o meu marido, chás dançantes no Estoril, passeios de bicicleta, piqueniques, crapauds, sestas em Mortágua, terças-feiras gordas. E o vento nas faias da quinta a desarrumar a compostura dos cabelos.

Mesmo quando acordei no hospital não julguei que fosse um cancro. Doía-me a testa, tilintavam chávenas no corredor, rostos desconhecidos inclinavam-se para mim numa atenção de corolas, um dedo subia-me o antebraço como se seguisse num mapa os meandros do Mondego, uma agulha desapareceu-me na pele e vi o meu sangue, escuro, na seringa, como o dos animais que a cozinheira degolava para os almoços da família. Pensei Sou um coelho morto, e as minhas tripas que tombavam no alguidar de estanho fizeram-me gritar de repulsa e de horror. Pêlos grisalhos brilhavam num degrau, entre os chinelos da cozinheira, áceres primaveris bailavam sobre o muro, era dia e noite nos azulejos, a fraulein que tomava conta de nós disse para os outros médicos Vamos fazer-lhe um electroencefalograma, moviam-se-me folhas sobre a cabeça e achei-me a gritar, assustada, no caramanchão do lago, onde os reflexos da água deslizavam no cimento esborcelado. O meu pai procurava-me no jardim repetindo o meu nome, eu escutava-lhe a respiração e os passos sem conseguir responder, mas como o electroencefalograma era normal mandaram-me embora com a ordem de repousar uma semana e o conselho de procurar um neurologista se as paredes continuassem a rodar à minha volta e a sensação de enjoo não se desvanecesse.

Como durante os primeiros dez anos de casamento não tive filhos afeiçoei-me aos meus sobrinhos. Jantavam em minha casa às quintas-feiras, subiam ao sótão a ouvir discos na grafonola de campânula, ajudavam-me a regar os arbustos, quando estava calor dava-lhes banho com a mangueira e eles torciam-se e riam de prazer, batendo palmas, cobertos de gotas que a tarde irisava, à maneira de um pequeno rebanho surpreendido pelo orvalho, ou pediam-me que me sentasse ao piano aberto para espreitarem os martelinhos que percutiam as cordas, enquanto os chocalhos trepavam a Calçada do Tojal para o cemitério abandonado. Às sete horas o meu marido dava corda aos relógios de parede ao lado de duas gravuras com legendas em espanhol, Guillermo Tell Despide Su Barca (um homem a empurrar com o pé uma espécie de galeota) e Guillermo Tell Amenaza Al Gobernador (o mesmo homem mostrando o punho a um velho com um barrete escarlate) e por alturas da sobremesa tocavam à porta e o vizinho que habitava com as irmãs solteiras a moradia à esquerda da nossa, trabalhava na Vacuum e se chamava Fernando, perguntava ao meu marido se o levava de automóvel para a Baixa quando fosse fazer scrão na Companhia dos Telefones. Depois da revolução vendemos a casa da Calçada do Tojal, mudámo-nos para um sexto andar na zona recente de Benfica, perto do mercado novo, uma das gravuras de Guilherme Tell quebrou-se, os meus sobrinhos deixaram de tomar banho de mangueira e cresceram, um deles, que se tornou cirurgião, foi para Londres e voltou de Londres, de forma que da segunda vez que desmaiei com um ataque epiléptico e a voz do meu pai me procurou no caramanchão do jardim, o meu sobrinho radiografou-me o crânio, tornou a radiografá-lo, diagnosticou um derrame no cérebro, e à medida que falava, a brincar com uma haste cromada de ponta de borracha, dei-me conta de como os anos haviam passado para nós. Ao regressar de táxi a Benfica, através de uma cidade que mudava sem descanso e me era estranha agora, apercebi-me que possuía a idade com que o meu marido e o meu pai faleceram, de modo que busquei o rosto do chofer no espelho retrovisor à cata de auxílio, e encontrei um par de pupilas atónitas como as das bonecas, estremecendo pestanas de nylon. Não sobrava nenhum pátio nem nenhuma quinta, a casa da Calçada do Tojal desaparecera, uma sucursal de banco erguia-se no lugar da palmeira dos Correios, o jardim dos meus pais transformara-se em fachadas e eu pensei, a pagar a corrida, se levariam o meu caixão no elevador ou aos trambolhões pelas escadas, e ao meter a chave à porta as pernas amoleceram, caí de joelhos no tapete, gatinhei no sentido do telefone que não parava de tocar, levantei o braço para o auscultador, o aparelho despenhou-se à minha frente, um cochicho perguntou se era do talho, animais esfolados dependuravam-se de ganchos, sujeitos de avental, cobertos de crostas de sangue, rasgavam pedaços de carne, a empregada cabo-verdiana surgiu da cozinha de ferro de engomar na mão, a carne amontoava-se num prato de balança, quis dizer Liga ao médico depressa e articulei Guillermo Tell Amenaza Al Gobernador, um vento agitou as bétulas no interior do meu peito, o meu marido morto veio do quarto de banho, com uma das bochechas coberta de sabão de barba e a navalha em riste, a certeza de que me deceparia as carótidas obrigou-me a chorar, a empregada marcava um número por cima dos meus soluços, a carne da balança gotejava-me na nuca, alguém batia no apartamento de baixo e afinal era uma artéria do meu pescoço latindo contra a pele, o meu sobrinho anunciou que pensava ser uma quebra de tensão mas supunha mais prudente refazer os exames, e como estávamos em julho reguei-o a ele e aos irmãos com a mangueira do jardim e os miúdos saltavam de prazer, internaram-me no Hospital da Cuf para estudos e análises, e nessa noite acordei com uma mulher aos gritos, acendi a luz, pedi à enfermeira que me trouxesse um espelho e notei que as minhas narinas se haviam afilado como as dos cadáveres nos esquifes.

Logo que me deram alta do hospital de onde se via o rio pela janela, e a minha filha me conduziu para casa, não era capaz de lavar os dentes sozinha: friccionava os lábios, a língua, as gengivas e o queixo, as cerdas magoavam-me, e acabei por me estender sobre a cama, exausta, descobrindo fissuras no estuque do tecto que devia situar-se sob a sanita do sétimo andar, habitado por um comandante da Tap carregado de enteadas e caniches, que às vezes encontrava no ascensor a fumar um cigarro impaciente. Também se tornara difícil comer por o arroz me cair do garfo, e uma das minhas irmãs, que nascera em Argel no tempo em que o meu pai trabalhava na fábrica de conservas e eu aprendi a ler em francês, sentou-se à mesa comigo, entalou-me o guardanapo, arranjou o peixe, empurrou as espinhas para o rebordo do prato, e deu-me o almoço a gracejar embora eu a soubesse em pânico por detrás do sorriso. A minha mãe, que faleceu há doze anos, pareceu-me também preocupada no retrato da mesinha de cabeceira, e assim que o meu sobrinho me visitou, estava eu a lembrar-me do

norte de África diante do televisor desligado, pedi-lhe que me expli-
casse a doença que tinha, enquanto árabes discutiam na rua, a minha
irmã mais nova não nascera ainda, o meu pai, de cabelo preto, lia o
jornal na poltrona, e a minha infância se desenrolava perante mim
como se estivesse a ocorrer naquele segundo. O meu sobrinho, de costas,
espreitava pela janela o mercado de Benfica, e eu recordei-me do verão
em que ele partiu o braço, em pequeno, ao cair no passeio da Calçada
do Tojal, do médico que lhe colocou o gesso em Santa Maria, e de
galgarmos às escuras a ladeira de saibro, com os periquitos dos vizinhos (duas irmãs solteiras, o funcionário da Vacuum e um militar preso no quartel de Tavira por uma indisciplina qualquer) a cantarem à
lua na gaiola enorme. A palmeira dos Correios sacudia-se e o meu
sobrinho respondeu de um só fôlego.

– É um cancro da cabeça, tia, não vale a pena operar, na próxima
semana começamos as sessões de cobalto, e eu tive dó do seu desgosto
e afaguei-lhe o pulso.

Sou uma mulher de silêncio que não aprecia as efusões nem as
lágrimas. Falo pouco por a maior parte das palavras se me afigurarem
vãs, e julgo que, para os outros, percorri a vida numa gravidade sere-
na, na qual não puderam adivinhar tristeza ou desespero. Não me
viram uma lágrima no dia em que os meus pais ou o meu marido se
foram, como raras gargalhadas me devem ter escutado nos setenta
anos que duro. Uma mulher de silêncio morando no silêncio, a ouvi-
-lo no interior dos sons, no interior das frases e da música, o silêncio
das ondas na Ericeira, o silêncio dos ralos no Algarve, o silêncio das
discussões quando os gritos começam e os muros urram, ecoando o
despeito das pessoas. O meu sobrinho abandonou a janela, endireitou
um quadro, alterou a posição dos bibelots na prateleira, repetiu É um
cancro, tia, uma luz de suor nascia-lhe da testa, perguntei, como se me
referisse a uma desconhecida, Quanto tempo, meu filho? e ele, men-
tindo mal, Vamos aguardar que o cobalto nos resolva o problema,
vamos encarar isto como um pesadelo passageiro, uma cegonha estalava

o bico na mata, e eu pensei que preferia morrer não neste prédio de apartamentos mas na casa dos meus pais, com o Senhor José a limpar as algas do tanque, que preferia morrer na Calçada do Tojal, em frente de Monsanto, de modo que fingi acreditar no que o meu sobrinho me dizia, a vê-lo menino, na cama, enovelado de gripe, e eu a entalar-lhe os lençóis e a ler-lhe histórias até ele sossegar. Depois de o meu sobrinho se ir embora o telefone tocou e calou-se antes que eu pudesse atender, dado que me mexia com dificuldade como se as articulações se soldassem por partículas de óxido, e ao passar por um dos relógios de caixa alta, cujo pêndulo não oscilava já, pensei por que motivo o meu marido não lhe dera corda e realizei então que morava sozinha neste edifício por cima do mercado, e que, pela ordem natural das coisas, alguém (a minha filha, um parente, um estranho, o comandante da Tap) ocuparia em breve o apartamento deserto. Como não me apetecia um livro nem o filme do televisor, engoli um dos hipnóticos que o meu marido tomava, deitei-me e no instante imediato tinha vinte anos e jogava ténis em Sintra com as minhas primas, num court rodeado de cactos e abetos, aureolado pela manhã de setembro. Distinguia-se o oceano ao longe, uma das bolas pulou a rede e sumiu-se nos abetos, um amigo das minhas primas trotou a procurá-la, e eu casava-me dali a semanas e não me sentia feliz nem infeliz, sentia-me estranha, o meu noivo acariciou-me a mão e apeteceu-me estar em Argel no colo do meu pai.

Como não conseguia sair as amigas visitavam-me a seguir ao almoço, ocupavam os sofás, traziam cadeiras do corredor e da sala de jantar, e conversavam num tom mais agudo do que o habitual, de súbito optimistas e alegres e cheias de planos de futuro que me incluíam, e eu imaginava-as a respirarem fundo no patamar como actores prestes a entrarem no palco para uma pequena comédia de felicidade e esperança que nenhuma de nós possuía, ansiosas com o seu próprio sofrimento, com a sua própria vida, e, como as idades se aproximavam da minha, interrogando-se acerca da forma que a morte escolheria para as arrastar consigo, implorando Meu Deus um cancro não, como se Deus se desse ao trabalho de fabricar agonias pessoais como os alfaiates fabricam roupa por medida, em vez de nos varrer num gesto distraído como insectos incómodos. De quando em quando descia as pálpebras e elas apressavam-se a cochichar, comentando a minha palidez, a minha magreza, o cabelo que caía das fontes e da nuca, os curtos dias intermináveis que me separavam do coma, que me separavam do crucifixo no peito dos cadáveres. As minhas irmãs e a minha cunhada tricotavam ao meu lado, e havia um retrato de nós as cinco, jovens, em vestido de baile, tão diferentes do que somos agora, pesadas de um lastro de resignação e mágoa. As amoreiras da rua não alcançavam a janela como na Calçada do Tojal em que a vinha-virgem prolongava a luz alarmando os periquitos das solteironas. Aqui apenas uma planta da borracha crescia num vaso, e as folhas pendiam apesar dos borrifos da cabo-verdiana que se debruçava para ela como para uma convalescente melancólica. As amoreiras não alcançavam a janela mas os besoiros de junho raspavam a sua zanga nos caixilhos e eu acordava de manhã com asas esbarrando contra o espelho na ilusão de que existia um segundo quarto depois da moldura, com outra velha numa cama, outras cortinas, outras jarras. Pensei que os besoiros intuíam que eu ia morrer e desejavam escapar-se do odor do meu corpo que se tornara diferente, idêntico ao de roupa antiga numa arca. Eu detestava aquele cheiro que o sabonete acentuava ainda mais, e apetecia-me despir-me dessa caricatura de mim própria, recuar no tempo e caminhar entre pinheiros para a Ericeira, ao encontro da minha filha e dos meus sobrinhos, enquanto o equinócio erguia a água nas arribas e os banheiros caminhavam, carregando lonas de toldos, a favor do vento. Os catraios de uma colónia de férias entretinham-se a procurar girinos na lagoa, e no Instituto de Socorros a Náufragos um afogado levedava numa mesa. Um gaiato corcunda, de panamá, cuja mãe fugira para o estrangeiro com um advogado suíço, coxeava atrás dos amigos de perninhas bambas, e aos sábados os meus pais vinham de Lisboa beijar os netos e instalavam-se na esplanada a beber refrescos e a comer percebes, até se irem embora quando principiava a anoitecer, o automóvel desvanecia-se na bomba de gasolina, um vazio enorme cobria a praia e alargava-se às mimosas da falésia, o mar aparentava-se a um homem colossal esfregando as palmas para trás e para a frente nos joelhos, e eu, a abotoar o casaco de malha, sentia-me tão sozinha que me apetecia telefonar-lhes apenas para escutar a respiração deles na extremidade da linha. Agora, quando as pessoas que me visitam na minha doença conversam comigo, optimistas e cheias de projectos de futuro que me incluem, dá-me ideia que é sábado há trinta ou quarenta anos, que estou na Ericeira, que o automóvel dos meus pais se afasta, de faróis acesos, e sinto o abandono e o terror de antigamente, e no instante em que os faróis se evaporaram na bomba de gasolina e eu decidi ligar para Benfica o meu sobrinho acocorou-se num banquito como fazia na pensão do largo da garagem, a vinte ou trinta metros da praia, quando os irmãos saíam para o rinque de patinagem e ele se aproximava de mim a afugentar o medo de se encontrar sem mais crianças no hotel, salvo uma pequena ruiva chamada Julieta que brincava no pátio das traseiras e perseguia as galinhas da governanta jogando-lhes pedaços de tijolo. Perguntei-lhe quanto tempo me restava e ele cresceu de súbito até à sua idade actual, deixou de rir sob a mangueira, encostou-se à janela de costas para mim, a olhar o mercado, disse Cerca de duas ou três semanas, não sei, a Julieta, que era afilhada da dona da pensão, corria na Ericeira atrás dos frangos, o meu sobrinho continuava a olhar para o mercado, e eu lembrei-me de um ano distante em que prolonguei o verão até aos últimos dias de outubro, lembrei-me das bátegas no hotel deserto, do mecânico albino que rondava no temporal, dos albatrozes na cave da caldeira e nas empenas dos chalés entre as figueiras bravas, dos três cavalheiros de preto encafuados num quartinho do primeiro piso, e do corvo que arrastava as asas na cozinha soltando palavrões de marujo. Apesar das falhas no aquecimento, das janelas mal vedadas e de a torneira do chuveiro se recusar a trabalhar, sentia-me bem naquele outono em que as marés vivas ocultavam a areia e o céu não se distinguia do mar, ambos espumosos como uma baba de enxofre. Entretive-me a supor a rapariga ruiva irmã dos meus vizinhos da Calçada do Tojal, mudei-a para casa do empregado da Vacuum e do oficial preso, e quando o meu sobrinho recomeçou a endireitar quadros e a mudar os bibelots deixei de reparar nele porque a governanta da pensão tombou com um ataque, o corvo grasnava puxando-lhe o avental com as unhas, a chuva ensopava-lhe a saia e o cabelo, o meu sobrinho informou-me a sorrir A tia há-de durar eternamente, e eu concordei para não o perturbar, meti-lhe um chapéu tirolês no cocuruto, pu-lo na Quinta do Jacinto, em Alcântara, casado com a filha da modista dos meus pais, uma diabética nascida em Moçambique ou na Guiné ou na Cidade do Cabo, a apodrecer por dentro, como eu, de um mal sem cura que a devorava, e então recomecei a ouvir o mar de outubro e os albatrozes que piavam na cave das caldeiras, adormeci diante do televisor apagado e acordei a passear no meu quarto como nos castanheiros de Mortágua, onde o pai da minha cunhada, de casaco de linho, resolvia as charadas do jornal na varanda para a serra, rodeado de vespas, de grilos e do silêncio de sol das oliveiras.

Na tarde desse dia, a seguir ao tratamento de cobalto, os dentes começaram a cair-me: soltavam-se das gengivas à medida que o meu rosto se engelhava e raízes verdes me despontavam na boca, de forma que pensei que era de certeza primavera. A planta da borracha entortava-se na direcção da janela, o apelo das cegonhas da mata tornou-se mais próximo sobre o campo de futebol, e o som do elevador do prédio adquiriu uma consistência de vidro, como se transportasse pilhas de travessas e de pratos que se entrechocavam num rumor alegre. As vozes das visitas misturavam-se com os periquitos da Calçada do Tojal e as pessoas conversavam comigo equilibradas em poleiros de cana e caixinhas de madeira para ovos, alisando as penas com os bicos pintados. O meu pai dizia-me adeus, na Ericeira, com a manga de fora do

carro, um comboio vindo da Damaia assobiou o meu nome no apea-
deiro, e recordei-me de, quando ia a Alcântara, à modista, numa
vivenda geminada com dálias murchas nos canteiros, me assustar com
os apitos das locomotivas que rebolavam paralelamente ao Tejo, cuja
margem se eriçava de guindastes. O hóspede da costureira, que não
parava de beber cerveja, entrou no cubículo em que ela me consertava
uma bainha, derrubou a tábua de passar a ferro e informou que se
quisesse, minha senhora, era capaz de voar para a Tunísia como os
gansos selvagens. A modista expulsou-o para o quarto a ameaçá-lo
com a tesoira, o meu marido dava corda aos relógios de parede, a
minha irmã que nasceu em Argel limpou-me o queixo com o lenço,
o bêbado gritava Dona Orquídea apetece-me voar, apetece-me voar
dona Orquídea, deixe-me voar, a costureira, a cravar alfinetes na barra
do vestido, disse-me que teria de mandar o homem de regresso a Esposende por as pessoas de Alcântara, todas com dálias murchas nos canteiros da casa, se queixarem que o bêbado lhes tocava à campainha a
jurar que era milhafre, mas o que eu recordava de Esposende eram os
berros do salva-vidas perdido na névoa, as calhas por onde o barco
escorregava para o mar, um cinema desmontável erguido na praia, sobre
as estevas das dunas, e os altifalantes que torciam os diálogos dos actores, assemelhando-os aos guinchos das gaivotas. Sentei-me do lado de
fora da lona, por detrás do postigo da máquina de projectar, e distingui um sujeito que colocava e retirava as bobinas dos filmes, com um
cigarro de mortalha pegado ao lábio inferior. Entre mim e as ondas
havia uma rapariga de xaile, de pé na areia como se esperasse alguém,
e ao preparar-me para me dirigir a ela e lhe falar escutei a minha irmã
mais nova dizer à do xaile Ela agora adormece por tudo e por nada,
deve ser o princípio do coma, o amigo das minhas primas surgiu dos
arbustos de Sintra com a bola de ténis na mão, o meu marido veio do
escritório a cheirar a água de colónia mas a cozinheira arrancou-me
dos lençóis agarrando-me, como a um coelho, pelas orelhas cinzentas,
sentou-se num banco no pátio da cozinha, os áceres dançavam sobre o

muro, era dia e noite nos azulejos, ela abriu-me o ventre com a faca, e as minhas tripas amontoaram-se gotejando sangue, no alguidar de estanho.

3

Nunca vi o mar a não ser nas fotografias e nos quadros. Na sala do rés-do-chão existem um ou dois retratos das minhas irmãs na praia, sentadas na areia, acompanhadas por pessoas que não conheço, e distinguem-se as ondas ao fundo, a meio do seu voo. No quarto que foi dos meus pais há uma paisagem de arribas e falésias em que se não percebe a água, mas supõem-se as vagas pelos chorões num ângulo da tela e a aflição dos pinheiros. De modo que imagino o mar como um prado com senhoras de chapéu sorrindo ao vento. A minha irmã Maria Teresa disse-me que se notava o Tejo na casa de Queluz, e que a nossa mãe a levava às vezes ao Guincho onde um farol pulsava nos penedos, a azular a noite com uma pupila que se abria e fechava iluminando as árvores, as dunas e uma faixa de sombras que se deslocava devagar, semeada de escamas. Talvez por nunca ter visto o mar é que deixei de dar ordens ao filho da costureira quando, ainda criança, ele regressou de férias de Peniche e me contou que os motores das traineiras o acordavam de manhã ao partirem para o largo, abandonando um sulco de óleo na esteira do leme. Despertava com o trabalho dos motores, levantava-se da cama, chegava à porta, a lua diminuía nos ramos dos carvalhos e os navios afastavam-se em leque arando com as quilhas a superfície da espuma. Retirou do bolso um seixo que era a órbita de um grumete afogado, e eu esqueci-me dos frangos do pátio e do tijolo de matá-los, pasmada com aquele olho cego mirando-me numa indiferença leitosa. Nessa tarde pedi ao meu irmão Jorge, ocupado a alimentar os periquitos, que me transportasse a Queluz a observar o rio, ele respondeu, mudando a alpista das caixinhas, varrendo-as com uma escova e verificando os ovos, que o meu pai me proibia de sair do sótão, perguntei porquê e ele abanou a cabeça sem falar, baloiçando um saquito de grainhas na extremidade do braço. Três cegonhas rodavam nas cercanias da mata, e no degrau do pátio da cozinha, enquanto a criada abria vagens de ervilhas para um tacho, o filho da costureira contou-me da volta das traineiras, contou-me dos cestos de cherne e de garoupa na lota, e de como os marinheiros os salgavam oferecendo-os aos negociantes que recuavam as camionetas até ao rebordo do cais. Como o mar dele se afigurava diferente do mar sem mar das fotografias e dos quadros, o filho da costureira desenhou-me Peniche, a lápis de cor, numa folha de papel, demorou que tempos a cobrir o oceano com os dedos, e ao estender-me a página encontrei alpendres tortos, uma borboleta maior do que as chaminés dos telhados, um girassol a sorrir e a órbita do grumete naufragado: toda a gente me escondia as ondas de forma que me enraiveci, peguei num pedaço de tijolo para lhe esmagar a cabeça, ele desatou a fugir, chorando de medo, de roldão com as galinhas, tropeçou, estatelou-se nas alfaces e antes que se erguesse para continuar a correr lancei o tijolo que se lhe desfez ao lado do pescoço. O meu irmão Jorge segurou-me pelo punho e arrastou-me para dentro de casa, e ao trazerem-me o tabuleiro do jantar ao sótão colocaram um disco no prato da grafonola para me acalmarem mas eu achava-me de tal maneira despeitada por me negarem o mar que recusei comer.

Só voltei a encontrar o filho da costureira muitos anos depois, na época em que já não havia periquitos na gaiola e a raposa girava no cimento a farejar as grades, urinando contra a rede metálica. A trepadeira alcançava agora o topo do muro, rebentando em florações de cachos, o meu irmão Jorge não aparecia na Calçada do Tojal e as minhas irmãs não abandonavam o telefone a procurá-lo, dobradas para diante numa expectativa tensa, como se alguém fosse tocar a campainha e participar que o haviam prendido por engano, que a polícia pedia desculpa e que o meu irmão chegaria a casa nessa noite como as traineiras de Peniche chegavam do largo, iluminado ele também, como os navios, pela transparência do poente. Começavam a construir prédios sobre prédios na Calçada do Tojal e nas ruas vizinhas, os rebanhos de ovelhas deram lugar a escavadoras, a máquinas de britar, a andaimes e a operários africanos de picareta ao ombro, os cachorros das quintas cessaram de latir nos portões, substituídos pelo assobio dos capatazes, deceparam em fatias a palmeira dos Correios e as cegonhas rodavam e rodavam em torno dos pedaços da árvore, sem saber o que fazer, e emigraram finalmente para os palacetes da Buraca, com leões de pedra na base das escadas. A nossa mãe despediu a cozinheira e as criadas, os relógios de cuco enganavam-se nas horas multiplicando vénias, e eu quase nunca descia do sótão, encapsulada em mim própria com as lágrimas por chorar no globo das cebolas. O pó que embaciava as janelas acumulava-se na alcatifa e nos tampos das cómodas, as gavetas recusavam abrir-se chocalhando talheres, a mesma roupa dependurava-se dias e dias da corda, e as pestanas dos retratos amortalhavam-se de sono. Aos domingos de manhã, à hora da missa, escutavam-se os gemidos da raposa tão desprezada como a roupa que oscilava ao vento, e também os insectos que se libertavam do lado mais húmido das plantas, e batiam as asas sem cor no ar doente. As tábuas do soalho vibravam ao ritmo da cadeira de baloiço como se caminhassem a cada impulso dos meus pés, e nisto apercebi-me que os degraus do primeiro andar para o sótão estremeciam igualmente, desviei a vista da torre da igreja, onde os sinos se sacudiam sem ruído, e o filho da costureira encarava-me do umbral na expressão humilde com que brincava comigo no pátio da cozinha, sujeitando-se aos meus caprichos numa submissão medrosa.

Com ele entrou a ausência de mar porque o mar só existe, sem aparecer, nas fotografias e nos quadros, e se me dizem que o meu irmão Jorge está em Tavira eu sei que mentem porque a praia é uma invenção dos retratos, tal como as gaivotas e os peixes, tratando-se de jogos de silhuetas fabricados pela justaposição dos dedos entre uma parede e uma lâmpada. O filho da costureira encarava-me da porta, a cadeira de baloiço estalava no soalho, e amontoava-se no esconso o aluvião do passado, armações de bidés, cómodas, cestos, o bafio das caixas de chapéus, malas de blusas e gabardinas antigas e, por baixo de nós, o coração dos relógios recuando o tempo. Puxei os caracóis para a nuca a pensar que as minhas irmãs iam tornar da igreja e vê-lo ali, a escutar comigo as óperas da grafonola, quis ordenar-lhe Vai-te embora, não me desenhaste o mar, mas eu não falava com ninguém salvo através das cartas que enviava para Tavira ao meu irmão Jorge e às quais não me responderam uma palavra sequer, e portanto fiquei a observá-lo como observava em criança as lagartas da terra, rompendo crostas num vagar paciente. Sentia que com a sua chegada havia um ciclo que terminava em mim e que, como sucedera ao meu pai, não me restava mais do que deitar-me, esquecer Monsanto e morrer como morrem as quintas de Benfica e as vinhas-virgens da infância, e qualquer coisa se aperta no interior de nós idêntica à incomodidade do remorso. Lembrei-me da mãe dele com a máquina de pedal encostada à janela, lembrei-me do murmúrio das tílias, lembrei-me da sopa que a velhota comia continuando a passajar, das linhas que se lhe emaranhavam no cabelo, e o filho, a aproximar-se de mim, Olá menina, e eu Por que motivo não me desenhaste o mar?, o meu irmão Fernando dormia no quarto, desde que cortaram as trepadeiras sobrava luz no jardim, um silêncio diferente morava nos arbustos, a falta da palmeira alargava o horizonte, vivendas de sacadas de ardósia, moradias da Rua Emília das Neves e da Estrada de Benfica até aos castelinhos das Portas e ao bairro de negros na Damaia, o que restava do Colégio Lusitano transformado em oficina de tanoeiro e abrigo de pedintes, com cabides sepultados na erva, o canavial do ribeiro, assoreado de lixo, junto aos carris do comboio onde nenhum comboio passava e onde o cadáver do moço de fretes apodreceu semanas e semanas, Olá menina, e eu Não me desenhaste o mar porque o mar não existe, que mentira o mar, escondeste as ondas com os dedos e fizeste alpendres e girassóis e borboletas, um melro poisou no cume da gaiola em que a raposa se estendera com o focinho rente ao tacho, A miúda vê-se logo que não é minha filha, não insistas, berrou o meu pai no escritório, eu devia dar cabo dela e de ti, e soluços, e bofetadas, e mais gritos, e o meu irmão Jorge O pai tem destas coisas, já lhe conheces as manias, e ele Claro que o mar não é mentira, menina, eu é que não sabia explicar, se tiver uma caneta mostro-lhe, a nossa mãe trouxe-me o almoço com um inchaço na testa e a bochecha ferida, deixou o tabuleiro em cima da cama, desceu as escadas sem me fazer uma festa, sem me beijar, e eu A nossa mãe não é minha mãe, Jorge?, o cadáver do moço de fretes dila-tara-se ao ponto de rasgar a camisa, foram os alunos da escola que deram com ele a azedar, e o meu pai A pequena não sai daqui, exijo que não saia daqui, exijo que ninguém a veja, que ninguém sonhe, que ninguém fale, o melro levantou voo da gaiola e eu Se a nossa mãe não é minha mãe não tenho mãe nem pai, coloquei uma ária de ópera na grafonola e ele agarrou num lápis e pôs-se a riscar uma praia na pare-de, dunas, rochedos, toldos de banhistas, paquetes, e eu, logo que após os violinos o tenor começou a cantar, O mar é verde, tens de o pintar de verde, e o meu irmão Jorge Mesmo se não fosses deles eras minha irmã, maninha,

Querido jorge eu sou tua irmã não sou?

e a seguir àquele melro não veio mais nenhum, os pássaros acaba-ram-se em Benfica como a palmeira dos Correios e os rebanhos e as quintas, os páçaros acabaram-se jorge nunca vi uma caza tão vazia e tão teriste mas tu és meu irmão não és?

e eu, que sou tua irmã sou tua irmã não sou? jura pela saúde da avó que sou tua irmã, A missa dura pelo menos uma hora, temos tempo, e ele, ansioso de agradar-me, a sujar a parede da janela à porta, Se a menina tiver um lápis verde eu pinto, e havia uma caixa de bisnagas de guache numa cesta e ele molhou as tintas de saliva e coloriu ondas verdes na cabeceira da cama e as escavadoras arrasavam as lápides do cemitério abandonado, e eu, a dar corda à grafonola, Que lindo,

Querido jorje já sei como é o mar já sei como é tavira é um búsio que trago na barriga e que cegreda e me aomenta e que me fala

coloriu a cabeceira da cama, coloriu os vidros da janela, coloriu o tecto, coloriu o meu corpo e eu ouvia o sifão da água na falésia, não ouvia a música, não ouvia a raposa, não ouvia os arbustos, ouvia o sifão da água na falésia

jorje jorje jorje jorje jorje

Sou tua irmã não sou? repete que sou tua irmã mesmo que o pai mesmo que a mãe não sejam pai nem mãe,

– És a minha irmã, maninha,

Querido jorje o mar sou eu abrassa-me

e ele, continuando, paredes fora, a encher o esconso de cardumes e algas, Há por aí uma valsa, menina, há por aí um foxtrot, há por aí um tango? e erguiam um prédio por detrás da nossa casa, recheavam de carne de cimento os ossos de ferro, abriam varandas, o construtor espiava de baixo apoiado ao automóvel, vamos ficar rodeados de janelas, de estores, de cortinas, vão impedir-nos Monsanto, Sou sua filha, mãe?, sou sua filha?, e ela a descer as escadas sem conversar comigo, edifícios de escritórios, edifícios de apartamentos, toalhas a secar, vizinhos, salões de cabeleireiro, floristas, saunas, fotomatons,

Querido jorje por causa do mar por causa deste búsio no meu corpo vão levar-me para a guarda eu não quero

as portinhas dos cucos estalavam na sala, havia uma canoa e uma rua de Peniche no tecto, mulheres sentadas nos degraus das casas, latidos de motores, o sol, o filho da costureira foi-se embora antes do termo da missa, tinha as mãos verdes, manchas verdes no casaco, na gravata, um pingo verde no queixo, verde, jorje, verde, a anita não é minha irmã, a maria teresa não é minha irmã, o fernando não é meu irmão, a nossa mãe não é minha mãe, o meu pai não é meu pai mas tu

– Sou teu irmão, maninha

verde

ninguém sabe quem foi, ninguém há-de saber quem foi, o meu irmão Fernando Sua puta,

Querido jorge querem tirar-me o mar não deixes, quando me perguntaram quem foi não dice nada, só te conto a ti, o mar chora

os lençóis também verdes, e a almofada, e o meu peito, e os meus ombros, a relva do jardim verde sobre o verde da relva, e o castanho dos arbustos verde, e a raposa verde, e os relógios verdes, e a fúria da minha família verde, e a música verde, e a noite verde até ao domingo em que ele chegava, verde, e se houvesse um melro na gaiola seria verde também,

verde

o mar é verde na Guarda, o mar é verde

e a minha irmã Maria Teresa que não era minha irmã Quem foi? e a minha irmã Anita que não era minha irmã Quem foi? e o meu irmão Fernando que não era meu irmão calado, e o meu pai, que não era meu pai, que nunca foi meu pai, agitando o pingalim, De quem é que a ruiva é filha, mulher?

Não da nossa família, a que não pertenço, querido Jorge, só de ti em Tavira a escutares as gaivotas sem as ver, a escutares o movimento da água sem a ver, e ele pintou as cabanas de Peniche nas escadas, no corredor, nos quartos do primeiro andar, na sala de jantar, nas fotografias, nos cucos, e ele abriu as portadas e o vento da praia empurrou-me os cabelos vermelhos

verdes

as arvéolas empoleiraram-se nas loiças, nos varões dos reposteiros, nas molduras,

e quando elas chegaram da missa eu estava parada no vestíbulo

como num mirante, abrindo os braços brancos, eriçados de penas, ala-
ranjados de sardas

verdes

ao abraço do mar.

4

E eu disse ao meu sobrinho Não quero mais cobalto deixem-me morrer em paz, e não era eu que conversava, era outra, embora usasse as minhas roupas e o meu nome, outra viúva que me repugnava de tão idosa e feia, mãos que não conheço com os meus anéis, olhos que não conheço de tão escuros, estranhas rugas, quase nenhum cabelo, outra já morta e eu viva pelo menos por cinco ou dez ou doze dias ainda, nesta cadeira de doente por medo de me deitar porque na cama se acaba o que na cama se começou e eu não posso, eu não desejo, eu não suporto acabar, e se pedia Não quero mais cobalto deixem-me morrer em paz não era de morrer que vos falava era de agosto contigo e os meus netos no Algarve, longas tardes, um livro no terraço, o teu sorriso, era possuir de novo os dentes que me faltam, e não me parecer com as tias do meu pai visitadas na Páscoa em andares parados como presépios, elas a tocarem piano e a chamarem-me, um inválido tossindo num sofá, eu a puxar o casaco do meu pai, Vamos embora, e o som do piano atrás de nós pelas escadas, a entrar connosco pelo carro adentro, o som do piano na minha insónia toda a noite, e uma tia Queres um biscoito, miúda?, a segurar-me o queixo com a garrazinha de coruja.

Portanto manda as visitas embora, Sofia, e deixa-me morrer em paz sobre o mercado novo, entrar e sair do coma como quem sobe à superfície antes de se afundar de vez, sem a voz da minha irmã, à hora do jantar, ao telefone, Está a trovejar, não ouves?, não é que eu tenha medo mas não desligues agora, ela também sozinha, já sem um peito, num prédio ao mesmo tempo antigo e moderno como este

(paredes e tecto e soalho e quartos sem mistério, abertos a uma Benfica que não é mais a nossa não sendo por enquanto a de ninguém, uma Benfica de estranhos sem tempo ainda para nela plantarem a sua infância e os seus desgostos)

porque para estes prédios trouxemos, nós que não somos daqui senão de um aqui que não existe, e a nenhum outro bairro pertencemos, o aluvião de recordações e álbuns e cartas e delidos retratos do passado, e povoamos o presente desses detritos da memória, não só da memória dos que nos antecederam mas da nossa própria memória porque esquecemos também, porque os nomes e as lembranças e os rostos se confundem num nevoeiro que tudo alisa e iguala, empurrando-nos para um hoje que só a morte e a certeza dela habitam, e a minha irmã Não é que eu tenha medo das trovoadas mas não desligues agora, de forma que a voz dela e o meu silêncio não passam de fantasmas de vozes e silêncios que apenas as duas conhecemos, como o silêncio e as vozes das bétulas do jardim, o silêncio do caramanchão do lago, o silêncio de Mortágua, o silêncio de São Martinho do Porto e o meu pai Filhinha, olho as feições dele e recordo-me Filhinha, podem falar do meu aspecto e que estou melhor e que engordaste que só o oiço a ele, Filhinha, o meu pai que a mancha do pulmão levou consigo antes de lhe venderem a casa

(a casa com travejamentos holandeses, as cocheiras, o celeiro, a vacaria, a estufa que prolongava a sala de jantar, a casa)

a casa de que a minha mãe se desfez no ano da revolução para habitar um andar ao pé do meu, aonde não cabia o roseiral nem a quinta nem as estátuas de loiça sobre os bancos, e quando principiaram a demolir a casa a família, sem que déssemos por isso, começou a morrer, e dividimos as porcelanas, os quadros e as pratas que não faziam sentido senão juntas, senão nos lugares em que pela primeira vez as encontrei e nos quais, dentro de mim, as continuo a arrumar, e uma manhã muito cedo a criada dependurou-se-me da campainha, A sua mãe está muito mal menina, e eu enfiei um casaco sobre a camisa de noite, e ao chegar o médico que morava no oitavo guardava o estetoscópio, e vestimo-la, e perfumámos o quarto, e recordei-me que quando o meu pai agonizava, parando de respirar para continuar a respirar, com todo o corpo revoltado com a sua própria morte, a minha mãe me disse sem lágrimas O Joaquim é uma árvore muito grande que custa muito a abater, e eu, que não chorava também, amei-os mais nesse dia do que algum dia os amei, Uma árvore muito grande, mãe, a mãe é uma árvore tão grande e forte e vitoriosa como ele,

(os jacintos dobravam-se nos canteiros, como se dobravam os jacintos nos canteiros)

e estivemos em Argel, e viemos de Argel, e fomos felizes tantos anos até que Benfica se transformou em terra de exílio na nossa própria terra, arrasaram o Patronato, arrasaram as moradias da Avenida Gomes Pereira, da Avenida Grão Vasco, a carroça do vendedor de leite desapareceu, as vacas, a hortaliça e o milho do Poço do Chão desapareceram,

(o tinir das bilhas, lembram-se do tinir das bilhas, lembram-se da espuma coalhada?)

demoliram a minha casa da Calçada do Tojal em cujo sótão, todo o verão, habito, mesmo se na Balaia estou, de frente para Monsanto onde o meu pai combateu, a escrever este livro que alguém terminará por mim e a colocar discos na grafonola de campânula, e aquelas que me visitam pertencem à mesma raça de apátridas, estrangeiras numa terra estrangeira que é contudo sua, e por isso as tolerava, espantadas de terror, à minha volta, e por isso me não zangava com os seus cochichos agoirentos, as suas caretas, a sua angústia por mim e por elas,

Coitada da Maria Antónia, coitada da gente, e eu Porque não coitada mas quando vocês morrerem nem a mata existirá mas outro bairro sobre estes bairros, telhados sobre estes telhados, chaminés sobre estas chaminés, e o nosso quarteirão debaixo de tantos quarteirões que nem merece a pena durar, que é das glicínias, que é das tílias, que é dos olmos, que é dos gansos a fugirem de nós, zangados de asma, de nós que já não somos nós de diferentes e usadas, má sorte a vossa que ficam, que se perdem em ruas onde houve campos outrora, que se perdem em largos onde o milho não restolha nem as oliveiras se dobram, a minha cunhada pegou-me nos dedos e era como se corrêssemos, de cor-de-rosa, pela Estrada Militar bordada de salgueiros, com camionetas da tropa roncando na direcção do quartel numa espiral de poeira,

(amoras, Graça, o sabor das amoras, o gosto das azedas)

e eu apertei-lhe a manga com força julgando que talvez pudéssemos partir ainda e não podíamos, com que dificuldade as costas se curvam, com que dificuldade os braços, com que dificuldade as pernas se movem, no sítio da Estrada Militar não há soldados marchando com um oficial e um tambor à frente, mas palheiros de negros e ciganos, de ciganos e de negros, sem uma luz salvo a dos dentes e da baba dos cães tão definhados como eles, cabanas de placas de cartão, de tábuas, de pranchas de barrica, de madeiras de andaimes, mulheres descalças aquecendo tachos nas pedras, crianças de rostos como charcos, ceguinhos, mesmo em setembro um lamaçal de chuva, coitadas de vocês que hão-de entrar na igreja (e eu fechada na urna) e ao empurrar do guarda-vento as chamas dos círios inclinar-se-ão a tremer para o vosso luto do espaço de uma missa e de um enterro e hão-de medir-se, indecisas, Qual de nós vai a seguir, Manuela? Qual de nós vai a seguir, Luísa? o cemitério cheio de maridos que não esperaram, que não esperam, Ouves a trovoada? não é que eu tenha medo, tu sabes que não tenho medo, de que serve ter medo, mas fala comigo, mas fica aí um bocadinho, mas não desligues já, na Ericeira acendia a salamandra ao fim do dia, o vento nos pinheiros aterrava-me, pela janela da sala a colina descia para as dunas e a areia brilhava, as ondas quebravam-me os ossos na muralha, os meus sobrinhos seguiam de bicicleta para a água que a bandeira encarnada proibia, havia um café deserto, de grandes letras pálidas, no topo da falésia, ninguém frequentava ainda a Praia de São Lourenço só de raras gaivotas habitada, nenhum veraneante, nenhum pau de barraca, nenhum banheiro, adolescentes fugidos aos pais aos saltos pelas rochas, e elas projectando canastas, projectando excursões à Sicília, à Jugoslávia, a Leninegrado, ao Egipto, Não achas, Maria Antónia? e eu que sim com a cabeça, imaginando um autocarro de visitas a tricotarem pela Europa fora, a Sicília claro, a Jugoslávia claro, Leninegrado claro, tem um museu lindíssimo, o Egipto, as Pirâmides, a Esfinge, e porque não uma excursão a Benfica, e porque não uma excursão ao que fomos, casamentos, procissões, bailes de carnaval, jogos de hóquei, o lobo de Alsácia do meu pai, trancado e aos uivos, numa jaula, e depois de as visitas saírem, com as suas Sicílias e os seus museus, o meu sobrinho, de costas para mim, a observar o mercado, Se a tia não quer fazer radiações não faz, não se preocupe, e eu para ele Quanto tempo meu filho? e ele, a mudar os bibelots de posição, Não sei, e então vi-o sentado na Quinta do Jacinto, sob uma nogueira seca, ele, que viveu em Londres, que trabalhou em Londres, que possuía oito canais de televisão e uma criada espanhola, nem da existência da Quinta do Jacinto sabia, vivendas de dálias murchas no outeiro de Alcântara, o bêbado a romper na sala da costura a garantir Eu voo, a modista ameaçando-o com o ferro de engomar e depois, já mais calma, A menina desculpe mas é por causa destas e de outras que eu trago o coração numa lástima, e o meu sobrinho, de pasta nos joelhos, à espera da noite para entrar em casa como eu espero o dia para entrar na morte porque, não sabendo muita coisa, sei que morrerei de dia, às primeiras horas do dia, com um vizinho médico, com tal urgência convocado que nem tempo teve de se pentear, auscultando-me o coração imóvel e cuidando que o ouvia quando o que realmente ouvia era o alcatruz do ascensor, e comigo morrerão as personagens deste livro a que se chamará romance, que na minha cabeça povoada de um pavor de que não falo tenho escrito e que, segundo a ordem natural das coisas, alguém, um ano qualquer, repetirá por mim do mesmo modo que Benfica se há-de repetir nestas ruas e prédios sem destino, e eu, sem rugas nem cabelos grisalhos, pegarei na mangueira e regarei, à tarde, o meu jardim, e a palmeira dos Correios crescerá de novo antes da casa dos meus pais e do moinho de zinco demandando o vento, e a minha irmã, viúva também e sem o peito esquerdo, amputada do peito por um cancro, um cancro como o meu, um cancro, um cancro, Não é que eu tenha medo das trovoadas, há pára-raios por toda a parte e aliás de que serve ter medo, mas não desligues já,

(eu prometo que não desligo, eu converso contigo, somos árvores muito grandes que custam a abater, somos as últimas árvores deste bairro sem árvores, excepto as da mata que por milagre resistem à fúria sem razão dos construtores, talvez as forrem de azulejos, talvez as encaixilhem em marquises de alumínio como encaixilharam os pomares e os bezerros do Poço do Chão, levantando à nossa volta um presente sem passado, uma espécie de futuro onde só as torneiras têm direito a lágrimas, somos árvores muito grandes, mãe, somos árvores, mas em que lugar, explique-me, se encontra o espaço das raízes se nos macadamizaram e amadeiraram e alcatifaram a terra, se mesmo o chão do cemitério cobriram de ladrilhos e se para o meu corpo, embora magro agora, reduzido a uma sombra que teima e que protesta, nem dois palmos de ervas sobejam e este apartamento se apequena até à exacta dimensão do meu espanto, de forma que inventei a Rua Ivens, de forma que inventei Tavira e Esposende e Joanesburgo e Loures, de forma que inventei Alcântara e o rio e os comboios e Peniche e ignoro se o Tejo existe ainda, e a praia da Cruz Quebrada, e os esgotos por onde se escoa esta cidade que de tanto a amar odeio, mas não inventei Mortágua, não inventei São Martinho do Porto, não inventei Benfica, Benfica não, não inventei Benfica, não inventei a agonia do meu pai,

não inventei o fim da minha mãe, não inventei esta morte, eu converso contigo, eu não me vou embora, eu não desligo já, mas como
comunicar-te, mana, o terror que me espera se de sentimentos não falo,
detesto a intimidade da tristeza, detesto o que no medo existe de
untuoso, o que no desespero existe de obsceno, nunca ri muito também, acho que não sei rir, quando a minha filha dobrou o riso pela
primeira vez eu receei por ela, caminhava a cambalear ao meu encontro de mãos espalmadas na parede, filha, filhinha, Sofia, eu não desligo já, eu converso contigo, mesmo se não formos árvores muito
grandes é difícil abater-nos e mesmo que nos abatam ficaremos nos
retratos, nos álbuns, nos espelhos, nos objectos que nos prolongam e
recordam, nos relógios, meu Deus, que pararão connosco no momento em que pararmos, e tu sorrindo para mim, há tantos anos, o até
hoje único sorriso, desculpa, que me fez chorar)

e o meu sobrinho, esquecido do mercado novo na poltrona ao
meu lado, Não lhe dói nada, tia, tem dormido bem? e eu, que já não
podia andar, Durmo o tempo todo, durmo cada vez mais tempo, se
acordo querem dar-me de comer e a comida não passa, e a tua prima
Então mãe? e eu a pretender agradar-lhe mas o queixo não mastiga,
pingam-me soro nas veias e eu vejo as gotas entrarem-me no braço, e
se julgam que os não oiço a minha irmã de Argel pergunta Porquê
tanto sofrimento, porque será necessário sofrer tanto?, mas eu não
sofro, percebes, eu não sofro, ando a pintar o mar aqui em casa, tiro os
retratos dos momentos felizes e os quadros de presente de casamento
dos seus grampos, óleos, aguarelas, gravuras, Guillermo Tell Despide
Su Barca, Guillermo Tell Amenaza Al Gobernador, um deles, não sei
qual, caiu ao chão ao mudarmos para aqui e quebrou-se, tiro os retratos e os quadros e penduro peixes, ondas, mastros, e o meu sobrinho
Vou dar-lhe uns comprimidos fáceis de engolir para descansar melhor,
e eu Gostava de voltar a ter dentes, a ter cabelo, de perder esta cor, de
ser eu, e a minha filha A mãe hoje parece outra, e a minha irmã mais
nova Também acho, e porém as amigas já não vêm com os seus pro-

jectos de excursões porque as proibiram de me visitar, Ela cansa-se, o cobalto esgotou-a, assim que melhorar telefonamos e combina-se uma ida ao cinema, um passeio, uma canasta, e elas Pois claro, pois claro, as convalescenças demoram, a gente aguarda que telefonem, e sussurros, e beijos compassivos, e passos que se afastam, e a porta que se abre e que se fecha, e estamos as duas sós, filha, como no dia em que nasceste, não nesta casa que não havia ainda nem na outra que não existe mais mas numa sala branca de hospital em que lençóis brancos e uma luz branca me cegavam, e primeiro foram as coxas a molharem-se sem que eu desse conta e não era sangue era água, água de tanque ou de aquário, água de água e de membranas feita alastrando-me em sossego sob as nádegas, e a seguir à água um peso na raiz do corpo, tentáculos afastando-se devagar como se apartam membros de defunto, e a primeira dor como uma cãibra esmagando-me o ventre, as artérias rápidas, as veias enormes, as cartilagens resistindo, a dor que se desvanecia, o corpo em repouso enfim tranquilo, e outra dor depois, É vinte e cinco de agosto, pensei, signo Virgem, inteligentes, arrumados, metódicos, inimigos da aventura e da desordem, Ponha o queixo no peito e faça força, a dor, branca, branca como a sala e a claridade na sala e o som do tiro com que o meu avô matou dentro de si o que o matava, ia e vinha e dissolvia-se e reaparecia, apagava-se e cintilava, Faça força, eu faço força, senhor doutor, eu faço força, a pensar Por que motivo hei-de expulsar de mim a vida que há em mim, o meu avô encostou uma pistola a cada orelha, a pistola do meu pai e a pistola dele, mas só premiu o gatilho com a canhota e nem uma sílaba se compreende da carta que nos deixou, riscos e traços, riscos e traços, riscos e traços que eram gritos, Faça força, faça força, força, força, força, força, força, as pernas presas em ganchos, a parteira tão distante de mim e eu exausta, Faça força, ponha o queixo no peito e faça força, talvez que não quisesses nascer e me obrigassem a nascer-te, talvez que te prendesses a mim para me arrastares contigo ao arrastarem-te, Vinte e cinco de agosto, signo Virgem, mas aonde Mercúrio e mais planetas?

a dor sobre outra dor e outra dor como os prédios de Benfica que nos beberam a vida e o passado, não quero visitas, nem comprimidos, nem comer, o meu avô tombado na secretária, os revólveres no soalho, um espirro de mil gotas no papel, Faça força, prédios sobre as cegonhas, sobre as palmeiras, sobre o horizonte de Monsanto, e o meu pai Filha filhinha filha faça força, Não quero mais soro pai, não quero mais cobalto, não quero melhor cara, não quero estar mais gorda, Tu não querias viver e eu obriguei-te, querias ficar em mim mandei-te embora, e uma voz Já se vêem os cabelinhos, faça força, e de queixo no peito vi o sangue e a criança, de cabeça para baixo, oleosa e escorregadia e suja de mim e dela e enrugada, ligada a mim por uma trança, Filhinha, disse o meu pai, filha, filhinha, e a minha irmã ao telefone Não desligues ainda, tenho medo, e a minha irmã de Argel Para quê tanto sofrimento, Santo Deus? e levaram-me para o quarto numa cama de rodas que chiava, e trouxeram-te lavada e vestida e de cabelo preto, de pálpebras tumefactas como amêijoas, e era de tarde e iria em breve escurecer e pedi que te deixassem no meu colo, acenderam a luz da cabeceira, ergueram-me a cama com a manivela da grafonola do sótão e uma ópera ou um tango ou uma valsa começou a tocar, e achei-te em paz e quieta e não choravas, o odor de uma macieira lá fora devolveu-me à memória o agridoce denso suave leve aroma do caramanchão, das tílias, das perpétuas, dos jacintos, nas manhãs de primavera do jardim, iluminando o corredor da casa, arrumei melhor a criança, que dormia ou se habituava ao mundo, nos meus braços, puxei-a para mim, filha, filhinha, filha, o meu avô inerte, a manta a deslizar-lhe dos joelhos, e eu Quanto tempo? e o meu sobrinho Muito tempo, tia, muito tempo, paramos as injecções, paramos o soro, paramos o cobalto, e o cabelo outra vez castanho e abundante e a crescer de novo, colocaram o jantar num tabuleiro cromado à minha frente, sopa de legumes, peixe, pêra cozida, um jarro de água calma, e a enfermeira, de touca, abriu a porta e eu pedi Não leve a menina que daqui a nada ela cresce e eu perco-a, daqui a nada cessa

de ser minha e por tão pouco tempo o será, desabotoei a camisa, descobri o peito, encostei-te devagar a ele, afaguei-te com o mamilo a testa, o contorno das faces, o nariz, e quando te me introduzi na boca o
odor da macieira ensombrava-te a face, a certeza de que não havia de
morrer, de que não morreria nunca aumentou o meu sangue, senti na
pele, ou por dentro da pele, os caninos que não tinhas, e enquanto de
mim para ti me esvaziava, filha, compreendi que nascia.

5

A raposa morreu no primeiro dia em que não encontrei nada de comer na copa e na véspera da visita do velhote ruivo que começou por tocar à campainha do portão,

que esperou, que tocou de novo, que tornou a esperar, que empurrou o fecho oxidado e lascado que cedeu num estalido de ossinho que se quebra, que galgou a ladeira de saibro, invadida pela desordem das ervas, em passinhos hesitantes que pareciam desculpar-se a si próprios num retraimento tímido,

o velhote que parou cá em cima tentando decifrar o interior da casa através das persianas empenadas e que aproximou por fim os dedos não do botão eléctrico, que aliás não funcionava, mas da aldraba de ferro sem pintura, em forma de punho fechado com um anel no médio, que batia numa moeda, também de ferro, produzindo um som urgente que se prolongava, em vibrações atenuadas, no ar parado do sótão,

e isto vinte e quatro horas após eu me ter levantado da cadeira de baloiço e espreitado no sentido de Monsanto, menos para a cadeia e a serra do que para aquilo que sobrava de tufos de jarros do jardim da

Calçada do Tojal, e nisto vi o bicho deitado no cimento da gaiola, de cujas fendas rompiam madeixazinhas de musgo,

e compreendi que não dormia, e compreendi que morrera ao lado do seu tacho vazio, e compreendi que os gemidos dessa noite eram os sinais que utilizara para se despedir de uma existência absurda, ruidosamente absurda como a minha,

e permaneci a observá-lo do cume da casa trémula de tão precária, como que feita de caixas de cartão bolorento, e cujas telhas, outrora encarnadas, os pombos, emigrados para a Venda Nova ou a Amadora, não manchavam já dos seus pingos de cera endurecida,

e permaneci a observá-lo sem descer as escadas, sem sair para o quintal, sem me chegar a ele, sem nada que se aparentasse em mim a alarme ou a espanto, certa de que tudo desaparecia ao meu redor convidando-me a desaparecer também,

e nessa tarde, ao sentir fome, procurei de comer na despensa e na cozinha sem encontrar mais do que latas de conserva vazias e boiões de compota a que se agarravam crostas de açúcar que o garfo não lograva separar do vidro de que faziam parte agora, como se de imperfeições dos frascos se tratasse,

e coloquei um copo debaixo de uma torneira e rodei o manípulo para abri-la, qualquer coisa percorreu devagar os canos da parede, um viscozinho tombou uma lágrima no ralo e calou-se, e eu pensei Cortaram a água, cortaram a luz, cortaram o gás, devem ter-se esquecido que existo se é que o chegaram a saber dado que fizeram da minha vida uma ausência perpétua, um nada desde o início irrevogável, e isto sem que eu me zangasse com os meus pais ou os meus irmãos porque entendia o seu embaraço e o seu medo,

de modo que acabei por utilizar, quando escurecia, o perfil de Monsanto se alaranjava e os buxos se apequenavam sobre a erva, a água do tacho da raposa para uma infusão das folhas da nespereira que resistia, doente de parasitas, no pátio da cozinha,

e atravessei os quartos, atravessei o silêncio dos relógios e das foto-

grafias, as imagens do oratório, os cominhos que espreitavam do forro
dos sofás, trepei as escadas para o primeiro andar e lá estavam as
camas das minhas irmãs, dos meus irmãos, e no compartimento
ao meio delas o leito dos meus pais, com o rosário de contas de marfim
dependurado do ornato central com o seu crucifixo de prata esver-
deada,

e não só a cama: também os óleos, os tremós, a roupa decompon-
do-se nos guarda-vestidos do espelho,

e não só os guarda-vestidos: também a paralisia do silêncio, o
ameaçador silêncio do meu pai e o medroso, titubeante silêncio da
minha mãe, deitados, ilharga de flanela contra ilharga de flanela, no
terror e no ódio, e ao alcançar o sótão o céu tornara-se completamente
preto em Monsanto, um céu não de pesadelo, de indiferença, e eu em
busca da abertura da Aïda na pilha de discos entre a cadeira de baloiço
e o colchão, a encontrá-la, a girar a manivela do gramofone, a trocar a
agulha de aço por outra agulha de aço tão romba como a precedente,
a deixá-la na primeira espira, e a escutar a música que subia da grafonola como se de mim mesma nascesse, e eu de olhos no corropio de
janelas em que o bairro se tornara, e penso ter adormecido,

Jorge,

porque ao levantar-me da cadeira deviam ser dez ou onze horas de
acordo com a posição do sol, ainda do lado do pátio da cozinha mas
já roçando as lanças do portão, e foi nesse momento que dei pelo
velhote ruivo, da idade da minha mãe e do meu pai se a minha mãe
e o meu pai continuassem a ter idade em lugar de serem vozes do passado,

e vi-o tocar a campainha que recusava tocar, vi-o na ladeira de saibro, vi-o espantar-se com as gelosias desfeitas, vi-o contemplar o cadáver da raposa que começava a cheirar mal, vi-o segurar o punho da
aldraba e bater com ele na moeda da porta, e permanecer ali como se
soubesse que eu viria, o mesmo homem, lembrei-me, que antes do
funeral da minha mãe deixou um ramo no capacho e partiu quase a cor-

rer como se obedecesse a uma ordem ou cumprisse um recado, bastante mais novo então e vestido com um cuidado que entretanto perdera,

o mesmo que ninguém dentro de casa viu, e o ramo que alguém apanhou e amontoou na carreta quando o homem se sumia já na Estrada de Benfica a tomar um eléctrico ou um táxi de regresso à casa em que morava, com mulher e filhos ou sozinho, e isto na época da palmeira, e das cegonhas, e do peito branco das andorinhas de maio, na época do cemitério abandonado, e o ruivo a escapar-se dos seus crisântemos furtivos como se os detestasse ou detestasse este lugar, e todavia desta feita não se foi embora, ficou ali, determinado, e frágil, e de casaco gasto, e erodido pelos anos, semelhante a um viúvo aguardando no capacho como um cão aguarda os donos que não há,

de modo que acabei por me aproximar da entrada e escutei o murmúrio de guelras ou pulmões de papel através dos quais as pessoas antigas respiram, sem dúvida mais guelras que pulmões dado que os velhos adquirem uma espécie de condição anfíbia que os separa de nós por lhes conferir uma outra raça e estado, e por curiosidade ou interesse ou pena rodei a chave e o dia da rua iluminou o átrio, as sombrinhas dos mortos enterradas até ao cabo num vaso de loiça, e a ordem bafienta da sala, semelhante a um museu esquecido,

e ele tenso de embaraço, procurando um pretexto que lhe justificasse a visita, Desculpe,

e eu estarrecida com a sua semelhança comigo, e ele insistindo, em segredo como se as palavras lhe doessem, Desculpe, gostava de falar consigo se não maçasse muito,

e eu, pensando que o velhote ruivo me trazia os pássaros e as ondas de Peniche que o filho da costureira me fizera, durante meses, por alturas da missa, na época em que aprendi que o mar me aumenta e chora, O senhor é capaz de desenhar o oceano?

e ele, atónito, O oceano?

e eu O oceano,

e ele O oceano?

e eu, como se o búzio da minha barriga despertasse num assobio de lágrimas, Oceano, pois, oceano, é capaz de desenhar o oceano?

e ele, movendo as mãos, umas mãos sardentas que eu adivinhava desajeitadas e infelizes, Desenhar o oceano?

e o sino da igreja tocou a meia hora de uma hora qualquer, o sol ultrapassava o telhado dirigindo-se para a Rua Cláudio Nunes povoada de tabernas onde zuniam varejeiras e miúdos de frango em tachinhos de barro, e eu Desenhar o oceano, sim, você já viu o mar?

porque, desde que o meu irmão Jorge se foi, que a única ocasião, as únicas ocasiões sem me aborrecerem, ou me ralharem, ou me proibirem de gritar, foi para aguarelarem dunas e barcos casa fora, e o velhote, a voltar as mãos para um lado e para o outro, Quer mesmo que lhe desenhe o mar?

e eu, Não foi para isso que veio, para desenhar o mar, não trouxe a sua caixa de guaches?

e ele, muito pronto, Não trouxe, esqueci-me, mas se tiver uma ou duas bisnagas por aí faço-lhe o mar num instante,

e conduzi-o à cozinha e ofereci-lhe num púcaro de barro o que sobrava da minha infusão de folhas de nespereira por não existir uma só chávena intacta no aparador, e arrastei-o para a sala, e abri as cortinas, e sentei-me no sofá e convidei-o a sentar-se na poltrona de cabedal que o meu pai ocupava e cujo espaldar manchara com o suor da nuca, e ele, soprando com força como se existir fosse um acto voluntário e penoso, observando-me com as pálpebras de peru dos velhos, ele a articular, como um boneco de feira, Com que então o mar, com que então o mar, com que então o mar, de tal jeito que o mar, à força de repetido, se esvaziava de expressão, se esvaziava da sereia do salva--vidas, das grazinas nos penedos, da bruma e do rumor da água,

e eu Senti a falta do filho da costureira que aos domingos, nas manhãs de missa, pintava de ondas a casa, as paredes, os lençóis, os quadros, o soalho, a cama, e se pintava, e me pintava a mim, e o velhote, indignado como se o verde lhe dissesse respeito O quê?

e eu, admirada com a sua indignação, Coloria as vagas no meu corpo, coloria Peniche no meu peito, nas minhas costas, nos meus ombros, e as ancas alargaram-se-me de búzios e canoas mas depois levaram-me para a Guarda e roubaram-me o mar, roubaram-me as ondas logo que o mar saiu chorando do meu ventre,

e ele, devastado de fúria, O quê?

de maneira que pensei, surpreendida, que na febre da sua zanga o ruivo se comportava como se meu dono ou meu pai fosse, como se a minha vida lhe dissesse tanto respeito como a mim, de maneira que lhe perguntei O mar, sim, o mar, que tem você com isso?

e ele agora calado, ele à beira de uma frase decisiva e desistindo dela, sem coragem de me explicar fosse o que fosse, ele a ciciar Nada,

e eu, com a pestilência da raposa a entrar pelas vidraças quebradas, percebendo que mentia, que cochichara Nada por não ser capaz da verdade, eu a comparar as suas mãos com as minhas, a sua face com a minha face, o seu cabelo com o meu, e adivinhando-o com vontade de partir e sem energia para tal, eu repetindo Que tem você com isso, diga lá?

e ele Nada, menina, não tenho nada, desculpe,

como se o que dizia possuísse arestas e o ferisse, como se extraísse cada sílaba num rastro de sangue, e eu, descobrindo de súbito a razão do meu passado e da minha existência inteira, os anos no sótão, a amargura do meu pai, a ansiedade dos meus irmãos, a desistência de ser feliz da nossa mãe, eu a aproximar o meu punho do seu rosto, a quase tocar no seu nariz com o meu nariz, Foi por sua causa que me prenderam aqui, foi por sua causa que não queriam que me vissem, foi por sua causa que me mandaram para a Guarda e não me ensina-ram a ler nem a escrever e me proibiram de sair, foi por sua causa que me obrigaram a apodrecer na Calçada do Tojal, foi por sua causa que fiquei sozinha, sem água nem luz, à espera de morrer de fome, como a raposa, nestas ruínas de casa, porque o meu pai não é meu pai e você me fez, como o filho da costureira me fez o mar de Peniche e um búzio que chorava, à minha mãe?

e ele, quase inaudível, a mastigar as gengivas Sim,

e eu Sim?

e ele, a tentar uns passos de lacrau no tapete, bastante mais idoso do que quando se sentara, Sim,

e agora o sol iluminava a gaiola, iluminava o jardim, os arbustos, a relva, o portão, e para além do portão as marquises com estendais de roupa que me rodeavam e me sufocavam, e para além das marquises o morro de Monsanto com a cadeia e os postes eléctricos, e para além do morro e das nuvens Peniche, e Tavira, e o mar, o mar que nunca vi a não ser quando chorou no meu corpo, o mar, as traineiras dos pescadores, as grazinas, o mar

o mar e ele de compartimento em compartimento a falar como para o interior de si mesmo uma vez que com ninguém falava, Julgava que não se soubesse de nada, julgava que não se pudesse supor,

e estávamos na cozinha, junto ao pátio dos frangos, e eu peguei num tijolo, e o meu irmão Jorge, de calções, Mata-o,

e o ruivo sem cacarejar, olhando-me apenas, de queixo pendente sobre o trapo da gravata, Mata-o,

e o meu irmão Jorge, que não fora ainda para a Escola de Guerra, a apontá-lo com o dedo Mata-o,

e o meu irmão Fernando a chamar a cozinheira Vem cá à Julieta, Cidália, vem cá à Julieta que nos dá cabo da pedrês,

e o ruivo Isto era tão diferente há cinquenta e sete anos,

e a cozinheira, com um batedor de claras na mão, Pare com isso, menina, pare com isso ou eu digo à senhora,

e enquanto ele me olhava em equilíbrio nos sapatos tão pregueados e antigos como ele, ergui o tijolo sobre a cabeça, disse Pai, julgo que disse Pai, a minha voz era um latido de ódio, Pai, um latido de decepção e fúria e amargura, Pai, eu disse Pai, Pai,

Pai pai pai

e o cadáver da raposa, o cadáver da minha avó, os cadáveres dos meus irmãos empestavam Benfica, empestavam o bairro, empestavam Monsanto, e o sino da igreja, e a palmeira que não havia, e a Rua Cláudio Nunes, e a Amadora, e o céu,

ergui o tijolo sobre a cabeça, Vem cá à Julieta, Cidália, vem cá à Julieta, e o meu irmão Jorge Mata-o, mata o teu pai, mata-o,

mas em vez disso deixei-o ali à espera, já defunto, mais defunto do que se lhe esmagasse a cabeça com um tijolo, ou um pedaço de tronco, ou um calhau, trepei ao sótão, girei a manivela e pus uma valsa (ou um bolero, ou um pasodoble, ou um tango, ou um foxtrot, ou uma marcha) tão alto no gramofone que nem conseguia escutar os meus próprios gritos.

6

Como caem as árvores eu caio e caindo caio como as folhas e as sombras caem devagar e leves e oiço-os chorar e falar comigo e não posso responder enquanto caio porque se respondesse que diria senão que me abato como se abateram outrora o meu pai a minha mãe o meu marido de repente calados e imóveis e assim brancos como a luz nesta casa tão branca sobre os móveis brancos os espelhos devolvem o silêncio e as lágrimas deles e amanhã subirão comigo lá acima e sem palavras para além das do padre voltarão o meu rosto na direcção do sol.

7

Eu estava no quarto do meu irmão Jorge, o mais próximo, a seguir ao da minha irmã Maria Teresa, da escada para o rés-do-chão, quando ouvi as vozes lá em cima. De início pensei que os pombos tinham voltado, inchando os papos e agitando as asas no beiral e no telhado do sótão, ou que a buganvília crescera de novo ao longo da parede, e murmurava nos caixilhos sob o vento de outubro,

mas depois, enquanto procurava discos na arca onde o meu irmão amontoara, durante anos, jornais desemparelhados, livros escolares, retratos de praia, galenas, cartas de namoradas, pedras de mica e recei-tas de cozinha,

apercebi-me que não se tratava da buganvília nem dos pombos, nem sequer dos estalos do soalho e dos móveis que gemem de cansaço no silêncio da tarde, mas de vozes de pessoas que conversavam no sótão, vozes de mulher e de homens perguntando, respondendo, expli-cando, passos que deslizavam nas tábuas obedecendo a uma tosse e a uma voz mais densa que era como que o eixo em torno do qual as res-tantes giravam,

e que, ao aproximar-me da porta buscando compreender-lhes as palavras, me dei conta de que dizia às outras Há que anos, desde a morte dos meus primos, que não mora ninguém nesta casa, basta atentar no abandono, basta atentar na poeira, os senhores podem deitá-la abaixo e construir uma torre de doze andares ou então, com umas obrazinhas, ficam com uma vivenda óptima, ainda não lhes mostrei as salas, o jardim, o pátio das traseiras, parece húmida e escura mas não é, subindo os estores entra-lhes luz por todo o lado, e depois esta localização, esta vista, esta paz,

e eu para mim Como é que eles entraram sem que me desse conta, como subiram os degraus sem que me apercebesse, como alcançaram o sótão sem me pedir licença?

e eu escutando, acima da minha cabeça, um objecto que se quebrava, um vaso, a grafonola, um jarro de vidro, Quem será este primo que se tornou proprietário da Calçada do Tojal e quer vender a estranhos o que me pertence, este primo que somente agora, ao cabo de tantos anos, me vem expulsar de casa acompanhado por estranhos, espiolhando a minha roupa, os meus chás de rebentos de nespereira, o meu sótão, apropriando-se do esconso em que me oculto como um bicho na terra,

e a tosse Um achado assim não existe em Benfica quanto mais no centro, a construção, o terreno, a facilidade com que uma pessoa se põe, mesmo em horas de ponta, em qualquer local de Lisboa,

e eu, com receio que me vissem, a pensar O que é que eu faço, subo as escadas e meto-os na rua, aos compradores e ao que se arroga de meu primo?, a pensar Ele que não suspeita sequer que eu nasci, que apenas sabe dos meus pais, das minhas irmãs, dos meus irmãos, vai julgar-me uma intrusa, vai exigir-me provas que não tenho, vai expulsar-me, vai chamar a polícia para me prender porque não há um papel que ateste quem eu sou, e os guardas mandar-me-ão a tribunal, e o tribunal, depois de ouvir advogados e médicos e assistentes sociais e testemunhas, sepultar-me-á num desses lares do Estado em Sacavém ou em Alverca nos quais se morre entre viúvas e reformados já mortos, e uma voz feminina Rasgavam-se mais janelas, Alberto, mudava-se esta decoração horrorosa, tenho a certeza que os pequenos, coitados, encafuados num andar em Carnaxide adoravam,

e uma voz masculina, menos entusiástica, mais ponderada, Sim mas as despesas, imagina as despesas, o problema destas vivendas do princípio do século, para além dos materiais que deixaram de se fabricar, são as tomadas, é a canalização, são os esgotos, só em consertos, e era preciso que a Câmara deixasse, ia-se uma fortuna num instante,

e a tosse Por esse lado, senhor engenheiro, não lhe doa a cabeça, juro-lhe que a electricidade e a canalização estão magníficas, uma camada de pintura por aqui e por ali e a casa fica um brinco, eu pessoalmente não habito em Benfica por a minha mulher, com aquelas manias das velhotas, se agarrar muito à Lapa,

e a voz feminina O recheio faz parte do preço, senhor doutor, incluiu o recheio no preço de que nos falou?

e então desceram as escadas para o primeiro andar, os dois homens, o que se afirmava meu primo e o outro, conversando sempre, e eu, para que não me vissem, troquei o quarto do meu irmão Jorge pelo da minha irmã Maria Teresa, com um odor de sacristia na atmosfera rarefeita,

eu a perguntar-me Onde estará o revólver do meu pai, agarro no revólver do meu pai e desfaço-os a tiro, não têm o direito de negociar o que me pertence, se ao menos eu pudesse pôr a Norma no gramofone, se ao menos eu pudesse sentar-me na cadeira de baloiço e esquecer-me deles como me esqueço do que me assusta ou aflige a olhar os morros de Monsanto, a cadeia, as árvores tão azuis ao longe,

à medida que os intrusos visitavam o quarto da minha irmã Anita com a sua cama estreita, as bonecas de rostos de loiça, os reposteiros de chita que estremeciam de segundo a segundo como as pestanas dos lagos, não um quarto de adulta mas um quarto de criança ainda, como se a morte, o sofrimento ou o luto o não houvessem atravessado nunca, mobília de rapariguinha, gatos de pelúcia, retratos de turmas de colégio com cinco filas de bibes e de tranças contemplando a objectiva numa inocência redonda, o único quarto vivo da Calçada do Tojal, perfumado a girofle e a alfazema, uma ilha de ternura onde me proibiam de entrar,

e eu Não me roubam o quarto da minha irmã, não me roubam as bonecas, eu vou buscar a pistola, eu encho o carregador de balas, eu esmago-lhes a cabeça, eu mato-os como se matasse os frangos com um tijolo do pátio,

e eu Detesto-vos gatunos, detesto-vos, detesto-vos,

e a voz masculina Isto tresanda a mofo que se farta e com os fechos emperrados torna-se impossível de arejar, quem dormiria aqui no meio desta tralha?

e a voz feminina Eu adoro as bonecas, são um encanto, hoje em dia, não se entende porquê, não há gosto, não há cuidado, fabricam tudo em plástico e em série, meu Deus,

e descalcei-me no quarto da minha irmã Maria Teresa para que me não denunciasse nenhum som, passei ao rés-do-chão, sem coragem de procurar a pistola no terror de que uma dobradiça os alertasse, o homem indagasse Quem é? e a mulher Não gosto nada de fantasmas, não assombraram a moradia por acaso?, e o que se intitulava meu primo Que ideia a sua, minha senhora, eu não ouvi fosse o que fosse, logo que aqui se instalarem e mudarem uma ou duas vidraças habituam-se à casa, o que vale é que nos familiarizamos depressa com as coisas,

e eu a pensar Porque é que o meu irmão Jorge não chega agora de Tavira para os chibatar com o pingalim para a rua, correr o fecho, sair comigo ao sótão e ficarmos a ouvir um tango ou um pasodoble,

mas ninguém caminhava na rampa, nenhuma chave cantava no ferrolho: o edifício aceitava os estranhos e ao aceitá-los obrigava-me a fugir acossada pela tosse que gabava a disposição das salas, a cantaria, a mobília, as pagelas dos Cristos, e a voz do homem Não são feios, realmente não são feios, parecem-se comigo quando a minha sogra nos visita, e a voz da mulher Não ligue, senhor doutor, o Zé é doido pela minha mãe, juntam-se sempre os dois contra mim, e a voz do homem Não tenho outra solução, Ritinha, se eu me atrevesse a contrariá-la a criatura estrangulava-me, e a tosse, já no patamar que comunicava com a cozinha, apoiando o sapato na tábua solta que nenhum carpinteiro conseguiu arranjar, Eu infelizmente sei bem o que é isso, meu amigo, a minha envinagrou-me a existência, e a voz da mulher O que me aborrece nos homens é serem todos iguais, e a tosse, como se considerasse o assunto encerrado, Chegando à varanda vêm o pátio das traseiras, ideal para uma horta, os legumes crescem que é uma beleza porque o sol carrega a tarde inteira deste lado,

e eu a pensar que quando era pequena a cozinheira plantava espargos e abóboras, de modo que fizeram uma capoeira para impedirem os frangos de arrancar o que brotava da terra, mas a minha irmã Anita apiedava-se dos bichos, deixava-os sair para o pátio e a cozinheira abandonava o fogão a enxotá-los com o avental para longe dos seus caules devorados. Nessa época, para além da nespereira, havia uma árvore da China cujas folhas vibravam lantejoilas no muro, e em novembro percebia-se a bronquite dos sapos nos intervalos da caliça: sucedia-me acordar à noite com o seu canto, o brigadeiro de boina basca, que no início do século voara de Lisboa a Paris num trambolho de lona, veio falar com o meu pai sobre o incómodo dos sapos, cortaram a árvore da China, os sapos agonizaram ao sol, mas as raízes continuaram a crescer erguendo uma parte da casa, oblíqua como um paquete adornado num prado de tomilho e açafrão que as vozes me obrigavam a abandonar comentando a copa, as caçarolas, os pratos e os talheres que transbordavam da bancada, os panos de secar, uma trança de cebolas numa viga, e a voz da mulher Há quanto tempo ninguém habita aqui, senhor doutor? e a tosse Há séculos que tratei do assunto na Conservatória, minha senhora, a não ser que algum vagabundo ou algum cigano dormisse por cá de quando em quando, e a voz da mulher Vagabundo ou cigano não acredito, a moradia não parece saqueada, e a voz do homem Continuas com a mania dos espíritos, Ritinha, quem se haveria de refastelar nesta desordem? e a tosse Juro-lhe que morarem aqui nem sonhar, como calcula não se passa um mês sem que eu venha à Calçada do Tojal verificar isto tudo,

e eu a pensar Mentiroso, a pensar É a primeira vez que apareces em Benfica, aldrabão, a pensar E se eu surgir e lhes disser quem sou o que acontece?, a pensar É inútil, a pensar Vão olhar-me com espanto, a pensar Vão fazer troça de mim, a pensar Vão empurrar-me para a rua, para um bairro que desconheço, para uma cidade que não sei, e a voz da mulher Não sou maluca a esse ponto, não se trata de espíritos, não se trata de fantasmas, anda por aí uma criatura qualquer, e a voz do homem Disparates, nunca hás-de ser crescida, Ritinha, e nesse momento principiou a chover. Não se tratava de uma chuva violenta, a bicar o telhado e as vidraças com os dedos metálicos: era um mantozinho de água sem peso, uma toalha de pólen cor de prata sob o céu azul, que não molhava a erva dos canteiros nem o cascalho da ladeira, uma cacimba tranquila de março ou de agosto que nos envolve, sem nos tocar, numa aura lilás, e eu lembrei-me da nossa mãe, viúva, a espreitar o inverno da poltrona da sala, lembrei-me do meu pai a fustigar a própria coxa no escritório, lembrei-me da minha irmã Maria Teresa e da minha irmã Anita a segredarem, e do meu irmão Jorge, Não te preocupes, mana, gosto muito de ti, de maneira que quando a tosse inquiriu Querem que lhes mostre a sala?, apeteceu-me chamar o Jorge, apeteceu-me pedir-lhe Ajuda-me, a voz do homem insistia Ritinha, Ritinha, que garota me saíste, e eu trotei para o vestíbulo, a mulher disse Está alguém a fugir, palavra que está alguém a fugir, e não ouvi mais nada porque fechei a porta sem ruído atrás de mim, e saí tão depressa quanto pude para a Calçada do Tojal. A chuva bailava os seus fios transparentes e as pedras do passeio eram doces e firmes sob a pele. Um cãozito cheirou-me os tornozelos, ladrou um ou dois ganidos e virou a garupa, enfastiado. No que se aparentava a um café ou uma taberna um aparelho de rádio tocava uma das valsas da grafonola de campânula, aquela que eu costumava ouvir aos domingos, à hora da missa, enquanto esperava que o filho da costureira me desenhasse as vagas de Peniche. Talvez por isso não senti saudades da Calçada do Tojal, dos cucos suspensos das espiras das molas, ou dos morros de Monsanto a anoitecerem na distância. De forma que comecei a caminhar para a Venda Nova, alheia às pessoas que se cruzavam comigo e se voltavam para me fitar, a valsa perdeu-se atrás de mim, um bêbado de smoking e chapéu alto resmungou uma frase que não entendi, e ao atingir os prédios da Amadora enegrecera de tal modo que até a minha sombra se sumiu. Porém havia janelas iluminadas e a chuvinha de outubro ascendendo no escuro. As trevas impediam-me de distinguir os barcos, impediam-me de distinguir o salva-vidas, as traineiras, as grazinas, as dunas, a ponte romana e a esplanada de Tavira, impediam-me as arvéloas nos penedos, os cestos de pescado, o sol nas ondas e os caranguejos da vazante, impediam-me de distinguir o meu irmão Jorge sorrindo à minha espera, mas não valia a pena chamá-lo por já me achar perto dele, por me achar perto do mar.